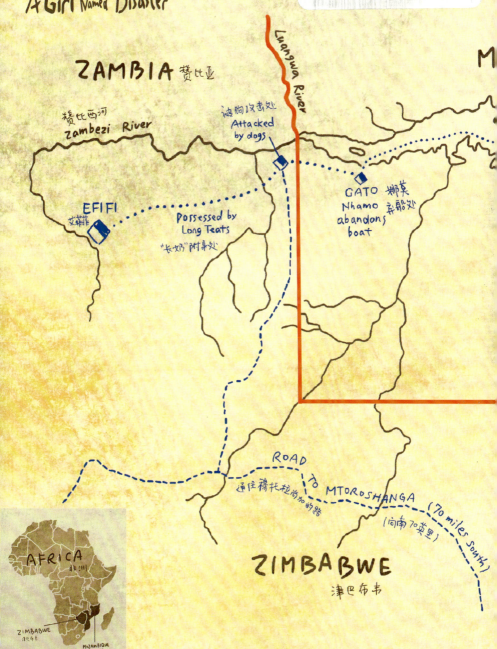

灾难女孩
A Girl Named Disaster

2025

1月 January
SUN日	MON一	TUE二	WED三	THU四	FRI五	SAT六
			1	2	3	4
5	6	7	8	9	10	11
12	13	14	15	16	17	18
19	20	21	22	23	24	25
26	27	28	29	30	31	

2月 February
SUN日	MON一	TUE二	WED三	THU四	FRI五	SAT六
						1
2	3	4	5	6	7	8
9	10	11	12	13	14	15
16	17	18	19	20	21	22
23	24	25	26	27	28	

3月 March
SUN日	MON一	TUE二	WED三	THU四	FRI五	SAT六
						1
2	3	4	5	6	7	8
9	10	11	12	13	14	15
16	17	18	19	20	21	22
23	24	25	26	27	28	29
30	31					

4月 April
SUN日	MON一	TUE二	WED三	THU四	FRI五	SAT六
		1	2	3	4	5
6	7	8	9	10	11	12
13	14	15	16	17	18	19
20	21	22	23	24	25	26
27	28	29	30			

5月 May
SUN日	MON一	TUE二	WED三	THU四	FRI五	SAT六
				1	2	3
4	5	6	7	8	9	10
11	12	13	14	15	16	17
18	19	20	21	22	23	24
25	26	27	28	29	30	31

6月 June
SUN日	MON一	TUE二	WED三	THU四	FRI五	SAT六
1	2	3	4	5	6	7
8	9	10	11	12	13	14
15	16	17	18	19	20	21
22	23	24	25	26	27	28
29	30					

7月 July
SUN日	MON一	TUE二	WED三	THU四	FRI五	SAT六
		1	2	3	4	5
6	7	8	9	10	11	12
13	14	15	16	17	18	19
20	21	22	23	24	25	26
27	28	29	30	31		

8月 August
SUN日	MON一	TUE二	WED三	THU四	FRI五	SAT六
					1	2
3	4	5	6	7	8	9
10	11	12	13	14	15	16
17	18	19	20	21	22	23
24	25	26	27	28	29	30
31						

9月 September
SUN日	MON一	TUE二	WED三	THU四	FRI五	SAT六
	1	2	3	4	5	6
7	8	9	10	11	12	13
14	15	16	17	18	19	20
21	22	23	24	25	26	27
28	29	30				

10月 October
SUN日	MON一	TUE二	WED三	THU四	FRI五	SAT六
			1	2	3	4
5	6	7	8	9	10	11
12	13	14	15	16	17	18
19	20	21	22	23	24	25
26	27	28	29	30	31	

11月 November
SUN日	MON一	TUE二	WED三	THU四	FRI五	SAT六
						1
2	3	4	5	6	7	8
9	10	11	12	13	14	15
16	17	18	19	20	21	22
23	24	25	26	27	28	29
30						

12月 December
SUN日	MON一	TUE二	WED三	THU四	FRI五	SAT六
	1	2	3	4	5	6
7	8	9	10	11	12	13
14	15	16	17	18	19	20
21	22	23	24	25	26	27
28	29	30	31			

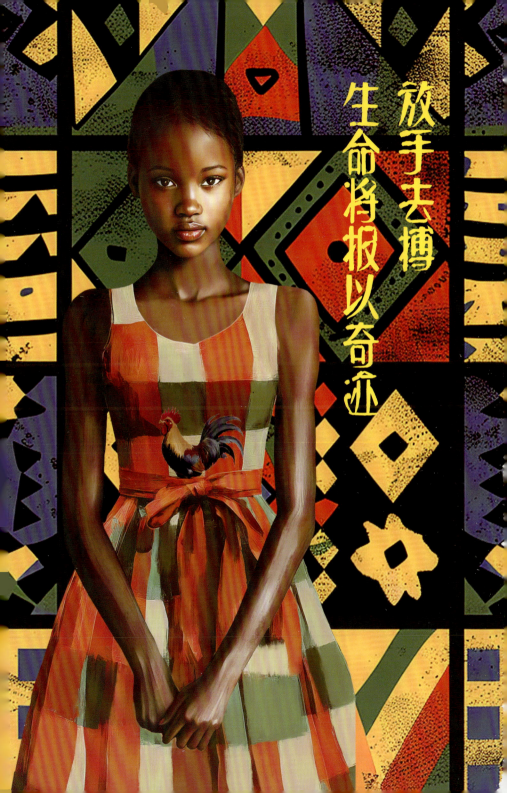

放手去搏 生命将报以奇迹

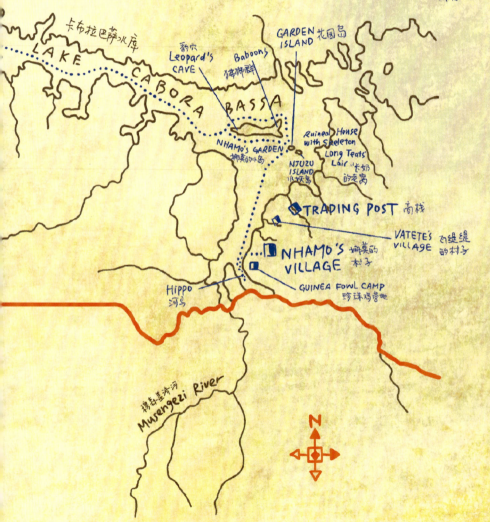

图书在版编目（CIP）数据

灾难女孩 / (美) 南希·法默著；王林译. -- 海口：
南方出版社, 2024. 11. — ISBN 978-7-5501-9159-4

Ⅰ. I712.84

中国国家版本馆CIP数据核字第202431MG75号

版权合同登记号：30-2024-122

A GIRL NAMED DISASTER
by Nancy Farmer
Copyright © Nancy Farmer, 1996
Published by arrangement with Curtis Brown, Ltd.
through Bardon Chinese Creative Agency Limited
Simplified Chinese translation copyright © (year)
by Beijing Uni-wisdom International Newspaper Publishing Co., Ltd.
ALL RIGHTS RESERVED

ZAINAN NVHAI

灾难女孩

[美] 南希·法默（Nancy Farmer）/著　　王林/译

责任编辑：代鹤明
特约编辑：王文婧
排版设计：ALEC
出版发行：南方出版社
地　　址：海南省海口市和平大道70号
电　　话：（0898）66160822
经　　销：全国新华书店
印　　刷：天津丰富彩艺印刷有限公司
开　　本：880mm×1230mm 1/32
字　　数：226千字
印　　张：10
版　　次：2024年11月第1版 2024年11月第1次印刷
书　　号：ISBN 978-7-5501-9159-4
定　　价：68.00元

新浪官方微博：http://weibo.com/digitaltimes

世界上还有一个这样的她

我们很难相信这个世界上还有一个这样的她——自幼失去父母，寄居在姨母家中。因为寄人篱下，她每天要做各种家务——捣玉米粒磨粉、打理菜园、去溪边挑水、去村外捡柴等，直至精疲力竭。即便如此，她也只能换来勉强可以糊口的食物，艰难地活着。

但艰难还远不止如此：生活在非洲广袤大地上的她，每天还要面临猛兽的威胁和疾病的侵扰，似乎随时都会失去脆弱的生命。各种磨难如狂风般摧残着这朵飘零的花，可她还是顽强地挺了过来。她的名字就是娜莫。

这个名字在她所说的语言里更有"灾难"的含义。我们可以想象，这样的日子该有多难捱。一场霍乱降临到她所生活的村落，更让她被彻底地"污名化"。年幼的她被扣上一段所谓的"婚姻"，她成为了贪婪和无知的牺牲品。这一切对她来讲，又何尝不是无妄之灾，她又该何去何从？

这已经不是简单的生与死的问题了，我们想象不到一个十二岁的小女孩该如何解决眼前的问题。她选择了出走，严格地说是逃离——在非洲赞比西河的起伏波涛中，娜莫开始了她的荒野求生之旅。

这条河既是她逃离苦难的希望之河，也是她奔向自由和未来的必经之路。经过这条长河洗礼的娜莫实现了自我觉醒，从一个无知、怯懦的小女孩成长为一个独立、自信的大女人。从最初面对是嫁人还是逃跑的抉择，到后来主动放弃食物充足、可以安逸生活的小岛而选择继续寻找自己的亲生父亲，这一切，让娜莫完全走上了一条不同于村落里所有其他女人的人生之路。

娜莫确实不像我们生活中常见的人啊！不过，我们现在也知道了世界上还有一个这样的她。

我们似乎觉得娜莫是世界上最凄惨的那个孩子，但作者南希·法默却不是这样想的。正如她所言："娜莫的历险深深地吸引了我，希望你也能有这样的体验。"我相信，南希·法默在非洲看见了不止一个像娜莫这样的孩子，她们一出生就面对着我们无法理解的人生。即便是深受父母宠爱的玛斯维塔也要接受在很小的时候就得嫁人的命运。

南希·法默希望这里的孩子能够如娜莫一般：无论身处何种逆境，都要鼓起勇气去面对——只有拼尽全力，才有机会打破命运的枷锁，成为自己的拯救者。

当然，也正如南希·法默自己所言，她是一个作家，所以她要用文字表达对于这些被命运扼住喉咙的女孩子的爱，她要在书中"想方设法"地给她们指一条出路。她要告诉她们，即便是命运恶劣到极点的娜莫，都有机会开启不一样的人生，她们同样也可以。

她告诉她们：你们有自己的优势，就如娜莫一开始总是积极地暗示自己："雨季时，洞里会积满水。娜莫俯身看去，打量着自己的脸。她觉得自己并不丑。"

对于容貌的认知其实并不是最重要的，最重要的是看见自己，并且一定要对自己有信心。或许因为这一点，娜莫在后面的各种磨难中，总是觉得自己可以克服困难。

她告诉她们：不要放弃对外面世界的好奇。只有好奇，才能使眼光不局限于眼前的生活。"娜莫虔敬地把旧布摊平，把拿出来的东西放在上面，又从一只罐子里取出一卷纸。这是一张相片，是她从杂志上撕下来的。""相片中，女人身后的房里满是奇妙的物件，但娜莫注意到那个小姑娘。她身穿蓝色裙子，头发梳成两个大发髻挂在耳朵上方，而女人爱怜地冲她微笑着。"简单的杂志封面激发了娜莫对于外界的好奇心。有时候，好奇也是摆脱困境的必要条件，因为这代表着改变的力量。

她还告诉她们：要始终与自己的心灵对话。这种不被别人知晓的对话往往是一种自我慰藉，是一种心灵疗愈，这些给了娜莫克服各种困难的勇气与智慧。

如果不是南希·法默，或许我们不知道在这个世界上原来还有娜莫这样的人，还有这样生活的人们。这就是读书的意义所在——知道在同一个世界里，还有着与我们全然不同的人，并从他们的故事中，获得滋养我们生命的养分。

《灾难女孩》这本书，虽然名字里有"灾难"，但是能让我们感受到人在绝境中的勇气和信念的力量。这本书是对人类精神力量的深刻洞察，值得每个人，特别是孩子和爸爸妈妈一同细细品味。相信当我们走进娜莫的内心世界，去感受她的成长历程的时候，我们也会不自觉地反思我们面对生活的状态，也会不自觉地受到激励。现在，就让我们跟随娜莫的脚步，踏上这段关于与绝望战斗、实现独立和自我拯救的旅程吧。

感谢这个世界还有一个这样的她——娜莫！

李祖文

全国"百班千人"总导师、广东省特级教师

　　我以前读过一本书，讲的是珍妮·古道尔（Jane Goodall）的生平以及她如何针对大猩猩展开研究。后来，我也乘船去了非洲。照我当时的想法，我觉得只要有顶帐篷，再带条睡袋，外加一大堆香蕉就万事大吉了。我乐呵呵的，根本没把自己既无知识又无钱财这点事儿放心上。朋友们骂我傻，说我会被狮子吃掉，我还回怼他们说，非洲人（至少大部分）并没有被狮子吃掉啊。那里的人知道该如何生存，我只要问问他们就行了。

　　于是，我揣着满怀的懵懂和仅有的五百块钱，踏上了那片土地。当时，离我最近的大猩猩们也都在千里之外，可我盘算着，非洲必定满地都是有趣的物种，我应该费不了多大劲就能找到其中一种，然后开始我的研究。于是乎，一段长达十七年的历险由此拉开序幕。

　　发生在那里的事，如果要一一道来的话，会比你现在正读的这本书还要长十倍不止。其中一些经历被我写进了这本书，比如娜莫的小岛，还有狒狒军团，这些都确有其事。我曾经也长时间静坐，然后会有小狒狒过来替我挠痒痒，但我并不建议大家效仿。那些小狒狒即便幼小，劲头也大得可以，要把你的头发全拽下来根本不是事儿。我也躲避过豹子，并且因为没有吃的而偷过它猎到的野味。娜莫走过的历险之路，从那座曾经霍乱肆虐的小村寨到津巴布韦的舌蝇营地，这些我从头到尾都走过。

　　最终，我还是没能成为一名像珍妮·古道尔那样的科学家。

说实话，我没那个禀赋。真正的科学家都是工作狂。即便听说邻村有聚会，他们也不会去凑热闹。要是有人提议来个月下泛舟游，他们会摇摇头说："不行，谢了。我还有工作要做。"

但就我而言，聚会和独木舟才是我关心的事。唉，算了吧，大猩猩，再见了，我的功名。但我并不认为之前是虚度时光。说到底，人生本就变化无穷，沿路伴有启迪和惊艳。也许我本就应该成为一名作家，哪怕开始得晚一点儿。没有任何工作能像写作这样带给我这么多乐趣。

作为一名作家，许多年来我都默默无闻。大多数作家都是如此。但不要紧，每当笔触与目光落到那些光线恰到好处、鸟儿吟唱正酣和人们心神愉悦的瞬间时，过往就会重回眼前。而这正是写作的意义。岁月分分秒秒向前流动，你还没来得及品味，它便已一去不返，但只要把它们写进书里，你就可以一遍又一遍地回到那时的岁月。

以上就是《灾难女孩》的成因。每次你打开书，娜莫便又踏上了旅程。波光粼粼的湖水闪耀着希望。那扇通往精神世界的大门总是半开着，它就在那边，就在那光辉中的远方。

娜莫的历险深深地吸引了我，希望你也能有这样的体验。

南希·法默
2002年9月

在介绍这本小说之前，不得不先提到另外一位杰出女性——珍妮·古道尔。1960年，26岁的古道尔女士只身住进了非洲丛林，开始了她也是全人类的首次针对大猩猩的实地系统研究。从那之后，非洲丛林成了她的家，也成就了她卓绝的事业，这一切更使她成为了千千万万个心怀梦想的青少年们效法的榜样。南希·法默就是这群追梦者中的一员。可以说，如果没有珍妮·古道尔，我们也就读不到这部如此精彩的少女历险记了。

年轻时的南希·法默也希望能像珍妮·古道尔那样，深入非洲大丛林，去干一番惊天动地的事业。大学毕业后，她带着几百美元和一本关于珍妮·古道尔的书，就这样搭船向非洲出发了，一去就是十七年。

而《灾难女孩》这部作品之所以成功，原因就在于其内容取材于作者在非洲的真实经历。书中，小主人公娜莫所生活过的小岛和曾经霍乱肆虐的村子都是南希·法默真实到过的地方。狒狒部落也确有其事。至于娜莫出逃的全过程，她也曾一步步亲身经历过，甚至包括靠偷吃豹子的猎物维生这段。南希·法默在非洲丛林中度过的每一个惊心动魄的日夜，都成为了这部作品一块块坚固的基石，而她那双爱科学的好奇眼睛，更为小说涂上了奇幻斑斓的色彩。

娜莫，这个名字在非洲土著语里的意思是"灾难"，而她也名副其实地成了厄运的化身——她是个孤儿，童年被亲邻嫌弃，直到被迫踏上一条前路迷茫的逃生之路，去投奔自己素未谋面的亲生父亲。从出生起，娜莫就被命运捉弄着。

落难少女只身一人逃生于荒野，她又如何能绝处逢生呢？娜莫的经历告诉我们：即使人生面临困境，也要坚持自己的信念。这种坚持不仅能够帮助我们克服困难，还能让我们在灵魂之路上走得更加坚定。至于更丰富和立体的内容，就留给读者们在书页中继续探索，相信你们会不虚此行。

作者法默曾这样写道："波光粼粼的湖水闪耀着希望。那扇通往精神世界的大门总是半开着的，它就在那边，就在那光辉中的远方。"在黑暗中，12岁的娜莫一定是看到了那个闪闪发光的世界，她虽然迷失过，却没有止步。整整一年的孤独流浪让她最终找到了父亲的故乡，找到了目的地，也找到了更好的自己。

《灾难女孩》是美国5至7年级学生的课外指定读本。这部作品展现出的顽强坚韧、不畏艰辛、热爱自然、重亲情、重友情等品格与心性，不仅是非洲少年，也是中国少年值得拥有的。这本书不仅能给青少年读者以启发，相信全年龄段的读者都能感受到书中传递出的那份力量。

最后，我想引用风靡当今青少年书坛的女作家莫伊拉·福力·道伊尔在她的小说《失物招领魔咒大全》（*Spellbook of the Lost and Found*）里的一句话作为结语：

"如果你没有迷失过，你也就永远不会被找到。"

2024年6月
于重庆海联职业技术学院

老村子

- 娜莫：名字意为"灾难"的女孩
- 琪珀姨妈：娜莫的姨妈，库法姨父的妻子
- 舒芬姨妈：娜莫的姨妈
- 玛斯维塔：琪珀姨妈的大女儿
- 露拉：琪珀姨妈的二女儿
- 库法姨父：琪珀姨妈的丈夫
- 安布雅：娜莫的外祖母，琪珀、舒芬和露娜可的母亲
- 露娜可：娜莫的母亲
- 塔卡维拉：外祖母的弟弟，年纪年迈
- 瓦缇缇：库法姨父的妹妹
- "鳄鱼"夐茨：渔夫
- 安娜："鳄鱼"夐茨的妻子
- 塔茨维尔纳：村里的女孩，天生跛足

商栈

- 乔奥：葡萄牙商人，商栈经营者
- 露莎：乔奥的妻子
- 猎巫大师：捕猎巫婆的人
- 戈尔·莫托可：被娜莫的生父杀死的男人
- 佐洛洛·莫托可：戈尔·莫托可的兄弟

旅途中

- · 水妖：水下的神灵
- · "长奶"：巫婆
- · "断尾猫"：一只跛足、断了半条尾巴的狒狒
- · "胖腮"：狒狒首领
- · "驴莓"：一只上了年纪的雌狒狒
- · 泰格："驴莓"的孩子
- · 奥帕：住在津巴布韦边境村子里的一个女人

艾菲菲村

- · 亨德里克·范·希尔登医生：阿非利卡人，男科学家
- · 艾维乔伊斯·马苏库医生：马塔贝勒人，女科学家
- · 格拉迪斯护士：艾菲菲医院的护士
- · 约瑟夫老爹：瓦普斯托里教派基督徒，负责照料实验动物

穆托拉尚加

- · 普朗德·乔威：娜莫的生父
- · 印达斯维·乔威：娜莫的叔叔
- · 艾迪那·乔威：印达斯维的妻子
- · 穆伦加·乔威：娜莫的祖父，人们常叫他"老乔威"
- · 克莱弗：印达斯维的儿子
- · "老巫医"：娜莫的曾祖父，乔威家族的尊长
- · 加里卡伊："老巫医"的助手

目录
Contents

1

村庄

　　女孩蹲在一棵野无花果树的树枝上，撕开一个生着斑点的果子。蚂蚁从她指缝间慌忙溜走，这让她不住地皱眉。这么多蚂蚁！里面还净是虫子。

　　这样的果子，娜莫就算再饿，也下不了嘴。她扔掉烂果子，继续找。

　　"娜莫！娜莫！"不远处传来喊声，女孩没搭理，把头靠在树上。她想，只要不出声，别人就找不着她。厚厚的绿叶像碗一样把她遮住了。

　　"娜莫，这个懒丫头，该你捣玉米了！"又有声音传来，下面的小径上还有重重的脚步声。

　　总是该到我了，娜莫想。她看见琪珀姨妈慢慢消失在灌木丛中。这会儿，她更想坐在树荫里捡无花果。在落满灰尘的小径上，琪珀姨妈留下的脚印又短又宽，小脚指头压在下面。娜莫能认出村子里所有人的脚印。

　　娜莫不晓得自己为什么会知道这些，或许这只是她抚慰心灵的一种方式。她整天劳作，种菜、除草、看孩子、洗衣服，真是的，干不完的活儿，可大脑却空空如也。再不让大脑动起来，娜莫只会变得焦躁不安，就只好给它也找些事去做。

她的大脑弄懂了很多事，比如马塔贝勒蚁是走中线运送幼蚁，而工兵蚁则沿外圈走；库法姨父在吃东西时撇嘴，那是在生琪珀姨妈的气；还有从小溪那边吹来的风，闻起来和从森林里吹来的味道不同。

娜莫只有保持头脑的活跃才不至于歇斯底里。

村里别的女孩都心平气和，娜莫却像一锅烧开的水。"我想……我想要……"她常常小声跟自己说，却不知道自己到底想要什么，所以也不知道如何能做到。

"娜莫！"琪珀姨妈正站在无花果树下怒吼，"自私的丫头，真不听话。我就知道你在上面，看看这一地无花果皮，刚剥下来的！"

娜莫不得不下来。琪珀姨妈用棍子抽打她的双腿，把她撵回村子。

娜莫去仓房拿玉米。仓房是柱子架起来的。琪珀姨妈的大女儿玛斯维塔正在底下的阴凉处用湿黏土做陶罐儿，娜莫蹲在她的身边。

"真好看！"娜莫夸道。

玛斯维塔咧嘴一笑："上一个刚烤好就裂了，手头这个花了我一整天呢！"

"太好看了！这个肯定不会裂。"娜莫用手沾了点儿没用完的黏土尝了一口，"嗯，白蚁巢！"

"很棒，不是吗？"玛斯维塔舔掉了手指上残余的一点儿泥土。

"娜莫！"琪珀姨妈在门口朝她大吼。

娜莫爬进仓房，挑了一篮玉米粒搬回厨房，倒进树干做的臼里。捣捣捣！她用一根长竿把玉米粒的硬皮捣裂。这可是件苦差事。汗水流进眼睛里不说，她还得经常停下来把裙衫再扎紧点儿。

娜莫偷空让自己干瘦的双臂休息一下，并时不时瞄一眼坐在阴凉处的玛斯维塔。她表妹其实也没闲着，只是从来没干过重活。如果需要有人从火上端开一锅翻滚的热粥，那肯定是叫娜莫去。

娜莫还很小的时候，有次把粥锅弄翻了，滚烫的粥溅了她一脚，她叫个不停。几个村民急忙跑过去帮忙，对着她的脚吹气。可娜莫的脚还是起泡留了疤。"这可怎么好！"外祖母安布雅哀叹不已。琪珀姨妈只说了句："是啊，要是玛斯维塔弄成这样就糟了！"

捣捣捣！娜莫看着在仓房阴凉处休息的表妹。她美丽，这没的说。娜莫只在水塘里照过自己的脸，心想自己长得也不差。但玛斯维塔脾气好，这点自己可比不上，娜莫也承认。

整天都坐在阴凉里，脾气能不好吗？

玉米粒的外皮全破开了，娜莫把碎粒倒进簸箕里一遍遍扬，让风把脱下的表皮吹走，然后把脱了皮的玉米粒泡在水里过夜，等明天晒干后再磨成粉。

琪珀姨妈又使唤娜莫去溪边挑水。娜莫给蓄水罐蓄满了水，浇了南瓜地，用锄头除了草，还为外祖母捡来了新鲜的牛粪。

外祖母坐在屋外的阴凉处抽着土烟斗，这对女人来讲不是什么好习惯，但没人敢说什么。安布雅上了年纪，又通晓灵界之事，因此所有人都尊敬她。"你来了，小南瓜。"她招呼娜莫。

娜莫拿一捆草扫地，又用手把扫出来的灰土揉进牛粪。"过去，会有声音从天上传来，要是能活在那时候该多好，"外祖母叹气，"人们只要合掌祈求天上的神赐下食物，无数粥锅和蜂巢便会自己从地里冒出来。"

娜莫边扫地边笑。这个故事她听过很多遍了，但没关系，她就喜欢和安布雅在一起。

"起初，古代的国王们都很好，"外祖母说，眼里满怀希望，"可慢慢地他们开始变得凶残，天上的神一怒之下离开了人间，但神不愿彻底放弃自己的子民，就把想说的话告诉通灵师坦勃，让他转达给人们。

"最坏的国王叫曼伯。只要人们开口向天上颂赞，他就勃然大怒。'这没人见得着的东西算什么，他凭什么比我强？'曼伯也憎恨坦勃，因为坦勃很善良。

"一天，众人在田野里聚会，庆祝与敌人交战得胜。曼伯坐在一张雕花椅上，他的妻子们跪在旁边侍奉他的饮食。突然，田野上的草议论纷纷：'要不是坦勃，哪儿会有胜利！'

"'说什么？'曼伯怒吼，'这草怎敢在我背后议论！烧了它！'士兵们立马放火把草烧成灰烬。

"周围的树也窃窃私语：'要不是坦勃，哪儿会有胜利！'

"'把树都砍了！'曼伯大声喝道。于是士兵们把森林变成一堆柴火。

"岩石们也这样议论，曼伯下令把它们烧成碎块。然而议论声还是不停：'要不是坦勃，哪儿会有胜利！'连国王最年轻的妻子也这样说。

"'你这个叛徒!'曼伯大骂,然而众人聚在一起护着她,'陛下,请别同她计较,她还只是个孩子。'

"国王说:'杀了她!'士兵们就把女孩杀了,还剥下她的皮蒙在鼓上,烧了她的遗骸。曼伯打起鼓,那声音震痛了众人的心,他们蹲在地上捂紧耳朵。这时,风里有声音传来:'我为你的罪恶感到耻辱!我将派遣军队与你为敌,把你的殿变成沙,把你的田变成灰。'

"自此,天神的声音远离人间。人们不得不整日辛苦劳作,而生活却充满纷争与危险。"

外祖母的话音刚落下不久,娜莫就听到了均匀的鼾声,她知道外祖母睡着了。娜莫倚着墙回味着刚才的故事。试想一下,你的皮被用来做成鼓!那你的灵魂会知道发生了什么事吗?

娜莫深知灵魂和肉体紧密相连,可曼伯那可怜的妻子被烧掉了,只剩下了皮。这是不是意味着那个女孩活在鼓里呢?

"还没干完呀?"琪珀姨妈在门外喊。娜莫叹了口气,洗手准备磨昨天备好的玉米。她拿一块中间挖空的扁平石头做底,用小石头当碾磨工具。玉米嘎吱作响,很快便被磨成粉。这期间,玛斯维塔一直在阴凉地坐着。她的两个半成品罐子在木盘上,等着风干。

"过来喝饮料。"琪珀姨妈叫她女儿。那用玉米和水酿成的又凉又酸的玉米酒,娜莫渴望也能喝上一口。

"多漂亮的罐子!不装饰一下都不行。"舒芬姨妈——琪珀的小妹夸道。玛斯维塔优雅地起身,合掌对她表示感谢。她们一起走到里屋,避开这热气。

很快又到娜莫捡柴火的时候了。

2

黑影

女孩们都不敢独自出去捡柴。村庄被森林包围着，到处都可能藏着猛兽。娜莫其实也害怕，可她又按捺不住想去冒险的心。她可不想碰上大象——大象在一年里的特定时间会移居到河边。她也不太想碰上野牛——几个月前就有人遇到了。她最最担心的其实是花豹。她很怕豹子，一想到它就感觉喘不上气。

娜莫三岁那年，她的母亲被豹子咬死了。当时小娜莫就睡在屋门口，而那头野兽却绕过了她，直接扑向母亲。外祖母一说起这事儿就哭。"大白天哪，小南瓜！那个天杀的畜生害死了我可怜的女儿！她有什么错！都怪她那鬣狗心肠的丈夫——他就该掉进食肉蚂蚁洞里！"

这个鬣狗心肠的丈夫说的便是娜莫的父亲。

关于这个悲剧，娜莫很多都想不起来了，记忆里只留下那模糊的血肉和那双可怕的爪子。

娜莫沿着村里的大道来到溪边。妇女们用棒子在石头上捶打衣服，她们胖嘟嘟的孩子们就被放在树荫处的垫子上。有个小女孩负责照看他们，不让他们到处乱爬。

娜莫沿着小溪走到可以看清两边河底的一处。这里不会有鳄鱼潜伏着扑她。她开始蹚水向前，水渐渐漫过她的肩。每次走到溪中间时她都感到阵阵不安，毕竟她不会游泳。她踮着脚，用脚趾紧紧扒住粗粝的沙石，咬牙挺过去。一到对岸她便爬上一块大石头，揪下一条吸咬在自己腿上的水蛭。

娜莫躲在灌木后拧干裙布。皮肤湿漉漉的很舒服，可她没时间享受，琪珀姨妈肯定在等她的柴火。更重要的是，娜莫得在黄昏前赶回去。

黄昏是豹子出来觅食的时候。

娜莫在杂草丛生的古道上走了很久才见到一片草地。这个地方并非浑然天成，曾经的村舍还剩下几根柱子立在那里，长过蔬菜的田地已经荒了。

娜莫不安地望了望树荫处，接着穿过空地来到一片干了的河床上，匆匆捡起那里的树枝。这里最好的一点就是容易找到干树枝，能省去不少时间。最后，她用藤条把木柴捆在一起放到路旁。

娜莫爬上废弃村落旁边的小山，那小山其实是块大圆石。她站在石顶上能眼观四方，从山的一面看得见她村子里流过的小溪和飘出的炊烟，其他方向则是茫茫一片灰绿色的矮树。更远处，是小溪尽头与之相接的河，在森林的边沿显出一片波光粼粼。

在小山的最高处，岩石上嵌着一个又圆又深的洞。雨季时，洞里会积满水。娜莫俯身看去，打量着自己的脸。她觉得自己并不丑。

石缝间还有一个更小、更干燥的洞，她搬开压在上面的石板，从里面拿出她费心积攒的宝贝。娜莫一直等待的时刻到了。她拿出几只小罐儿、一个木匙、一把水瓢，还有一块琪珀姨妈用来盖头发的旧布以及一把库法姨父的断刀——因为刀尖断了，他就把它扔了，后来又因为找不回来而气冲冲的。还有些东西娜莫没拿出来，包括一盒珍贵的火柴、从舒芬姨妈的手镯上掉下来的玻璃珠子和库法姨父用来装饰鼻烟盒的铜丝。

娜莫虔敬地把旧布摊平，把拿出来的东西放在上面，又从一只罐子里取出一卷纸。这是一张相片，是她从杂志上撕下来的。

村里人都没怎么读过书，但偶尔有杂志从遥远的津巴布韦城镇流入村里。村里只有两个男人识字，他们会把杂志里写的东西复述给村里人听。女人们饶有兴致地研究服饰、房屋和花园的插图，她们都想模仿相片中的发型。久而久之，杂志散了架被当成点火纸来用。而娜莫这张相片原本是杂志的封面，纸质较硬，她看到第一眼就心跳加速。相片里那个美丽的女人辫子上缀满了珠饰。她身着花裙和一条雪白雪白的围裙，手里切着一块雪白雪白的面包，手边是一块黄澄澄的黄油。

娜莫不知道黄油是什么，但外祖母告诉过她，黄油比花生酱更好吃。

相片中，女人身后的房里满是奇妙的物件，但娜莫注意到那个小姑娘。她身穿蓝色裙子，头发梳成两个大发髻挂在耳朵上方，而女人爱怜地冲她微笑着。娜莫明白了，黄油面包是给这个小姑娘准备的。

娜莫觉得这个女人就像自己的母亲。

她记不得母亲的模样了，自然也没人有她的相片，但看到这张相片她心潮澎湃，内心告诉她这就是她母亲的模样啊。

娜莫还没等杂志变松散就赶紧趁琪珀姨妈没注意把封面撕下藏了起来。琪珀姨妈很生气，怪罪起表妹来，可她怎么也没想到娜莫才是罪魁祸首。毕竟，新发型对娜莫有什么用呢？

娜莫假装往罐子里倒茶，她切了面包，抹上黄油。

"妈妈，我爬上无花果树摘了好多无花果，"她说，"但好多都有虫子，我差不多扔掉了一半呢。后来我看到一只黄鸟——就是在水面上筑巢的那种，它把那些虫子吃掉了。你觉得虫子是活在果子里面的吗？"

娜莫停下来等母亲回答。

"我也不这么想。有一群蜜蜂从头顶飞过——天啊，那叫一个多！好在它们没有停下来。"

有时，娜莫会想象她父亲也一起喝茶，然而她对父亲一无所知。娜莫还没出生，父亲就逃走了，只听外祖母说过他在津巴布韦的铬矿山谋生。那地方叫作穆托拉尚加。外祖母说，总有一天他会回来领走自己的女儿。

这想法太震撼了。一个陌生人，娜莫对他一无所知，却能一出现就把她带走，还没人能阻止他。但也许就像琪珀姨妈说的，他现在又找了个老婆，完全忘了自己还有个女儿。

娜莫突然发现村里亮了起来。天哪！她太专注，竟忘了时间。她手忙脚乱地整理好东西，再盖紧石洞，滑下小山，把柴火绑在背上往回赶。天哪，光线这么暗，连小路都看不清了！空气里弥漫着神秘的银白色雾气，灰绿的树林与天空的界线越来越模糊。此时正是日行动物回巢、夜行动物出洞捕猎的时刻。

娜莫闻不到从小溪吹来的气息。她仔细听小溪的声响。哗啦——哗啦——小溪就在那边。娜莫急忙穿过灌木，一路上弄出了很大的动静。她终于赶到小溪边，水面泛着银白色的光，已经看不见溪底了。这是一天中鳄鱼最喜欢出没的时候。它们浅浅隐藏在水下，稍露个头，扁平的黄眼睛能锁住所有靠近的东西。

"噢，天哪！"娜莫轻轻叹道。她把柴火顶在头上，准备慢慢走入溪流中。哗啦——哗啦——岸边溪水激荡。这时，小路旁的灌木丛那里似乎蹲坐着一个带斑纹的暗影，但由于光线弥散，很难看得真切。

娜莫僵住了。身后已无退路。如果她退回荒废的村庄，这家伙肯定会跟来。又或许可以拿柴火扔它，没准能吓退它。要是再等等呢？村民们会来找她。

他们会来找她吗？娜莫不敢确定。

天色更暗了。神秘的银白色雾气很快就从空气里褪去。月光照在小路上，娜莫这才看清那只豹子不过是水边的一团树叶，这肯定是月光跟她开的玩笑。她甚至可以依稀看清水里，河床的沙砾上没有鳄鱼。

娜莫如释重负。她略过那团树叶，试着迈进溪水里。她把柴捆高高举起以防弄湿，很快就攀上了小溪对岸，然后匆匆朝柴房跑去。

3

豹子的故事

"你跑哪儿去了？"娜莫刚把柴火倒到地上，就听见琪珀姨妈生气地问。

"她可能在树底下睡着了。"舒芬姨妈回答。

玛斯维塔正在切洋葱和西红柿准备做小菜，她抬头看娜莫，笑了笑："太热了，妈。我还打了好几次瞌睡呢。"

娜莫什么也没说。她劈好柴往火里添。不远处，其他女人正跪在门外灶台边准备做晚饭。男人们出去捕鱼、干农活、打猎，回来后就聚在堂屋里，那里是男人们碰面的地方。清凉晚风中夹带着的说笑声偶尔会传进娜莫的耳朵里。

很快空气里就弥漫着可口的饭香。娜莫馋得直流口水，但她不敢动手拿东西吃。吃饭的时候总是男人们先开始，接着是外祖母和小孩子们。舒芬姨妈一边给小婴儿喂奶，一边给她两个小儿子喂粥。大男孩们则是跟父亲们一起待在会场。娜莫给琪珀姨妈的三个小孩喂饭，玛斯维塔把一壶壶酒端到会场，露拉——玛斯维塔的小妹——负责把空盘子端回来。

当外祖母开始满足地抽着烟管，这时琪珀姨妈、舒芬姨妈、玛斯维塔、露拉和娜莫才有工夫端着碗坐在炉火旁吃饭。

没人说话，因为吃饭才是要紧事。她们吃的是萨达玉米粥，里面加上西红柿、洋葱、辣椒酱，还有煮熟的南瓜叶和花生酱拌秋葵。每个人还分到了一块煮鱼和一点鱼汤。美味又丰盛的一餐！唯一不足的就是盐太少了，因为盐要从遥远的海岸去换，所以用得很省。

"啊，太好吃了。"舒芬姨妈边说边把最后一口粥喝光。

"娜莫，去把男人们的碗拿回来，"琪珀姨妈懒洋洋地说，"你可以到外面去洗。"

娜莫赶紧跑去完成一天里最后一件家务活。她进屋时恭敬地鞠了躬。库法姨父正在讲他最爱讲的故事：一个任性的姑娘不顾父母反对，执意要和陌生男子私奔。库法姨父说："她和他跑到山上去了。"

"然后呢？"其他男人和男孩们不时礼貌地附和着。他们都听过这个故事，只是希望快点讲到结尾。

"她丈夫走得太快，把她丢在了后面。'等等我！'姑娘喊。"

"接着呢？"又有人问。

"丈夫转过身，头发开始疯长，嘴巴张得老大。"

"啊！有多大？"他们附和着。

"他把姑娘的头放进嘴里往下吞，没几口头就吞进去了，接着是她的身体、脚，最后整个人都吞进去全没了。"

"全没了！"所有人叫道。

娜莫慢慢收起碗筷。会场里的炉火就像溪面上有微风吹过一样闪动不已。

"他变成了一条蟒蛇。"库法姨父得意地说,"他把这个任性的姑娘整个儿吞下去了,连脚趾都不剩。这就是不听父母话的下场。"

"太对了!"另一个男人附和道,有滋有味地论断着这个不孝女的下场。

"想象一下,那条蛇肚子里会是个什么情形!"库法姨父继续说。

娜莫哆嗦一下,那画面如在眼前。

"事情就发生在离这儿往南差不多一天路程的平头山,那姑娘原先就住在小溪对面那个荒废的村子里。"

那个村子?娜莫心想。就是她给母亲倒茶的地方吗?说不定那女孩的灵魂还在游荡,寻找她的亲人。被动物吞食的人,灵魂会去哪儿呢?母亲究竟遭遇了什么?

突然,有什么东西猛地一下打中娜莫的头,她倒抽一口气,餐具都差点摔了。她看见库法姨父的手杖就在自己膝边。

"这儿正说不听话的姑娘呢,"库法姨父说,别的男人都跟着笑,"做你的家务去,别在这儿磨蹭。"

娜莫羞红了脸,收起碗筷赶紧逃了出去。她把餐具堆在厨房外,端来一盆水。她用水冲洗蒸煮罐,又用灰和沙土擦木盘子,最后把它们放在碗架上。

被动物吃了的人,灵魂会发生什么变化呢?

娜莫从来没想过这个问题。她本以为母亲会和其他人一样,死后灵魂在坟墓周围徘徊。但如果她的身体已经被豹子带走了,还会是这样吗？

娜莫看见女眷和小孩子们都围坐在外祖母身边。外祖母正在讲故事，她旁边的露拉嘴里含着拇指；玛斯维塔边听边摇着婴儿；琪珀姨妈给她大女儿梳杂志里的新发型。玛斯维塔身上刚擦了乳脂，皮肤发着光。

她们舒服地围坐在一起，就像玉米粒紧贴着玉米穗轴。娜莫挤不进去，就在门口耐心地听外祖母讲完。后来，其他人议论起白天发生的琐事。

娜莫很想问一问关于她母亲灵魂的事，却不知道如何开头。突然，她灵机一动，说："安布雅，傍晚时溪边出了件怪事。"

"是不是空葫芦里装石头咯嗒作响呀？"琪珀姨妈讥讽道。

"哎，让她说，"舒芬姨妈插了句，"她之前一直都没出声儿。"

"安布雅，那时我拾了柴火正往回走，天都很晚了。"

"可不嘛。"琪珀姨妈叽叽咕咕着。

"光线很弱，"娜莫接着说，"快到溪边的黄沙地时，我看见了一只豹子……"

"什么？"所有人都叫了起来。

其他人这会儿都专心起来。"那只豹子很大，爪子大得吓人。它正守着那条路呢。我心想，天哪，我怎么回家呀？我差点丢掉柴捆儿，但我对自己说：'我要拿木柴打它，专朝它的牙打。'"大家伙儿全神贯注地听娜莫讲，弄得她心里美滋滋的，于是她就开始编故事了。

"豹子喉咙里发出呼噜呼噜的声音，尾巴抽打着身后的灌木。我当时心想，这只豹子就算把整捆柴火都吞下，也还有肚子吃掉我。"

玛斯维塔眼睛睁得大大的，停下了摇晃婴儿的动作。

"妈妈！我该怎么办？'啊，母亲，帮帮我！'我大叫。突然月光一亮，照在豹子身上，一下子把它变成了一株灌木。一株该死的驴莓[1]树！我过去狠狠踢了它一脚，然后就径直回家了。"娜莫本打算借此问一下母亲的事，可她也注意到周围安静得有些不正常。

外祖母、琪珀姨妈、舒芬姨妈、玛斯维塔、露拉，甚至那些小孩子们都盯着她。

"我……我觉得你不该踢那棵树。"舒芬姨妈说。

"灵豹。"琪珀姨妈战战兢兢地说。

"光线太暗了，也许本来就是一棵树呢！"娜莫解释道。

"不，你说它在低吼。"外祖母说，"这可不得了，我得找巫医问问。"

娜莫心里一沉。巫医就住在邻村，不见到钱什么都不肯做。

"说不定它只是路过。"舒芬姨妈反对说。

"可它等的就是娜莫。"琪珀姨妈边说边把玛斯维塔拉近一些。

"母亲把它赶走了，她的灵魂一直在附近，不是吗？"娜莫问道。

"好吧，肯定是这样的，小南瓜。"外祖母苦笑着。

"我是说……我是说……"娜莫不知道怎么接下去，"母亲是

---

1 驴莓：中文名为"扁担杆"的植物的别称，枝干可用于造纸，果实可作饲料。

被豹子吃掉的，那么……她的身体……"

"天哪，听听！你又瞎说什么！"琪珀姨妈咆哮，"娜莫，睡觉去，别惹安布雅不痛快。"

外祖母已经在默默流眼泪了，她叫娜莫坐到她身旁来。娜莫挤在舒芬姨妈和安布雅之间，她能感觉到悲痛使这位老妇人身体颤动。

"我早该告诉你的，"外祖母停顿了说，"小南瓜，我们在森林里找到了你母亲的骨头。她很瘦小，豹子把她叼走了。要是有谁被这么吃了，我们会祭杀一头牛，把牛埋在坟里。牛会替代死者的躯体，好让灵魂回家。"

娜莫肃然静默。在当地，牛是极为珍贵的，人们几乎从不宰杀牛。外祖母该有多爱母亲才会这样做！她的眼泪也不禁流了下来。

"你看，你母亲依然在保护你，让你不被灵豹伤害。"

娜莫想解释，说低吼那部分是她编的，但已经太迟了。安布雅紧紧抱着她，娜莫从来没这样被人疼爱过，她喜欢现在这种感觉，多想安布雅能一直这样抱着自己。娜莫不明白为什么姨妈们都不喜欢她，说不定是跟她的父亲有关。

没有人跟她谈起过父亲。娜莫不知道父亲为什么要逃走，人人都觉得母亲会死是因为父亲没在那里保护她。通常情况下，母亲死了，小孩会被送回父亲家。小孩的图腾和真正的亲属关系都承自父系，然而娜莫并没被送走。

有时，娜莫感到伤心。她想，她真正的家人一定是欢迎她的吧。有时候，就如今晚，她又会满心欢愉地享受外祖母带给她的温暖。谁知道呢，也许父亲的家族真的像饥饿的鬣狗一样狠毒，娜莫也无从得知。

"该睡觉了。"舒芬姨妈提醒道。

娜莫、玛斯维塔和露拉护着小女孩们到屋里去。小男孩们则由哥哥们领着。

娜莫睁眼躺在床上,努力整理思绪。她是不是弄错了在溪边看到的那道黑影?她很确定是月光在作怪,可大家都很在意那头灵豹,就好像她们都在等着那头豹子出现,知道那头豹子一定会来找她似的。

4

野草和果树

第二天一大早，玛斯维塔就离开了屋子，这很不寻常。娜莫赶紧系上裙子去一探究竟。她四处张望，可表妹早已无影无踪。塔卡维拉——外祖母的弟弟，在屋里咳嗽和呻吟着，过一会儿他就要喊人带他到林子里去了。

娜莫俯身察看地面，玛斯维塔的脚印一直延伸到外祖母那里。太奇怪了！外祖母是村里唯一一个经常叫玛斯维塔做家务的人，表妹躲着她还来不及。

"帮帮我！"屋里传来塔卡维拉暴躁的声音。一个男孩立即从草屋里出来跑过去。耽误了这个老头儿拉拉撒撒的事可是会有大麻烦的。

娜莫赶忙开始做家务。她用三脚壶煮水，又捏了一小撮儿茶叶进去。茶是奢侈品，只有外祖母和塔卡维拉能定期喝上。他们喜欢越甜越好，于是娜莫往壶里加了六勺糖。

库法姨父和其他男人到商栈去交换茶叶、糖、盐、布和火柴了。娜莫从来没见过商栈，它在许多小路的会合处，那些小路又通往不同的村庄。听说每个月都会有一辆拖拉机从柏油路慢吞吞地开到商栈，连小孩走得都比它快，车上载满了货物和要去村里的访客。他们路上一有空就互相讲故事。

卸完货物，拖拉机又缓缓地拉着一大群人回到外面的世界。也正因为如此，糖也像盐一样金贵。琪珀姨妈把东西看得很紧，娜莫只能舔舔手指上沾的糖粒解解馋。此时，塔卡维拉正躺在屋外的长凳上。

娜莫为他倒茶。

"我要加牛奶。"老男人抱怨说，他苍老扭曲的手指捧着搪瓷杯。遗憾的是奶牛此时都还没有产奶。

玛斯维塔从外祖母的草屋里走出来，后面紧跟着外祖母。她们俩都喜笑颜开，玛斯维塔向小溪急急走去，外祖母则到火炉旁喝茶。她没说什么，娜莫显然也不敢问。

娜莫看到表妹正在收拾行李，就问她："哎，发生什么事了？"

玛斯维塔笑着说："我要去和瓦缇缇一起住。"瓦缇缇是库法姨父的妹妹，住在五英里外的邻村。

"为什么？"

"我现在是少女了。"玛斯维塔骄傲地说。

原来如此：玛斯维塔来月经了，她的姑姑会教给她女人的秘密，怪不得她笑得那么开心！

娜莫摸了一下自己裙下的生育绳。无论男女，每个人一出生就要在臀部绑上一条祈求生育的绳索。如今玛斯维塔可以生育了，绳索也将在仪式中被解开。

玛斯维塔性情好，很难不招人喜欢，但此时娜莫心里藏着的毒蛇搅得她心神不宁。是的，她在妒忌，因为表妹比她先抵达了成为女人的彼岸。

"你要去多久？"娜莫问。

"到月圆那天再回来。咱们还要办一通宵的舞会。"玛斯维塔回答。

妒火在娜莫心里乱窜。可不是嘛，聚会上人们欢畅地跳个不停，肯定还有美食。

"娜莫，快去给小孩子们弄早点吃。"外祖母一进屋就对她说。

要在平时，娜莫肯定乐意去做，但表妹的胜利让她根本提不起劲儿。娜莫愤愤地给小孩子们喝粥，他们哭着要找玛斯维塔。娜莫威胁说不想挨打就闭上嘴，他们只能用大圆眼睛不满地瞪着她。

连小孩子都更喜欢玛斯维塔，太不公平了！

上午，外祖母把解下来的生育绳和一根用来压住生育绳的杆子放到了库法姨父和琪珀姨妈睡房门口的小路上。表妹的父母跨过这些东西，表明他们陪伴着女儿从女孩长成女人。玛斯维塔此刻正在外祖母的屋里：从瓦缇缇那里回来以前，她不能和父母见面。

玛斯维塔一离开，娜莫便偷偷地跑到那个荒村去。琪珀姨妈就是打她也无所谓。娜莫俯身，通过积在小石洞里的水仔细打量着自己的脸。她还没有女人样儿，胸部平得像鼓面一样。

"至少我不用急着嫁人，"娜莫把餐具和相片摆好，对母亲说，"玛斯维塔也许会嫁给一个已经有两个老婆的男人。男人不在的时候他们就打她。"

娜莫仔细倾听母亲的回答。

"啊，我也不是真的希望玛斯维塔遭……那么多罪。"娜莫坦率地解释，"有时候，我真希望她能做错点什么事。有一个能讨厌她的理由多好啊！"她假装把海绵蛋糕切开，再涂上冰淇淋一起吃。不过她连冰都没见过，更别提冰淇淋了。

接着，娜莫又摆上一盘炸鸡，今天她要和母亲庆祝一下。吃完了这些，再来点能把人甜掉牙的柠檬汁甜点。

忽然她心生一念：瓦缇缇是库法姨父的妹妹，玛斯维塔的姑姑，那自己的姑姑是谁呢？

父亲肯定会有个姐妹，她在哪里？娜莫知道的村子里都没有她的姑姑。

孩子属于父亲家族。即使娜莫一直和母亲的家里人一起住，到她出嫁那天，还得是父亲为她准备嫁妆。

"外祖母会送信给父亲的。"娜莫向母亲保证，"外祖母说，父亲在穆托拉尚加，她肯定知道怎么联系他。"

这会儿娜莫的肚子咕咕直叫。虽然吃假蛋糕和假炸鸡感觉很不错，但肚子却空空如也。她收拾好她的宝贝，滑下岩石，在干河床上生起了火。她在荒菜地里到处挖，终于找到几块红薯烤着吃。

娜莫吃完了准备往回走。这倒不是因为想回家，而是太渴了。为了让琪珀姨妈少生点气，她还特意捡了一捆柴，拖着步子来到溪边。

回去的时候，娜莫心里忐忑得要命，她出来太久了。水罐没人灌，菜地没人浇，玉米也没人捣。琪珀姨妈肯定气坏了！她把柴火放到厨房外，给自己打打气。

出人意料的是，外祖母竟然从屋里走了出来。琪珀姨妈蹲在屋里不言语，嘴巴气呼呼地噘成一条线。安布雅示意娜莫跟她走。惊讶之余，娜莫又看到露拉和别的女孩从溪边取水回来。

"弯腰抬个水伤不了她们的，"外祖母补充道，"今天我想和我外孙女在一起。"

"玛斯维塔也是你的外孙女呀。"娜莫一时没忍住。

"是的，可她去给皮肤涂油、给嘴加蜜了。说起来，小南瓜，我有时真觉得玛斯维塔小姐有点儿笨。"

这话让娜莫吃惊不已。这还是头一次有人暗示玛斯维塔不是那么完美。

外祖母把娜莫带到屋里，递给她——奇迹中的奇迹！——一杯加糖的柠檬汁。和她假装倒给自己母亲的一模一样。

"你母亲发育得晚，"安布雅说，娜莫一惊又回到现实，"那时候我很着急，可人就跟植物一样，有些像野草一样疯长，有些倒像果树一样不紧不慢。到头来，还不是果树更值钱。"

这可说到娜莫心坎儿上了：玛斯维塔就是根野草。

"你母亲露娜可值得耐心等待。你知道她识字吗？"

娜莫摇头，事情越来越出人意料了。

"我和你外祖父以前住在津巴布韦的尼扬加，那里很冷，冬天水面都结了冰。"

娜莫试着想象那个画面。

"你外祖父为白人农户砍树，啊，奇怪的树！树很高，针一样的叶子。每棵树长得都一样，一排排的像蔬菜一样。每个星期，农户的妻子会给我们一麻袋东西：玉米、糖、食用油和肉。她每年还给我衣服，你母亲和琪珀稍微长大一点了，她还给过她们校服，那时舒芬还是个婴儿。"

"校……服？校服是什么？"娜莫问，结结巴巴地说着那两个不熟悉的字。

"一种裙子。在学校里，女孩子们穿得都一样。她们洗完脸、梳完头站成一排，那精神气！"外祖母比划着，之后好一会儿都没说话，娜莫知道她在回忆。外祖母一想起母亲就落泪，以致每次娜莫想问点什么又不敢。娜莫听说母亲上过学后很兴奋。也许母亲也吃过冰淇淋。

"露娜可可聪明啦！校长说，总有一天她会去上大学。相反，琪珀学完就忘。人和人原本就是天差地别……"

外祖母的话音又低了下去。娜莫抿着柠檬汁，这样能喝得时间更长一些。外头奶牛在叫，有人在朝它们吼，肯定是它们又祸害花园了。

"有一天，你外祖父过马路被车撞死了。那个农户就把他当月的工钱给我了，一共十美元，然后把我们赶了出来。农户的妻子还给了我两套旧裙子和一张她的相片，我看都没看就给撕了。我们没房住，没钱花，没工作。这个村子是我们唯一可以生存的地方。露娜可看见我把她的书退回学校后就哭了。"

外祖母平静下来，很快便开始打鼾。娜莫轻手轻脚地扶外祖母睡下，自己则平躺在垫子上陷入了深思。

月圆那天，玛斯维塔回来了。她剃了头，身穿黄色的新裙子，上面有深蓝色的鱼和红边。琪珀姨妈宰了一只鸡，犒劳陪女儿回来的瓦缇缇。几位邻村的亲戚也送来很多篮食物。

举办聚会，准确地说，就是在月圆的晚上家人们聚在一起，庆祝玛斯维塔成为女人。所有人都说，她肯定会成为一个优秀的女人，因为她不仅谦逊，而且孝顺。她也从不自视甚高，一向平和地与别人相处，又不故意卖弄聪明。几杯酒后，人们的赞美之词愈发夸张起来。

娜莫跟一拨人吃完后，又和另一拨人接着吃。老塔卡维拉的歌声细而尖，他儿子弹着一种叫作安比拉琴的手拨琴给他配乐。还有人在击鼓，娜莫的脚步随着音乐动了起来。可扫兴的是库法姨父喊她去村边的果园再拿些香蕉来。

娜莫从香蕉树影间望出去可以看到聚会现场。她用手指圈成一个圈，把整个村子圈在里面。到处都是篝火，熠熠生辉。篝火旁的人们唱歌聊天，娜莫能闻到爆米花和酒的味道。

呼噜，呼噜，哼。

有声音从她身后漆黑的树林中传来。

呼噜，哼，哼。

娜莫来不及多想，拔腿就跑，飞快地跑回篝火边，一头跪倒在那些惊讶的亲戚面前。

"娜莫！"人们一边大叫，一边急忙站起来。

"伤到自己了吗？"

"到底怎么了？"

娜莫躺在地上，吓得呻吟着。"豹子。"她挣扎着挤出这个词。

人们顿时从篝火里取出火棍，赶到关牲畜的栅栏边护着，以防那里被偷袭。场面陷入混乱：男人们又喊又嚷，女人们领着孩子逃回屋里。过了好一阵子，场面才稍稍安静下来。

"刚才可把我渴坏了。"一个男人边说边把火棍扔进火里。

"我也是。"他的朋友附和着，喝掉一盅啤酒。

"我没看到豹子的踪迹。"库法姨父声音里略带惊惧。

"它……就在香蕉树后的林子里。"娜莫缩着身子蜷在外祖母膝旁。

"要我说，她就是在编故事。"琪珀姨妈说，"她老想引人关注。"

"看她抖成这个样子，不像是你说的那样。"安布雅拍拍娜莫的肩膀。

"香蕉园里很黑，我在那里也总是害怕。"玛斯维塔善解人意地补充道。库法姨父很愤怒，但没再说什么。

很快，人们又继续唱歌跳舞。外祖母把娜莫留在身边，不让她到处忙活。话题转移到了彩礼上，这下，大伙儿又提起了劲儿，父亲们都在盘算自己的女儿能得多少彩礼。要是养了个没用的女儿，他们又能得到什么呢？更别提他们还得给儿子们讨媳妇，又是一大笔花销，说到底还是为了能传宗接代。

有时候准备彩礼得花上许多时间，有时倒不是很费劲。瞧瞧这些人眼里的狡黠目光，娜莫明白了，一个女人的价值是由她的彩礼多少决定的。

瓦缇缇对大家说，有人嫁出去换回了一群牛。女婿年复一年做牛做马，就是为了娶个老婆。

"噢！"所有人都巴不得这种事也能落在自己身上。

"反过来呢，"瓦缇缇说，"有的女人连一头瘦山羊都不值，更别提什么名分了。"

"玛斯维塔没问题。"舒芬姨妈回答说。

确实，所有人都赞同。

"露拉也没问题，"瓦缇缇补充说，"她既丰满又美丽。"

露拉害羞地低下头。

我呢？娜莫想问，我比露拉更年长，那我呢？

娜莫希望外祖母接话茬，但安布雅只是示意舒芬姨妈帮她按摩脚。没过多久，她就叫娜莫和其他女孩各自去睡了。

5

巫师

"起床了。"玛斯维塔边说边摇晃娜莫。娜莫坐起来,搓搓脸让自己醒过来。鸡已经打过鸣,但天色还很暗。

"怎么回事?豹子又来过吗?"

"没有,是瓦缇缇病了。他们去叫巫医了。"

娜莫立马起床。村里没有巫医,每次有人病了,得送到五英里外去治病。瓦缇缇肯定是病得很重才会让人去外面请巫医来。

"瓦缇缇昨天走累了。"她们快步走过一片黑暗的地方,玛斯维塔说道,"差不多每走一英里,我们就得歇一会儿。她昨天还好好的,但聚会过后就开始吐。"

这时,她们来到琪珀姨妈的屋里。瓦缇缇蜷缩在垫子上,舒芬姨妈正用湿布给她擦脸。娜莫一看就知道瓦缇缇病得不轻。

"娜莫,快去割些茅草来垫床。"舒芬姨妈把布在水里蘸蘸,擦拭病人的手臂和胸口,"她身子很烫。我想应该不是食物中毒。"

娜莫拿了镰刀匆匆跑出去。第一缕晨光把云染成了粉红色。周围视野开阔,但她依然很小心。虽然别人都没看到豹子的踪迹,可她确信它的存在。娜莫来到一片干草地，飞快地割了捆茅草。舒芬姨妈和玛斯维塔给瓦缇缇身下又垫上一层草。琪珀姨妈想喂水，但瓦缇缇一边呻吟一边推开她。瓦缇缇像是胃痛一般把身子蜷缩成球状，她脸色灰白，双眼紧闭。

"娜莫，别跟这儿傻站着，"琪珀姨妈厉声说，"去做早饭，给孩子们喂饭。丫头，你别以为今天还能去林子里溜达！"

娜莫转身走开。她很委屈。琪珀姨妈竟然以为自己会在这个时候偷跑出去玩！她明明也看到了自己醒来就去割草了！

至少他们在豹子的事上相信我，娜莫心想，冷笑了一下。她脚不沾地，忙活个不停。玛斯维塔在琪珀姨妈屋里给瓦缇缇扇风，姨妈们则忧心忡忡。库法姨父又派人送信去催巫医。

可就在正午，琪珀姨妈和玛斯维塔号啕大哭起来。舒芬姨妈扯着头发边跑边喊："她死了！她死了！"舒芬姨妈跪倒在地上。娜莫被她的情绪感染也跟着大哭起来，别的女人也跑来哭作一团。

可怜的瓦缇缇！娜莫双手紧捂胸口，任凭身子左右晃动。就在昨晚，瓦缇缇还拿彩礼的事逗乐，开心得不得了！

人们急忙把消息送到邻村。一个女人往臼里倒灰，边捣边叫着那些住得太远无法来参加葬礼的远方亲戚的名字。

"库达侄子，"她哭喊着，"尊敬的密苏芝姨妈、腾达姨父，你们不要害怕。你们的亲戚在这里过世了。我们知道，你们如果能来，一定会回来的。"灰烬带着信息随风飘走。

然而夜幕降临，更可怕的消息还在后面。其他村子里的人也纷纷死去，就连巫医也倒在家中起不了身。

"安布雅说是霍乱。"玛斯维塔悄声回答。

娜莫睁大了眼睛。

"她说我们必须把水煮开，仔细洗手，必要时得离开村子……"

娜莫点点头。他们还得想着给老塔卡维拉带上一只夜壶。

"但爸爸说这是巫术在作怪。"

娜莫屏住呼吸，心想接下来肯定会有场抓巫师的仪式，她从没见过，但听说过。而且最可怕的是，人们有时连自己是巫师都不知道。某个男人或者女人——经常是女人——晚上骑着鬣狗出来散播疾病，而隔天早上又什么都不记得了。

"葬礼办完以前我们什么都做不了。本来应该是瓦缇缇的姐妹过来缠裹她的遗体，但听说她们也都死了。"玛斯维塔又哭了。

琪珀姨妈为瓦缇缇洗净身子，解下她的生育绳放在一边。这么一来，瓦缇缇与人世最后的纽带也断了。她不用再照料她的园子、给家里人做饭，不用再坐在火炉边，恭敬地欢迎打猎回来的丈夫了。如今她归属于灵魂世界，同祖先们在永生的国度里安歇。

琪珀姨妈又为亡妇穿好衣服，再用布包裹好，等着举办葬礼。

那一夜，整个村子笼罩在愈来愈浓的灾难氛围中。男人们在堂屋里吃饭，一个个都默不作声；女人们在茅草屋里也焦虑不安。这场死亡来得太不寻常了，后面必定还有更大的麻烦。

天一亮，库法姨父和他一个兄弟就去挖坟。之前他们已经选中了半里外的一座白蚁山。他们在坚硬的黏土上挖出了一个一铁锹深、一铁锹长的坑。回来后，他们又在琪珀姨妈的屋墙上开了个大洞，因为逝者离家不能走生者的门，所以他们就用担架把瓦缇缇的遗体从墙上的大洞抬了出去。

送葬的人们走成单列。这是为了不让巫师跟踪他们，因为巫师一见脚印众多，就知道有葬礼，会来偷遗体去做坏事。

库法姨父在坟里铺了张垫子，里面放了一罐小米、一袋鼻烟、一些厨具和一葫芦酒。瓦缇缇靠右侧身而卧，手放在头下，就像睡去一样。库法姨父和在场的几个近亲往她身上撒沙土。"再见了，"他们喃喃自语，"在你的新家为我们留个地方，我们肯定还会见面的。"

之后，坟墓被填得严严实实。人们在坟上压满石头，四周也被压平滑了。隔天他们还会过来检查是否有巫术的痕迹。

"我累坏了，但睡不着。"玛斯维塔躺在屋里的垫子上。

"我也是。"娜莫回应。

"上个星期瓦缇缇带我去了商栈，我告诉过你吗？"

"没有。"

"我见到了好多人。那儿还有上百种样式的花布可以挑来做新裙子。商栈的老板是个脸色苍白的葡萄牙人，脖子上挂着一个金子做的大十字架。瓦缇缇捏了一下他架子上的面包，他就对瓦缇缇大吼大叫。我在想她会不会寂寞！"

"谁？"娜莫问。

"瓦缇缇，这会儿她正在外面某个地方独自游荡吧。"玛斯维塔忍不住又哭了。

"别说这个！"

"我没法不去想。举行归家仪式以前，她只能一个人四处游荡。"玛斯维塔又开始哭。

瓦缇缇的灵魂在何处？她会边走边喊自己的孩子吗？母亲有没有叫过自己？娜莫一想就害怕。"我给你讲个故事吧。"她故意说得很大声，这样能感觉好点儿。

　　"你会讲吗？"玛斯维塔问。

　　"我听安布雅讲过好多了。她说，好故事能让人开心些。"

　　娜莫听到玛斯维塔侧过身，垫子沙沙作响。屋里睡满了大大小小的女孩子，她们的呼吸声让娜莫觉得很安全。

　　"从前，有一对夫妻，妻子有良种牛和肥沃的田地，但就是没有孩子。"娜莫开始讲，"她去找巫医，巫医用米粉做了一个婴儿给她，对她说：'把它拿回家，当成你的孩子照看。告诉它你所颂赞的神的名字和你的图腾，这样你就能怀孕。但无论如何你一定不能伤它一点儿。'

　　"女人照巫医的话做了，可有一天米粉婴儿从她手上滑落到地上。'啊！啊！'她大叫，'我的孩子摔成两半了。'没有办法，她只能将这两半粘在一起。

　　"九个月后，女人生了一对龙凤胎。这对父母转喜为悲，因为按律法规定，双胞胎是邪恶的，必须杀掉。于是夫妻二人将这对孩子藏在森林里六年。这期间，王国里厄运不断：河干了，连年无雨，牲畜和人接连死去。最后，国王命令所有人来到他面前，让巫师闻所有人的手，找出罪人。

　　"这对父母知道，双胞胎藏不住了，父亲不得已把他们扔进瀑布后面的深坑里，沉痛万分地回了家。

　　"双胞胎被冲到地下国。那片土地一样有迷人的蓝天、田野、河流和村庄。然而，那里的人和动物都有缺陷：有的断翅，有的断脚，有的心碎了。尽管如此，大家还是很快乐，并且欢迎双胞胎的到来。

"'我们这是在哪儿？'双胞胎问。

"'这是被上面世界丢弃的生灵的王国。'人和动物齐声回答。

"双胞胎在那里快乐地生活了很久。有一天，他们在山边玩耍，忽然一声巨响，岩石裂开了，他们看到父亲在对面哭。

"'爸爸！爸爸！'他们喊。他们爬过裂缝，跟着父亲回了家。家中的母亲早已因为悲伤而变得十分苍老。看到孩子的那一刻，她喜极而泣。

"双胞胎想要什么，父母就给什么，从不打骂他们，也不让他们干活。尽管这样，孩子们还是不快乐。'我们不再属于这里。'他们拿定了主意。于是一天晚上，他们离开家，回到了瀑布那里。

"'再见了，爸爸妈妈，'他们手拉着手说，'对不起，我们只属于那个被上面世界丢弃的生灵王国。'他们跳进深坑，又被水冲到了地下国。从此父母亲再也没见过他们。"

娜莫听着玛斯维塔均匀的呼吸声，知道她睡着了。娜莫从未尝试讲过这么长的故事，但她很满意。只是听众不理会她，真扫兴。

外祖母觉得不该杀双胞胎，但琪珀姨妈和舒芬姨妈都觉得应该杀掉，因为得把整个村子从邪恶中解救出来啊。娜莫希望自己永远也不会遇到这样的问题。周围的女孩们都在熟睡，娜莫也在玛斯维塔的旁边睡下了。

第二天清晨，库法姨父从坟地那里回来。他说，沙地上有豹子的足迹。

6

灾难降临

"巫术。"玛斯维塔低声说。女孩们看着她,眼神里流露出惊恐。屋里唯一的微光来自那盏小油灯,呛人的味道弄得娜莫鼻子怪痒的。

"他们没弄错吧?"塔茨维尔纳问。这个大个子女孩天生跛脚。娜莫知道巫师可以让人变畸形,但至今也没找到是谁害了她。或许是安娜——渔夫"鳄鱼"戛茨的妻子,她性情古怪,人人都知道她的曾祖母是个巫婆。

"他们在堂屋里议论这件事呢,"玛斯维塔低声说,"我端饭过去时在门外听到的,爸爸说是巫师派了野兽去挖尸体。"

"他们没有偷走瓦缇缇吧?"露拉叫道。

"当然没有。父亲在坟周围铺满了野栀子花,花把野兽弄糊涂了。"

娜莫想到她表妹露拉。露拉梦游是众所周知的,这可能是巫术在作怪。这让琪珀姨妈很心烦,每次露拉一梦游,琪珀姨妈就把她拍醒。然而很难想象这个小女孩是个可怕的巫婆。不管怎样,安布雅说等露拉长大就好了。大人们更担心露拉哪天会在不知不觉中掉下悬崖。

"不能不防着，特别是有豹子的踪迹。豹子最近光顾咱们好多回了：先是溪边的灵兽，再就是在香蕉园。"玛斯维塔说。

"我并没真的看见灵豹，只是光线在作怪罢了。"

"它对你吼来着。"玛斯维塔温柔地提醒她。娜莫此时进退不得，要是她现在否认，所有人都会认为她想隐瞒什么。

"爸爸会叫巫医来吗？"露拉问道。

"巫医还不够，"玛斯维塔解释说，"长辈们正在等瓦缇缇的亲戚过来，然后一块儿去请猎巫大师来看看。"

"猎巫大师！"塔茨维尔纳激动起来。

娜莫想，有道理。猎巫大师住在商栈附近，方便各村的人去问诊。他能闻到巫师的邪念，因此对他撒谎也无济于事。

"我——我听说他是使了坏才有魔力的。"塔茨维尔纳结结巴巴地说，女孩们都凑过来听，"他在马普托跟一位名师求教，那位名师教唆他，如果杀一位近亲，就能主宰那人的灵魂，让它为自己效力。"

"啊！"女孩们惊叹。

"他杀了谁？"娜莫问。

"他的大儿子！"

所有人都吓得不敢出声。这位猎巫大师听起来倒更像是巫师。

"我觉得巫医说不定更能帮上忙，"娜莫大声说，"安布雅说，猎巫这种事，是大家为了除掉自己不喜欢的人搞出来的噱头。这在津巴布韦是违法的。"

所有人都惊讶地看着她。这些骇人听闻的话外祖母可以说说，但被娜莫这样的小姑娘复述出来就是另一回事了。

"你这么说，是因为遇到豹子的是你。"塔茨维尔纳说。

"不是！你要不信可以去问安布雅。"

"不要吵，长辈们会听到的。"玛斯维塔说。

"你当然不想承认了。"塔茨维尔纳说。

"那你是想说，是我把你的脚弄歪了吗？我那时都还没被生下来呢！"

"可你妈妈在啊！"

娜莫扑向塔茨维尔纳，大个儿女孩朝她肚子就是一拳。娜莫更生气了，她抓住塔茨维尔纳的耳朵使劲扭。"收回你刚才说我妈妈的话！"她尖叫。

"她就是个坏女人，所有人都知道！"塔茨维尔纳尖声回应。别的女孩围过来试图将她俩分开。露拉把灯打翻在睡垫上，睡垫立刻燃烧起来。

玛斯维塔迅速踢开门，把垫子拖到外面，要不整间屋子都得烧起来。女孩们赶紧跑出去，垫子烧得噼啪作响，火焰的红光照在每个人脸上。

"真丢人，你们这群丫头！"琪珀姨妈朝她们边跑边喊，后面还跟着其他茅草屋里的人。"我们操碎了心，你们就只会撒野！一帮混蛋孩子！"她数落着。

"谁在打架？"库法姨父用吓人的声音问，女孩们立马老实起来。是谁一看就知道，因为只有娜莫和塔茨维尔纳喘着粗气，塔茨维尔纳护着耳朵，娜莫的手臂上有深深的抓痕。塔茨维尔纳被她母亲带回家去惩罚，而琪珀姨妈则把娜莫领到一间空仓房里。

琪珀姨妈把娜莫的头按在膝间，用皮带抽打她，直到胳臂酸了才肯罢手。"今晚你就睡在这儿，这儿没有别人，只有老鼠和你打架了！"琪珀姨妈砰的一声关上门又反锁上。

起初，娜莫根本没觉得被琪珀姨妈打了，她实在太愤怒了。可打架的兴奋劲儿退去之后，她开始感觉到疼。娜莫在墙边缩成一团，用膝盖顶住胸。"我真高兴塔茨维尔纳的脚是歪的。"她对着黑暗的屋子说，又几乎立刻听见母亲的低语：你并不是真的这样想，你生气是因为她羞辱了我。

"我当然生气，"娜莫说，"你不是坏人。"

我当然不坏，我很骄傲你能这么护着我。

仓房里太黑了，不论娜莫把眼睛睁得多大，还是伸手不见五指。娜莫想象着母亲就坐在她对面，穿着一件鲜亮的蓝色长裙和一双粉红色的塑料凉鞋，头上围着条花围巾。

娜莫伸伸腰，抽打留下的伤碰到了门，疼得她缩了一下。女孩大都害怕独处，但娜莫却自得其乐。不过琪珀姨妈并不知道这点。

娜莫很困，脑子却停不下来：他们真会请猎巫大师来吗？库法姨父是个吝啬的人，把猎巫大师从商栈请到家里，还要费心款待，直到事情了结才算完事，这前前后后的费用得让他思前想后许久。

猎巫大师真的为了换取魔力杀了亲儿子吗？他这样的人杀人不眨眼，被他闻出来的人会有怎样的下场呢？

娜莫清楚人们可以忍受大部分巫师，就像忍受邻居家的一只恶犬那样。但假若有人做了很邪恶的事，比如传播霍乱，那人还能逃脱惩罚吗？娜莫听说曾有一个巫婆被人用削尖的棍子挖了眼。

"他们不会再那样做了，是吗？"娜莫问母亲，可母亲的灵魂早已悄悄离去，只留下空荡荡的屋子。

下一个生病的是塔卡维拉，他病了还不到一天就死了。"他太老了，"人们议论纷纷，"已经到了生命的终点。"

等到"鳄鱼"戛茨病倒时，所有人都震惊了。他是村里唯一一个有船的人。没有人敢到河上去，河马会把船咬成两截，鳄鱼会把人拖下水。别的人都不会游泳。可"鳄鱼"就在离海滨不远的地方撒网捕鱼，而且每次都能抓到肥硕的鲷鱼和虎鱼。

人们喜欢鲷鱼，不太喜欢虎鱼，因为天热时虎鱼臭得很快。"鳄鱼"戛茨身材高大，声音饱满响亮，他会想尽办法把鱼卖出去，卖不出去时也只是笑笑，然后把那些腥臭的鱼全吃了，像鳄鱼一样，这就是他外号的由来。

连他都病了，没人能保住小命了，大家私底下议论着。

村民看着戛茨一天天消瘦下去都很害怕。他的眼睛变得浑浊，像一条被太阳晒熟的虎鱼，之后就死了。他的妻子安娜悲嚎不已，没多少日子也病死了。

尽管外祖母做了防范，但霍乱还是侵入了村子，不久便哀嚎遍野。有些人病得轻，有些人病得重，但少有没得病的。舒芬姨妈受了一周的煎熬后也死了；玛斯维塔日益消瘦，直到脱了相；琪珀姨妈自己状况很糟，但她哭得撕心裂肺，乞求女儿能活下来。后来，外祖母干脆让她住到另一个茅草屋里去了。

安布雅、娜莫和库法姨父得以幸免。他们把原先剩下的糖、盐和开水搅拌一下喂给那些最虚弱的人喝。外祖母说这样人们才会有力气进食，事实证明是有效的。娜莫耐心地把液体滴进玛斯维塔嘴里，就这样，她苍白的脸渐渐恢复血色，烧也慢慢退去了。

娜莫照料一个个病人，累得筋疲力尽、动弹不得。有些屋里还放着未下葬的尸体，没人有力气去做这些事了。露拉没得病，但恐惧和悲痛快把她逼疯了。她在玛斯维塔身旁蜷缩着，水米不进。

娜莫忙里忙外，像一只小驴子拉着一架大车，承受着远超它能力的重量。有时，她像驴一样坐在路边，对着空地发呆，等恢复体力后又继续忙。

"玛斯维塔看起来好多了，"娜莫小声对露拉说，"你妈妈病也好了，要不要我给你讲个故事？"娜莫实在没工夫讲故事，但她想暂时逃离现实，也能让露拉不要老去缠着琪珀姨妈。琪珀姨妈成天需要人服侍，而她只记挂着玛斯维塔，几乎把露拉给忘了。

"很久以前，一个猎人有两只狗，分别叫'狠咬'和'快抓'。"娜莫说。

"它们是什么颜色的？"露拉问。娜莫膝上放了碗粥，小女孩一张开嘴，她就喂一勺。

"棕色，尾巴尖儿是白的，还有四只白爪子。"娜莫说得很快，"一天，猎人出去打猎，看到一只蹄兔坐在岩石上。正当他准备射箭时，一只向蜜鸟从他头顶飞过，高喊着：'猎人，请放过它，前面有更好的猎物。'于是，猎人继续向前走。"娜莫说着又往露拉嘴里喂了一勺粥。

"过了一会儿，男人遇到一只兔子，他举起弓。向蜜鸟又飞过他的头顶，高喊：'猎人，请放过它，前面有更好的猎物。'他听了它的话，很快就遇到了一只羚羊。'好肥的羚羊！'他说，'这

的确是更好的猎物。’

　　"向蜜鸟又对他叫：‘猎人，请放过它，前面有更好的猎物。’男人骂了一声，又继续往前走，这时他发现了一头刚坠崖的死牛。‘太棒了！’猎人喊，‘甚至都没费一支箭。’他坐下来准备切野牛肉烤肉吃。向蜜鸟再次飞过他的头顶，叫着：‘猎人，请放过它，前面有更好的猎物。’

　　"这次，男人生气了。他想，多讨厌的鸟！我从没见过比这更好的猎物，前面不可能有更好的了，但他又不敢违抗向蜜鸟，因为向蜜鸟是有魔力的鸟。于是他想法儿把野牛藏在洞穴里，等向蜜鸟飞走后就可以折回来搬走野牛。

　　"他走进一个洞穴，越走洞越大。最里面是一个村庄，村舍很美，栅栏里围了不少的牛羊。村庄的首领是一个老女人——她只有一颗又长又尖的牙。村里只有女性，因为男性都被这个老女人吃掉了。

　　"‘欢迎！’老女人说，上下打量着这个猎人，‘今晚就留在我家吧。’她端给男人一碗粥，还给他准备了一张柔软的床。晚上，老女人把牙磨尖，唰，唰，唰。她正准备吃猎人，这时‘狠咬’和‘快抓’赶紧护在主人身边，老女人只好改吃了一头羊。

　　"第二天早上，老女人说：‘森林里有一棵枯树，你帮我砍了当柴吧？’

　　"‘当然可以。’猎人回答说。

　　"‘但你不能带你的狗，它们太莽撞，会撞倒我的。’于是男人把狗锁在羊圈里，和老女人走到森林深处一棵很高的枯树旁。‘从树尖上开始砍。’老女人说。

"男人爬上树尖，砍断树枝后往下扔。与此同时，老女人又在石头上磨她的长牙，唰，唰，唰。她准备把树咬倒，等男人摔下来，午餐就有了着落。

"向蜜鸟看见她在磨牙，赶紧飞回洞穴，对女人们说：'快！快！放开那两只狗。'女人们照做了。'狠咬'和'快抓'飞奔过去，一看到老女人就将她扑倒，把老女人身上的骨头都摔断了。

"猎人回到洞穴，女人们都出来迎接他，还送给他牛、绵羊、山羊、猪和鸡，还有满仓房的谷子和新鲜泉水。'请做我们的丈夫。'她们说，'老女人吃掉了我们的丈夫。'

"就这样，猎人成了这里的新首领。此后，他总是想着为向蜜鸟准备好蜂蜜。"

这时，粥喂完了。露拉也在茅草屋女主人的手臂上安稳地睡着了。"你很会讲故事。"女主人称赞娜莫。娜莫笑笑站起身来。她感觉整个身子都很重，几乎不能动弹，但还得继续忙活。她还得喂玛斯维塔，还有许多家务要做。

回到玛斯维塔那里时，娜莫发现琪珀姨妈正弯着腰靠在她女儿的床边，安布雅在角落里研磨花生。"让她休息吧。"外祖母厉声说，"你越哭，她只会病得越重。"

"她过去多美呀。"琪珀姨妈悲叹着说。

"她还活着，不是吗？头发也长回来了。"

"她看起来像只用旧了的蒸煮罐。"琪珀姨妈放声大哭。

"你这个大蠢蛋，在你小时候我肯定把你脑袋摔坏了。"

"好！羞辱我吧！你总是更疼露娜可和舒芬！"琪珀姨妈回敬了安布雅一句。

娜莫感到沮丧，靠着墙缩成一团。她头一次听长辈们这样吵架。

　　"露娜可强过十个你，她本可以上大学的。"

　　"是啊，当然了！她还可以挺着大肚子，带个小混混男人回来，这不就是露娜可吗！可惜她和舒芬都死了，你就只剩下我了。"

　　外祖母泣不成声："我受够了！我的好女儿们都离我而去，只留下一个要挖我心喂秃鹰吃的！"

　　"有我你就知足吧，"琪珀姨妈大喊大叫，全身抽搐着，"我一天天伺候你。'给我端茶，给我加糖，给我擦脚！'还有谁受得了你的自私！"琪珀姨妈可能忘了，那些活儿都是娜莫干的。

　　听到她们的哭声，玛斯维塔啜泣着说："你们别吵了，我真受不了了。"

　　娜莫赶紧爬到表妹的床边安抚她，仿佛她是个受了惊吓的婴儿。"没事的。"她低声说，"都累坏了，她们不是真的在吵架。"娜莫在表妹身边躺下，紧紧握着她的手，除此之外，她不知道还能做些什么。

　　身边的病人和长辈们的争吵让娜莫晕头转向。玛斯维塔瘦了很多，随时可能会死去。娜莫突然浑身发抖，上气不接下气。她紧紧地靠着表妹，像是尽全力不让狮子把表妹拖走一样。

　　库法姨父一进屋就看到外祖母双膝晃动，琪珀姨妈像疯狗一样怒吼着，玛斯维塔在垫子上低声抽泣，而娜莫像得了疟疾似的颤抖着。他转身走出屋子，朝森林跑去。

　　男人们在森林里挖了个大坟墓，把尸体都掩埋了，尽可能简单地办了葬礼。安布雅和琪珀姨妈恢复了彼此间的友善，玛斯维塔照料舒芬姨妈的孩子，尽管她还很虚弱，但她很喜欢干。

　　疾病终于被击退。一切又回到了从前那样。娜莫总觉得有什么不对劲，可又说不清是什么。男人们的交谈声越来越小，女人们也不再到溪边聚集了。人与人之间有了隔阂，就像是项链断了，珠子散落一地。村民们内心深深地受了伤，娜莫也不知道该如何修复。

7

商栈

"篮子太重了吧？"玛斯维塔见娜莫小心翼翼的样子，关切地问道。

"不重，需要帮忙我会说的。"娜莫回答。实际上，篮子比她以前搬过的东西都重，只是娜莫不敢告诉表妹，怕她想要一起分担。她实在太瘦弱了，病愈了好几个星期还是骨瘦如柴。这倒不是因为没吃的，只要她一回头，总有人喂她吃的。琪珀姨妈甚至杀了只鸡，让女儿全吃了。安布雅烤了南瓜子，还在上面撒了盐。

库法姨父牺牲最大，他叫娜莫陪他到森林里找野蜂巢。蜜蜂在旧蚁巢里做窝，要是入口处是暗黑色的，就说明蜂巢比较新，还得接着找；如果是大地的颜色，就说明筑了有段时间了，里面储着蜂蜜。

库法姨父先封住了入口，又用锄头在附近凿开了另一个洞。他点燃一把草和树叶往里头熏烟，直到把里面的蜜蜂熏得昏昏沉沉的。即便如此，当库法姨父伸手进去时，还是有蜜蜂蜇了他。他颤颤巍巍地掏出蜂巢，泪流不止。

回来后，琪珀姨妈从蜂巢里挤出蜂蜜，和粟粉和在一起做成了一块美味的糕饼。然而玛斯维塔没什么食欲，琪珀姨妈就把糕饼直接塞进她嘴里。尽管这样，她也没长肉。更令人苦恼的是，她的经期并没有如期到来。

"她还年轻，"安布雅跟琪珀姨妈说，"女孩在这个年纪的经期就是不规律。"

"她不能生育了，"琪珀姨妈哀怨道，"我抱不上外孙了。"

安布雅生气地撇着嘴。

这就是娜莫不想让玛斯维塔帮忙的原因。没有比女人不能生育更糟糕的事了，她为玛斯维塔感到难过。

娜莫希望此行能治好玛斯维塔，尽管这对所有人来说都潜藏着危险。有人——也许是巫师，得为村民的死和玛斯维塔的处境负责。他们最终会找到这个罪人的。

玛斯维塔把舒芬姨妈的孩子绑到背上，头上顶着个不大的篮子。这个孩子断奶太早，又不喜欢粥和甜汁，动不动就哭闹，这让娜莫更加忧伤。

娜莫原本想着库法姨父不会乐意花钱请猎巫大师的，她想错了。玛斯维塔的状况让她父亲很是担心。她还以为猎巫大师会来村子里，可没想到人们必须亲自登门，而且得等很长时间才能见到他。

库法姨父、琪珀姨妈、安布雅、玛斯维塔和娜莫他们二十个人一同沿着小径出发了。娜莫的脖子时不时就痛起来，但她咬紧牙关，强忍着疼痛。他们不得不经常停下来，因为安布雅和玛斯维塔跟不上队伍。

午后不久，他们来到邻村——瓦缇缇住的地方。"怎么走了这么久？"瓦缇缇的丈夫抱怨说。他将和大伙一起去请猎巫大师。

"因为玛斯维塔。"库法姨父低声回答。瓦缇缇的丈夫瞥了一眼旁边憔悴的女孩，见她疲惫地坐在树桩上。

"那是她吗？我都认不出来了！"他对库法姨父低声说。

所有人在瓦缇缇的村里过了一夜，次日一大早继续赶路。每个人都穿着丧服。男人们围着头，满脸胡须，因为服丧期间不许刮胡子；女人们则围着脖子。娜莫注意到人们身上佩戴着一个个红蓝相间的小袋子，袋子里面装着有魔力的树根或者羽毛。琪珀姨妈和库法姨父手臂上都挂着一个，舒芬姨妈的孩子的腰上也是。

娜莫想，他们昨晚肯定去拜访巫医了。为了保护自己，他们要防着谁呢？娜莫颤抖起来，内心感到一阵阵恐惧，因为没有人给她驱巫符。眼前的光线越发昏暗，娜莫头顶着重重的篮子踉跄地向前走着。她不再感到脖子痛，事实上她已经感觉不到任何东西了。她就是他们要找的那个人！他们认为她就是深夜骑着鬣狗的巫婆！

因为分心，娜莫的前额啪的一声撞在一棵树上，划了道口子，但她没在意，直直地站着，思绪一片混乱。

"我来帮你吧，"玛斯维塔温柔地说，"妈妈抱着孩子，我能帮忙了。"

娜莫没反对。表妹从篮子里取出几袋沉重的玉米粉，绑在自己背上。

"他们再让你背这么重的东西，你会成驼背的。我给你绑上驱巫符吧，我有多的。"

娜莫迷迷糊糊地看着玛斯维塔在自己手臂上绑驱巫符。她用树叶揉了揉被撞的伤口，呆望着表妹。

"我想是天太热了吧，你都迷糊了。"玛斯维塔担心地说。

"不，我很好。"娜莫勉强继续往前走。此时她才弄明白眼前这一切，库法姨父把驱巫符给了玛斯维塔，让她分给女孩子们，保护大家远离巫术。

傍晚，他们赶到了商栈。虽然一路走来大家都很闷，但此刻都来了精神。商栈充满了活力！周围满是大大小小的营帐，营火冒着蓝烟，烟穿过香龙血树四散开。胖胖的女人们戴着鲜艳的头巾，坐在葡萄牙人商栈外的蔬菜堆后头，脸上泛着涂抹乳脂后的油光。

男人们用芦苇编成篮子；渔夫摆出很多袋干鱼；卖零食的烤着玉米和花生——那味道简直让娜莫失魂落魄。她转着身，四周的一切根本看不够。

一个农夫弹着单弦竖琴唱着歌，吸引顾客来买他的鸡。一个男子坐在商栈的台阶上，用牧羊笛吹出轻快的曲子，还有一位用葡萄牙吉他伴奏。音乐令娜莫屏住呼吸，她站得笔直，不敢相信乐声会如此优美，直到琪珀姨妈喊她，她才继续往前走。

他们在溪边扎了营，娜莫找来石块搭灶台。接着去溪边取水做饭。尽管她一直都很累，可这些事总要去做。

所有事都做完以后，娜莫反而亢奋得坐不住了。她跑回商栈。吉他手走了，但葡萄牙商人摆出了收音机，这东西居然能发出那么大的声音！人是搞不出这么大声响的。娜莫发现她一靠近收音机，肋骨就震动，仿佛是她自己发出的声音，简直太棒了！

娜莫一直待在商栈，直到有人拽着她的手臂企图把她拉走。娜莫挣脱着跑开了，躲进了附近的暗影里，耳边仍回响着音乐声。

"回家去，小孩！"葡萄牙商人用蹩脚的绍纳语喊道，"你还小，不能待在这里。"

她这才听明白那男人跟她说的是什么。煤油灯——另一件神奇的东西，挂在走廊的挂钩上，发出滋滋声。灯下坐着一群男女，还有许多啤酒盅，显然他们要大喝一夜了。

这一切隐隐约约透着危险，娜莫也说不清是什么。她恋恋不舍地回到营帐。

"猎巫大师这几周都不愿见我们，他甚至不想和我说话！"娜莫一进营帐就听到库法姨父喊道，"我们怎么等得了，你们一个个像饿狼一样吃这么多！我想他在抬价，这个可恶的杀人魔！"

"别喊了，被人听见了。"琪珀姨妈乞求说。

库法姨父突然停下来，看了看四周那片黑暗的树林。"对，有探子，这些话可不能传到他那里。"他嘟囔着。

"什么样的探子？"娜莫伸展开身子躺在玛斯维塔身边。

玛斯维塔想了一下，猜想说："猫头鹰？"

娜莫看着星空，想着玛斯维塔的话。她不喜欢露天睡觉，哪怕周围全是人。"我以为只有巫师才养猫头鹰。"

"别问那么多了，睡觉吧。"玛斯维塔对她说。

娜莫又想起猎巫大师，外祖母说过，巫医也能利用巫术做坏事。一旦他们那样做了，你得像避开一条疯狗那样避开他们。

娜莫仍然能听到远处收音机和酒鬼们的声音，那声音让她明白自己实实在在地到了神奇的异乡。她喃喃自语："真高兴我们还要跟这儿再待几天。"

小灾难的故事

每天娜莫都能碰上新鲜事。莫桑比克执政党的士兵在商栈外演讲，他们说葡萄牙殖民者被打败了，莫桑比克人民应该团结一致共建新国家。娜莫不知道什么是国家，但她很礼貌地听着。士兵中也有女兵，她们穿着男人的衣服，很气派地挎着枪。

"这样的女孩子能换来什么彩礼呢？"库法姨父问瓦缇缇的丈夫。

"什么也没有，"瓦缇缇的丈夫回答，"莫桑比克执政党规定不为女人付彩礼。"

所有人都震惊了。不付彩礼？如此一来，生养女儿的父亲们该如何得到回报？

"她们连牲畜都不如。"琪珀说，"没有彩礼的婚姻就像旧罐子一样很容易破掉。"

一天晚上，士兵们出于好玩对天发射了照明弹和曳光弹。子弹像火花一样直冲云霄。爆炸声吓得娜莫和玛斯维塔惊慌失措，两人搂在一起。

"愚蠢的士兵。"安布雅咕哝着，这段时间安布雅一直很暴躁。不知道是因为长时间走路，还是因为悲痛，娜莫感觉外祖母一天比一天老。外祖母不再进进出出，成天坐在树底下直勾勾地望着小溪。

玛斯维塔经常和外祖母一起坐着，娜莫多希望所谓的猎巫大师能快点见他们，虽然见到了也让娜莫很担心他会说些什么。

"安布雅，和我到商栈去吧。"娜莫跟外祖母说，"那里可好玩了。"

"小南瓜，对你来说是新鲜的，可我已经见得多了！"安布雅把毯子围在肩上。

"你可以听收音机，吉他手下午也在那里。"娜莫对外祖母说。

"吉他？"外祖母的眼里闪着光，有点儿感兴趣。

"那声音听起来像水滴在石头上，你想象不出有多好听！"

"我知道吉他的声音。"外祖母哉着说，"我早听过上百遍了。"但她还是由着娜莫把她扶到商栈去。她们赶到时，吉他手已经开始表演了，还有人为他送上一盅酒。走廊上的人给安布雅让道，葡萄牙商人给她找了张凳子。

"你好。"商人用蹩脚的绍纳语问候安布雅。

安布雅和蔼地点点头。她鼻子抽了一下，娜莫知道她闻到了酒精的味道。

吉他手一弹完，商人便为他鼓掌，说着葡萄牙语。四周全是喝彩和点歌的声音。

夕阳划过香龙血树慢慢落入地平线，金灿灿的一片。这些天来，外祖母第一次露出笑容，娜莫很开心。要是这个金色的下午能一直持续下去该有多好啊！但后来吉他手累了，阳光也渐渐退去，这时商人的助手拿出滋滋叫的油灯挂在走廊上。

"他很快就要去马普托了，"商人说，吉他手正背上吉他，"像土匪一样赚大钱去了。"

大地折射出夕阳的蓝光，令人着迷。

"嘿，你们村里死了好多人，是吗？"商人冷不丁问了一句。娜莫简直想杀了他。

外祖母的表情又忧伤起来。"很多人死了。"她点头。

"霍乱，坏家伙。执政党派士兵送来草药，迟了。草药，怎么说？不管用。"他摇摇头，"安布雅，你失去心爱的人了吗？"

娜莫真想把油灯甩到他头上。

"是的。"外祖母回答。

"我也是，我的小女儿玛丽亚。"

商人从衬衣口袋里拿出一张相片，让助手取下来一盏灯。娜莫看到一个小女孩——她和露拉差不多大，身穿一件好看的百褶裙，脚上是一双闪亮的黑鞋子，手里还提着小钱包，头发上绑着蕾丝巾。玛丽亚和娜莫一样是黑皮肤，因此娜莫猜商人的妻子不是葡萄牙人。

"我没有舒芬的相片。"安布雅说，泪水从脸颊上流了下来。

"没关系。"商人拍了拍胸口，"她的相片，在这儿。"

外祖母难以抑制悲痛之情。娜莫只希望能赶紧带她回营帐。

"我们能听收音机吗？"有人期待地问。

"闭嘴。"商人吼道，"没看到我和安布雅在谈正事儿吗？你们这群二流子，就算没音乐你们也照样能醉得不省人事。"此时助手开始搬来一桶桶酒。"嘿，给这位老人家来点，拿最好的！不要那帮醉鬼喝的泔水。"

娜莫这下高兴了，安布雅从来不跟陌生人喝酒，她肯定要说该回家了。但娜莫没想到，外祖母居然接过了商人的助手递过来的黑酒瓶。

安布雅和商人聊着去世的亲人，一旁的娜莫发现外祖母的心情渐渐好了些，可能是回忆让她的灵魂暂时摆脱了伤痛吧。

很快，当安布雅准备开第三瓶黑啤时，她掐着手指算露拉总共尖叫过多少回，因为"鳄鱼"戛茨老是故意把翻扭着的小鱼放到她手上。商人讲他妻子直接把罐装豆子放在火上加热，但忘了开盖子："轰！墙上、天花板上到处是豆子。'啊！'我妻子大叫，'一颗人造手榴弹！'"外祖母捧腹大笑。

"娜莫，来，"外祖母喊娜莫，"告诉他你在男孩睡房里放草蛇的事儿。"

娜莫羞愧万分，她还记得琪珀姨妈因为这事打她的情形。

"娜莫是'灾难'的意思？多可爱的孩子，她可不像是灾难。"

"她是我最贴心的小南瓜。"外祖母亲切地说，"她是露娜可唯一的孩子，我只能说，她的出生带来了一些麻烦！"

"为什么这么说？"商人让助手从厨房里拿来麦片粥和小菜，娜莫兴奋起来，她肚子早就饿得咕咕叫了。

"露娜可很聪明！我们离开津巴布韦后，她的校长寄了一封信给我们。'我与教会学校的修女谈过了。'他信里说，'他们答应给露娜可……奖学金。'"安布雅在"奖学金"这个词上卡了一下，"我当时想，这是多么珍贵的礼物呀！他们管吃管住，什么都管，我高兴极了，马上送她去了。她那时才十五岁。"

助手端来三个装着食物的大碗。尽管娜莫对她出生和过往的事很好奇，可肚子在抗议，她的注意力现在全在吃的上。白色的麦片粥熬得很好，娜莫从未见过这样的小菜——番茄和陌生的香料炖在一起——里面全是鸡肉！娜莫平时很难吃到肉，但她还是尽量吃得体面些。外祖母这一餐也吃得很满意，细嚼慢咽地品尝着。

"现在我们能听收音机了吗？"有人问。

"安静，没教养的东西！"商人厉声喝道，"我怎么会让你们这帮酒鬼坐在我的走廊上？你们怎么不去和牲口待在一起。"

"要是把露娜可留在家就好了，"外祖母把碗里的粥喝干净后说，"她在学校遇到了一个男孩，普朗德·乔威。""普朗德，'骄傲'的意思。"外祖母挖苦说，"我想知道他有什么好骄傲的，应该叫废物。"

"但一定长得很帅。"商人猜。

"嗯，那倒是，"外祖母叹了口气，"可怜的露娜可，她看起来很聪明，人家说女孩一成了女人就开始变傻了。"

"没错，"其中一个酒鬼说，"众所周知。"

"安静！"商人大声喊。

"他们在天主教堂结了婚，悖逆的孩子！"

"在教堂结婚也没什么不好。"商人轻声反对。

"那是你，你是葡萄牙人。对我们来说，女婿得先得到女方家里的认可，备好彩礼。一天，我看到露娜可从小路往村里走来。'出什么事了？'我冲她喊，接着我看到了她的肚子。"安布雅停下来把酒喝完，挥手拒绝了第四瓶，这让娜莫松了口气。

"他就跟在后头，那条诡计多端的鬣狗！兜里没一毛钱，名下没一寸地，更别说一头牛了。"

"穷孩子会为彩礼拼命干活的。"葡萄牙人回应。

"那得看他愿不愿意。我可从没见普朗德·乔威做过什么。哦，他满脑子都是发财大计：找金子，建一幢像他们在津巴布韦一样的方屋——我们这儿的茅草屋不好。但他唯一的真本事就是把酒喝干！"安布雅盯着那些喝得摇摇晃晃的客人，弄得他们紧张地避开。

"有天晚上……"安布雅停下来，直到周围的人都转过来看着她。娜莫屏住呼吸，以前没有人跟她说起过父亲。每次刚好碰上有人提起时，又总会立即换了话题，现在外祖母要把秘密说给一群陌生人听！

"有天晚上，普朗德去邻村喝酒。"安布雅坐直身子，油灯刺眼的黄光照着她的脸，旁边的酒鬼斜着身子凑近她，"他和一个叫戈尔·莫托可的男人打架。"安布雅沉默了一下，"他们都是混混，一无是处。戈尔把普朗德推到火炭上，普朗德怒了，拿起石头砸碎了戈尔的脑壳！"

"啊……"酒鬼们窃窃私语。

娜莫很想大声尖叫，但她的喉咙卡得几乎无法呼吸。这就是真相！她父亲是个杀人犯！她胃里翻腾想吐。这也难怪琪珀姨妈和库法姨父不喜欢她！

"普朗德像条肮脏的狗一样逃了，连跟露娜可告别都没顾上。没多久我听说他跑回了教会学校，向修女借了钱——说是为妻子借的。实际上，他回到穆托拉尚加的铬矿干活去了。"

娜莫还曾想着父亲会回来为她操办婚事！她咬紧下巴，免得哭出来。母亲也没为她准备彩礼，她就是瓦缇缇说的那个连一头山羊都不值的女孩。除了她，村里所有人都知道这事。娜莫羞得只想扯头发，她蹲在外祖母的凳子旁紧紧抱着她。

"安布雅，我们很担心你。"是库法姨父的声音。娜莫斜视商栈前面的交易区，她能认出姨父的身影，琪珀姨妈就跟在边上。

"我们以为你掉河里了。"琪珀姨妈说。

"好像我有那么蠢似的。"外祖母说着站起身子踉跄了一下，娜莫赶紧扶住她。"谢谢，我的朋友。"外祖母冲葡萄牙人合掌告别。

"安布雅，随时欢迎你。你虽然年纪大但明事理，不像这群家伙。"商人瞪着周围的醉鬼。

回营帐的路上，外祖母重重地靠在娜莫身上。"你……你喝酒了？"琪珀姨妈嘟囔着。

"是啊，怎么着？"安布雅语气中略带敌意。

等他们走远了，库法姨父小声说："我以为我们之前都达成共识，不再提露娜可的丈夫了。"

"是不是得封了我的嘴？还轮得着你们小辈儿人来教训我？"

"妈……"琪珀姨妈支支吾吾。

"对，我是你妈，你最好别忘了！"

走在黑黢黢的路上，好一会儿都没人说话。娜莫心烦意乱，一开始都没太注意，后来她渐渐发觉有些事很不对劲。女人们不太喝酒，但也不是没听说过。但外祖母总是特立独行，她抽烟管，还时常跟男人坐在一处，自己管钱不说，好多事都自己拿主意，娜莫没见过哪个女人能比得上她。这就是外祖母，人们已经习惯了这样的她。虽然此时库法姨父和琪珀姨妈表现得十分安静，但娜莫还是能察觉到他们不太痛快，但又不敢言语。这一次，是针对安布雅的。

"跟人打打交道有什么不好的。"安布雅突然冒出一句来。

"你不知道那里还有些什么人。"库法姨父应了一句，娜莫能听出他尽量压着火气。

外祖母想了一会儿说："这件事好几年前就平息了。"

"或许平息了，也或许没有。"

又是一片沉默，更多的是无言的气恼。

娜莫不太明白他们言语间的含义，但她知道最好不要问。到了营帐，娜莫扶外祖母睡下，接着到临时搭建的厨房洗碟子，脑子里一直回想着刚才发生的事。之后，娜莫匆匆在睡垫上躺下，玛斯维塔挨在她身边，她也假装不知道。

父亲是杀人犯。他还未受罚就逃跑了，这就意味着戈尔·莫托可的家人还没报仇，这种罪行可是难逃公道的。娜莫记起安布雅讲过一个故事。在津巴布韦一个男人杀了妻子，被送进了监狱。外祖母说事情还没完呢，人人都知道他妻子的魂魄永远不得安宁。杀人犯最终被释放了，他四处浪荡，直到被一辆车碾死。"是他妻子让他走到车前面去的。"安布雅似乎很满意。

说不定戈尔的鬼魂还在纠缠父亲，但外祖母说，事情很多年前就了结了。她补偿莫托可家人了吗？那也太不公平了——毕竟外祖母和父亲没有半点血缘关系——或许他们会把罪责推到母亲身上，而外祖母本来会为母亲做任何事情。

娜莫强忍住眼泪，喉咙都开始疼了。女儿属于父亲的家族，除了安布雅，大部分人都想在母亲死后把娜莫送走。是外祖母坚持留下了娜莫，把她当亲孙女，还喊她"小南瓜"。娜莫一想起这个，眼泪就忍不住落下，但她咬紧牙关不哭出声。娜莫浑身颤抖着，她不想惊动身边的玛斯维塔。玛斯维塔多幸运啊！她的名字是"谢谢"的意思。人们欢迎她来到这世上，虽然眼下她遇到了麻烦，但所有人都在尽力让她的未来变得美好。

9

猎巫大师

"成了！"玛斯维塔推开芦苇喊。娜莫正靠在岩石上盯着自制的渔网。

"什么成了？"娜莫问。

"那个猎巫大师。"玛斯维塔跑累了，坐下来大口喘气，"他答应明天见咱们了。"

娜莫俯下身子，捡起渔网里的一条小鱼抛到篮子里。她心跳加速，但又不知道该怎样跟表妹形容她有多害怕。"我们全都……去吗？"

"嗯，是的！我们都得在场，万一，万一……"玛斯维塔的声音越来越小。

万一我们当中有人是巫师，娜莫想。

"这一切都了结了该多好！我想回家。我虽然喜欢出来，但更想待在一个地方，可别再有什么变故了。"玛斯维塔打开娜莫的篮子，数着里面的鱼。

"我也不喜欢意外。"娜莫小声说着，脑子里又想起了父亲。

她们回到营帐时，所有人都忙着打包。如果事情进展顺利，他们很快就能回家了。库法姨父去商栈给舒芬姨妈的孩子买奶粉。孩子恢复得很快，小脸蛋圆滚了不少。这孩子似乎把玛斯维塔当成了母亲。反过来，玛斯维塔也越来越像模像样了。

娜莫想，表妹已是一副为人母的样子了，看起来比自己还要年长五岁——她像草一样长得飞快。外祖母的话说是逗乐，如今却刺痛了她的心。娜莫想，五年后，我即便长成果树又有什么用？谁又会娶杀人犯的女儿呢？

第二天一大早，所有人都认真拾掇自己。玛斯维塔为娜莫梳头、擦乳脂。表妹的手很凉，娜莫知道她也害怕。出发时，太阳刚刚从远方的香龙血树后升起，像个暗红色的球。娜莫赤脚走在潮湿的路上，成群的灰椋鸟藏在周围的树林里。这种鸟长着深蓝绿色的羽毛和橙色的眼睛。

房舍沿着小溪建了一溜儿。有人告诉娜莫，商人的房子在小溪紧一头，挨着猎巫大师的房子，执政党的营帐在小溪另一头，商栈就在中间。众人沿小溪而行，经过一间间房舍和谷仓。库法姨父在前面带头，男人们拎着给猎巫大师的礼物。

走了一里又一里，他们终于来到猎巫大师的院子。那是一片铺了红瓦的方屋，院子里长满了香蕉和木瓜树。一个男孩正领着一群母羊绕过花园，每头羊的乳房都用袋子包住了，是怕别人来偷羊奶。娜莫本来觉得很好笑，可此刻她心里不安，一点也笑不出来。

进去之前，大人们在院门口齐声喊了一句密语，意思是"猎巫大师，我们骂你啦。"娜莫不明白这句奇怪的话有什么深意，但外祖母说，进入猎巫大师院子以前都得这么喊。大师穿着杂志里那样的灰西装，坐在走廊的桌子前吃早餐。娜莫好奇地看着他用刀叉吃饭的样子。突然，他抬头直直地盯着娜莫，娜莫感觉骨头都化成水了。

"欢迎！欢迎！"猎巫大师喊道，随即放下餐具，用人过来收拾。

"又见面了，尊贵的尼亚玛萨奇。"他叫出安布雅的真名，"你是，尊贵的库法。"娜莫见他逐一认出每一个人，手臂上起满了鸡皮疙瘩。他是怎么做到的？之前分明没见过啊。

接着，大师慢慢地、悲伤地一一说出了死去的人的名字。每说到一个名字，所有人都大呼："太神奇了！"他指向院子尽头那片小树林，突然走进房子。

"这会儿是怎么回事？"娜莫小声问。

"那是他的神园，"外祖母低声回答，"我们得在这儿待着，等他穿戴整齐。"

人们围成半圆坐下。不久，猎巫大师出现了，他还穿着刚才的西装，但多了两条旌带披在胸口。他头戴一顶豹皮帽，脖子上挂着一串由细骨和玻璃珠串起的项链，手里还拿着一个泥瓦罐。

瓦罐里是不是装着他儿子的灵魂？恐惧刺痛了娜莫。大师在地上铺了一张芦苇席，从罐子里取出四根占卜签。娜莫这才松了一口气。

跟着猎巫大师一起来的还有一个年轻男子，他挨着大师跪坐在一旁。"占卜费。"大师说。库法姨父赶紧拿出三只捆好的鸡，鸡是之前从其他村子换来的。

"爸爸，我给您收好。"年轻男人说着，把鸡拎到树荫下。那个男子是猎巫大师的另一个儿子，娜莫很好奇，他哥哥被杀了献祭这事，不知道他怎么想。

猎巫大师每只手各拿两根占卜签，"这些人来求问我巫医之子，想知道是谁害死了他们的亲人。是家族里未散的灵魂吗？"他问，然后松开手，占卜签掉到席上。大师急忙拿起来，但娜莫还是看见有两根签正面朝上，另外两根朝下。她知道签子一面有图案，一面没有。在掷出的签中，有三根上面的图案很抽象，而第四根上的图案像是一条鳄鱼的轮廓。她不懂这些图案是什么意思。

"这个结语对吗？"他问，于是又掷了签。这次三根正面朝上，一根朝下。"不对。"他说，"占卜签不认可，死亡不是由家人的灵魂造成的。"

他继续问灾难是不是由流浪的灵魂引起的。他掷了两次占卜签，结果都是否定。"是不是索命鬼干的？"猎巫大师问。这次有三根签朝下，第四根鳄鱼图案朝上。"鳄鱼，厄运！这次准吗？"又掷了一次，还是三根朝下，鳄鱼图案朝上。"是的！是索命鬼干的，没错。"

"噢！噢！"所有人都松了一口气，这下不会有人被当成巫师了。

"一个男人被杀了。"猎巫大师继续说，"他的灵魂四处游荡，没有安歇之地，也没有后嗣，成了索命鬼。他在伺机复仇。就是他杀了你们的亲人——她的父亲要为此负责！"他手指娜莫，吓得娜莫往后缩，扑倒在玛斯维塔身上。

"他的鬼魂在大声哭喊：'为什么杀我？为什么我的家人呼唤复仇？'"

"我们做出了赔偿。"安布雅抗议。

"嘘。嘘。"人们发出低声。玛斯维塔扶娜莫坐起来，两人紧贴在一起。

"谁在质疑？"猎巫大师问，"是灵媒吗？我不认得她。"

"十年前我就做出赔偿了。我甚至连杀人犯的亲人都不是，但我还是赔偿了。戈尔·莫托可的父亲索赔十头牛，一头抵他儿子一根指头。一个只会破门而入的流氓，也值这个价？"

"别再说了。"琪珀姨妈啜泣着。安布雅很不耐烦，示意她女儿走开。

"那你赔了多少？十头牛吗？"猎巫大师平静地问。

外祖母显得有些不安："怎么可能！我也没那么多钱。再说了，要不是戈尔把普朗德撞到炭火上，也不会有后面的事。他们俩都有错，不是吗？"

"那你赔了什么？"猎巫大师的声音平滑得像一条穿草丛而过的蛇。

"两头奶牛。"安布雅承认。

"一个人的命就值两头奶牛？两头奶牛就能夺走一个人传宗接代的能力？这么看来，他的鬼魂变成灵豹也就不足为奇了！"

大家倒抽一口气。

"哦，对了。"猎巫大师笑着说，"你想瞒我，但我知道，因为我看见了。尊敬的尼亚玛萨奇，你女儿是被豹子杀死的，不是吗？"

"是的。"外祖母轻声说。

"它进了村，没杀死山羊和鸡，绕过了一个婴孩，却带走了她母亲，是吗？"

外祖母无言以对。

"到了这时候，女孩要成年了，豹子再次出现——它先是出现在溪边，那会儿女孩正好独自一人，后来又在夜里出现在香蕉园里和她说话，坟墓旁还有它的脚印。你们都知道戈尔·莫托可家的图腾就是豹子。其实要解决眼下的问题，办法显而易见啊。"

"啊！啊！"琪珀姨妈开始尖叫，突然栽倒在地，"啊！啊！为什么要杀我？我对你做了什么？哇啊！"她满地打滚，翻着白眼，所有人急忙跳开。玛斯维塔拉开娜莫，躲得远远的。

娜莫吓得几乎要昏死过去。琪珀姨妈被戈尔的灵魂附体了！他就在里面寻找复仇的机会。

"我连一块遮身的布都没有，也没人到我的坟前送羊。一口吃的都没有，现在我想要这些东西。"琪珀姨妈喊叫着。库法姨父跪到她旁边想给她擦脸，但她也不知道哪儿来的力气，一把推开了丈夫。

"没有儿子为我祭奠，我要报仇，我要杀人犯的女儿，咦……"琪珀姨妈惊声尖叫着，昏死了过去。当戈尔·莫托可的鬼魂从她身体离开时，她挣扎着在地上扭动。几个女人们赶紧跑去揉她的手脚，库法姨父向猎巫大师求了一瓢水，大师让他儿子回房去取。

玛斯维塔颤抖着哭泣，娜莫已经顾不得她了，只觉得自己僵成了一块石头。只有外祖母还在尽力克制着，正对着猎巫大师说："我承认两头牛是不多，但说到底本该是杀人犯家里头出面料理这些事。他们远在津巴布韦，我给他们捎过话，但他们从未搭理过我。"

猎巫大师的儿子取来水，库法姨父把水泼在琪珀姨妈身上让她冷静下来。她呻吟几声后，睁开了眼睛。

"还有一个杀人犯的家人不在津巴布韦。"猎巫大师说。

"我会给戈尔家送布和食物，外加一头奶牛来顶替这女孩，这样总行了吧。"

"我们现在说的不是怎么让他家里人满意。"猎巫大师说，"而是怎么让索命鬼满意。以命抵命才是正理。"

娜莫惊呆了，浑身颤抖。他是说要杀了她吗？肯定不是！

"这个女孩必须给戈尔·莫托可的兄弟当小老婆。你知道，她实际上是这个亡灵的新娘，她的头生子必须以他的名字命名。"

"不！不能再用活人抵债了！这传统是违法的！愚蠢！残忍！我绝不同意！"

"行行好，尊敬的安布雅，别把事情搞得更糟了。"库法姨父恳求说。

"怎么会更糟！我告诉你们，戈尔·莫托可的兄弟就是头禽兽。他全身是病，染给他那些苦命的妻子们不说，还要把露娜可的孩子交给那畜生，我情愿去死。到时候你就能看到另一个索命鬼了，你们谁也别想睡安稳觉！放开我！"

几个女人拦住外祖母，像是在哄一个胡闹的婴孩一样试图安抚住她，其中一个女人跟猎巫大师说："她身体不舒服，大师，请原谅她。"

"我什么毛病也没有！"外祖母大喊，"现在都什么年代了，我们活在现代，女孩不再像奴隶一样被送人了。你算哪门子猎巫大师？杀了自己的儿子获得灵力？呸，那本就是巫师的勾当。"

"妈！"琪珀姨妈大喊一声。

"她病了。"库法姨父大声说，"她不知道自己在说什么。"

娜莫吓得几乎要昏厥。没有比指控谁是巫师更狠毒的话了，况且这很可能是真的。猎巫大师面无表情，但从他紧握的拳头就能看出他有多愤怒。连安布雅也被自己出口的话吓到了。

"此处若有巫师，恐怕今早就已经到了。"猎巫大师怒吼，"如果有人意图对我施咒，我祖先的灵力会反咒她。"猎巫大师用他那根蛇形的手杖刺向安布雅。

娜莫大叫，生怕手杖会刺伤外祖母的脸。然而手杖在距离外祖母的脸一指之宽的地方停住了。但安布雅仿佛被手杖击中了一般，头一缩，嘴巴滑稽地咧开露出牙齿，倒在了身后女人们的怀里。

"外祖母！"玛斯维塔哀号。

"都闪开。"库法姨父命令说。

女人们把外祖母放在地上，琪珀姨妈揉她的手脚，猎巫大师的儿子跑去拿水。

对娜莫来说，一切都消失了，她眼里只剩下外祖母的脸，半边脸歪歪扭扭，一只眼一动不动地睁着。娜莫轻轻地把那只眼睛合上，摩挲着外祖母的脸，她透过那皱褶的脸皮摸到外祖母正紧咬着牙根。

"帮帮她吧，尊敬的大师！"库法姨父说。

"我为什么要帮一个管我叫巫师的人？"猎巫大师应道。

"她是我们村里最年长的。她溺爱自己的外孙女，除此之外，她无可指责。当然，我会付钱给你。"

大师想了想："关心老人是好事，我看你是个既体贴又令人尊敬的女婿。好吧，我会制些药膏给你，但你回家后得找人照料她，这种病得很久才能痊愈。"

"得多久？"

"几周，也没准儿几个月。"

大师回屋配药，库法姨父又拿出更多的礼物和钱。外祖母的呼吸声断断续续，像是在打鼾。

"娜莫，去葡萄牙商人家里。"库法姨父说，"咱们得把安布雅抬回去，看他那儿有什么能借给咱们的。"

娜莫沿着小路奔去。葡萄牙商人得到中午才开门做生意，此时，他正坐在走廊上乘凉。听到消息，他立刻让助手拿着一副担架出发。"把她带到这儿来。"他告诉助手，"别让她待在猎巫大师那儿，他搞不好会把她剁了当晚餐。"看到娜莫张皇失措的样子，他又说："小灾难，我就开个玩笑，他斗不过你的安布雅的。"

不一会儿，安布雅就被抬到商人那儿去了，她的脸上和身上都涂满了灰褐色的泥。所有人的前额也都用粉笔做了记号，这表示猎巫大师对报酬很满意，人们对他也很满意。商人让村民把外祖母抬到门廊处的一张床上。

"她不习惯睡床上，怕掉下来。"娜莫低声说。

"那你就守着她！"商人命令娜莫，"我才不会睡在地板上呢。要是蜈蚣爬进我的鼻子里筑巢怎么办。"尽管娜莫心里害怕，但她还是傻傻地遵命。"好样的，小灾难。你就守在安布雅身边，看见蜈蚣来了就用棍子打它们走。"

库法姨父不敢相信，葡萄牙商人愿意收留外祖母还分文不取。但他很快就接受了商人的安排，还派了几个女人轮流照看安布雅。

女人们一直待在安布雅身边，给她保暖、按摩、活动关节。

到了下午，老人家半边身子勉强能动了，而另一边依然瘫痪。她仍说不出话。到了晚上，女人们都回溪边的营帐了，只剩下娜莫陪在外祖母身边伺候。娜莫耐心地为外祖母替换身下的垫布，还往她嘴里滴水。午夜时分，娜莫已经筋疲力尽。她躺在席子上，舒展下身体。恐惧和痛苦把她折磨得疲惫不堪，她一下就睡过去了，连个梦也没做。

10

耶稣和索命鬼

第二天，库法姨父叫玛斯维塔、琪珀姨妈和舒芬姨妈的孩子先去瓦缇缇的村里住，瓦缇缇的丈夫和另一个男人一路同去好有个照应。其余的村民留下来等安布雅好些了再带她回家。娜莫抱着表妹哭成了泪人，玛斯维塔背上的孩子看她们哭也跟着大哭起来。

"他挺壮的，"娜莫边说边擦脸上的泪水，"至少声音很洪亮。"

"他模样很俊。"玛斯维塔说，"万一……万一我生不了孩子了，起码我还有他。"说完她又哭起来，直到琪珀姨妈喊她走。娜莫看着他们消失在小路尽头，心里五味杂陈。一方面，她不愿他们离开；另一方面，没人愿意听她叨叨那天上午在猎巫大师家发生的事。

别的女人根本不理娜莫，但这样一来她就有了足够的时间来思考自己的处境。她的父亲是个杀人犯，索命鬼命她嫁给一个多病且有几房妻子的老男人。戈尔的族人不会付彩礼，也就是说她在新家不会有任何地位。其他几位妻子会打她，说不定她丈夫也会打她，毕竟她是仇人的女儿。她再也见不到玛斯维塔、露拉或者外祖母了——如果外祖母能活下来的话。

未来太令人绝望了，娜莫不愿再想。住在商人房舍的走廊上，她假装是在商栈里，就像她在荒村假装和妈妈一起喝茶一样。娜莫当然知道，母亲不是真的和她一起喝茶。那不过是一张用石头压平的旧杂志封面。可那一幕在她脑海里是如此真切。或许，她妈妈就在什么地方生活着，很可能就在地下国——那个接纳被上面世界抛弃的动物和人的王国。有一天，如果她能找到那里，她也会加入他们的。

娜莫全心全意照顾安布雅。当不愉快的念头一冒头儿，她就使劲摇头把它赶走。此时此刻，这里除了商人的房舍、外祖母在走廊上的床和无休止的当下，别的都不存在。

娜莫每天做三到四次膏药，用的是被闪电击倒的树的树皮粉。树皮粉是猎巫大师给的，据他说，这是治中风的对症药。娜莫把粉末用布包紧，浸在水里熬煮后敷在外祖母瘫痪一侧的身上。娜莫还不时为安布雅按摩、讲故事，虽然不知道老人家是否听得见。

别的女人白天会过来照料安布雅，但她们只是彼此交谈，不理娜莫。

下午，商人到商栈去了，他妻子就坐在走廊上。她叫露莎，身材丰满，性格开朗。"我曾经有个绍纳语的名字，结婚时乔奥给我改了。"她解释说。乔奥就是葡萄牙商人。

"是习俗吗？给妻子改名？"

"要是信教的话是这样。"露莎说，"我是为了嫁给乔奥才入的天主教。对了，你故事讲得不错。"

"谢谢，安布雅教我的。"娜莫很喜欢露莎，更喜欢她带来的零食。有罐头食品、剥了皮的熟豌豆，还有袋装的饼干和用玻璃瓶装的蜂蜜。她以前都没吃过这些东西！嫁给一个开商栈的男人真好啊！要是能得到这么多东西，娜莫也会入教的。

但天主教的有些事让娜莫忐忑不安。露莎和乔奥的床正对着一个大十字架，上面钉着一个男人，头戴一顶荆棘盘成的冠冕。露莎说那个男人叫耶稣，坏人把他杀了，但三天后他复活了。

"那他报仇了吗？"娜莫问。

"噢，不！他原谅了他们，这是教义。"

娜莫不想失礼，但心里觉得在卧室里挂个死人像怪瘆人的。另外，如果耶稣没得到补偿，他就应该变成索命鬼，让仇人不得安生才对。娜莫使劲摇摇头，不去想索命鬼的事。

安布雅有了好转。她身体两侧能动了，但还是站不起来，也不能说话，不过眼睛有神了，一直追着娜莫看，有时泪眼汪汪。

"安布雅，疼吗？"娜莫一边给她擦眼泪一边问。安布雅开不了口，只有眼泪不住地流。

一天下午，库法姨父判定老人家已经能动身回家了。"尊敬的安布雅，编篮子的人给你打了张行路椅。"他说，"椅子架在长杆上，我们担着你，你坐在上面会很舒服的。"他吩咐娜莫做好准备，明天就起程。

娜莫呆立着，眼见姨父大步离去。突然，那个她不再想的念头又冒了出来。她不会永远住在这长廊里。往后，再也不会有人跟她聊天或者关心她。她会搬到一个陌生的房子里，那里的女人们恨她，她的丈夫会毒打她，就连她的亲人也都迫不及待想丢弃她。

娜莫瘫倒在地，放声大哭。露莎从屋里跑出来。"怎么啦？伤着了吗？"她跪下把女孩搂在怀里。娜莫哭到筋疲力尽，露莎把她领进屋，让她躺在耶稣对面的大床上。

"把这个喝了，小灾难。"露莎小声说，把一瓶暗红色的液体送到娜莫嘴边。娜莫差点被这个又甜又辣的东西给呛住，露莎直到她喝完才离开。"你就在这儿睡一觉吧。"露莎轻声说，摸了摸娜莫的前额。

娜莫醒来，一睁眼就看到墙上的死人像。他是谋杀案的受害者，理所当然也会变成一个索命鬼。他的鬼魂是否还在到处游荡找他的仇人？娜莫滚下床，这样耶稣就看不见她了，地板嘎吱作响。她听到外面有声音，有人说着葡萄牙语。

因为之前哭得太狠，娜莫胸口疼得厉害。沉重的绝望感漫及全身，但她又想到安布雅还需要她照料。

"小灾难！"娜莫来到走廊的时候，乔奥叫她。他和露莎就坐在外祖母床边。

娜莫很惊讶，现在是白天，乔奥一般得午夜才回来。

"我专门回来找你的。"乔奥解释说，"露莎捎信儿给我，说你一直哭，一直哭，怕你哭出毛病来。她绍纳语好，让她来说吧。"

"猎巫大师的把戏我们都知道。他就是个恶人！"露莎开始说。

"比恶人还要坏十倍。"乔奥补充说。

"他让人们等他，好让探子出去打探人们的秘密，然后谎称是灵魂告诉他的，全是胡扯。"

娜莫很担心，对大师评头论足很危险，他知道了肯定会害乔奥和露莎的。

"他在商栈布下耳目，他知道人们都会去那儿。"露莎接着说。

"我太蠢了，让老人家讲了那些秘密。这个猎巫大师听到你的那些事肯定很得意，又能大捞一笔了。"乔奥向安布雅点头，外祖母也认真地看着他。

"我们之前就见过你外祖母，当时她来交易家畜，换金子。"露莎说，"她可不一般，独立，又有智慧。光看她送你母亲上学就知道，她肯定不会让你给索命鬼当新娘的。"

娜莫低下头，她明白，商人和妻子同情她是好，但他们不明白村民们有多绝望。只要能保命，牺牲一个女孩在所不惜。

"我们在想，虽然不敢肯定，但你母亲结婚前没准儿已经是天主教徒了。娜莫，要么说你就是天主教徒的孩子，这样一来，你是不能按异教方式送去给人的。"

娜莫抬起头，吓了一跳。

"我们的小玛丽亚死于霍乱。"乔奥说，"心头肉没了，露莎一直很伤心，她想收养你。"露莎拉着娜莫的手，眼里闪着泪光。娜莫说不出话来，住在这儿？和这些可亲的人在一起？能行吗？

"你的安布雅会同意的。"露莎说。娜莫看向外祖母，老妇人双手叠放在一起，似乎在合掌，那是她表示感谢的方式。

"哦，外祖母，"娜莫低声说。她糊涂了，她真能待在这里吗？整天和露莎说话，听吉他，吃罐头鱼吗？那她会在园子和厨房里忙活——不停地干活，好让他们喜欢她。但这样的话，她就再也见不到外祖母、玛斯维塔和母亲了。她还能和母亲一起喝茶吗？

"反正你嫁出去也见不到你的家人了。"露莎看懂了突然沮丧的娜莫的心思，"除了当牛做马，你就是个奴隶。你以为你丈夫还能让你回家探亲吗？丈夫！还这么小怎么嫁人，你看起来有十一岁吗？"

"我和玛斯维塔一样大。"娜莫说。

"好吧，你十二了，这个年龄结婚也挺让人吃惊的。"

"库法姨父绝不会答应的。"娜莫说，她不敢有期望。

"我来跟他说。"乔奥很有把握，"我会送他很多礼物，他回去的时候能肥得像只河马。"

但乔奥低估了库法姨父心里的恐惧。"不行！"那晚库法姨父大喊大叫，"不行！索命鬼杀了我的亲人，我的女儿不能生育。他要是还不满意，会把我们全杀了。"库法姨父的兄弟待在走廊旁边的阴影处，时不时低声赞同。

"我去和戈尔·莫托可的兄弟谈，出高价，他高兴了，戈尔就高兴了，他不还得回到墓地里去。"

"你不明白！索命鬼想要的是儿子，只有娜莫能给他。"库法姨父说，完全不顾及娜莫和露莎在场。

"她太小，还没法'当妻子'。"乔奥说，"你把她留在这儿住一年，然后她再嫁。"

"没人指望她成年，但她必须进丈夫的门。"库法姨父说，"必须让索命鬼知道我们是真心的。葡萄牙人，我知道你怎么盘算的，把她留在这儿，等明年我来的时候你就把她藏起来。"库法姨父的兄弟从暗影里走出来坐在台阶上，娜莫的希望破灭了。

"让安布雅开心不好吗？"乔奥恳求说，"她老了，而且很爱她的外孙女。"外祖母躺在床上，眼睛来来回回看着他们争吵。

"我最担心的就是安布雅。只有满足了索命鬼，她才能康复。"

"我想娜莫的父亲是天主教徒。"露莎突然冒出一句。

库法姨父无视露莎，向天说道："女孩在村里按古老的习俗被养大，她属于我们，不属于什么天主教徒。"他咬牙切齿地吐出"天主教徒"这个词。

"她属于她的父亲。"露莎强调说，这让娜莫颇为感动。这点很重要：她的姨父也许无权处置她。

"他杀了人。"库法姨父依然对着空气说，"他女儿为他还债，合情合理。"

"就是。"库法姨父的兄弟开口帮腔。

"是霍乱害死了人。"露莎喊道，"成百上千人死了，你觉得这都是索命鬼干的吗？"

"我不知道，你也许应该去问问猎巫大师。"

"去问那个把自己儿子的心脏装在罐子里的恶魔？白痴才会去！"

"露莎……"乔奥拉住妻子的手臂。

"你真不害臊！把孩子送人，好成全你那卑鄙的兽心！"

"我想你妻子忘了我们传统的女德了，也说不好这就是你们天主教徒的德行吧。"库法姨父阴阳怪气地说。

库法姨父明目张胆的无视令露莎怒气冲天。她往前逼近几步，对着姨父的脸大喝道："别假装我没在这里！我听着呢，看我把这些话都塞进你喉咙！"娜莫捂住耳朵，乔奥则抱住妻子，将她拉走。

"停下，露莎！你会把事情搞砸的！"

库法姨父示意他的兄弟准备离开。"天一亮就走！"他告诉娜莫，接着头也不回地走了。

露莎在乔奥的手臂里挣扎："你不能让他们带她走。"

"亲爱的。"乔奥低声说，"我没办法阻止他们。"

"到执政党那儿去，叫那些挎枪的女兵来啊！"

"亲爱的，这里不允许有枪。"

"执政党反对这些旧规矩，他们能阻止这些愚蠢的行为。"

"太冒险了！"

"你不去，我去。"

"好，好。"商人叹道，"但是亲爱的，士兵们不喜欢有人夜里去找他们，他们可能会把我当成靶子，砰砰砰。我要是满身枪眼儿地回来，你不会哭吗？"

"别想骗我，我知道他们都喜欢你。"露莎苦笑着说，眼里噙满了泪。

"噢，是啊！喜欢得非要把我的酒倒进河里才行。"

娜莫知道执政党禁酒，但他们和葡萄牙商人签了休战协定。执政党能管控商人，知道他在哪里经营，能围捕闹事的酒鬼。乔奥提着一盏灯，沿小路离去。

娜莫和露莎帮外祖母洗了身子，喂她喝鸡汤和稀粥，然后把她抬到床上躺着。

"军营离这里有多远？"娜莫问。

"一个小时吧，在商栈的另一头。"

"不危险吗？"

"乔奥不会独自去的，他会带上助手。"

对话结束后，娜莫的神经像弓弦一样绷得紧紧的。她不知道还有什么盼头。娜莫想和露莎待在一起，但又不希望露莎的家庭受到伤害。如果执政党的士兵拿枪对着商人，接下来会发生什么事呢？如果她不嫁给戈尔·莫托可的兄弟，索命鬼会不会杀了自己的亲人呢？

娜莫挨着外祖母的床坐下，她握住外祖母冰冷的手。"我该怎么办，安布雅？"她恳求着，"如果你想让我跟露莎和乔奥待在一起，请你动动手指。"然而外祖母没有动，也许她还没弄明白，又或者她还没拿定主意。

娜莫听到远处有动静，光线在树林里来回闪动，一群人从商栈的方向走来。"露莎！"她大喊。

"那不是士兵！"露莎说。很快这群人就冲进商人的院子，肆意践踏，围成一个半圆包围了房屋。娜莫看到乔奥脸色苍白，吓了一跳。人群中有库法姨父、猎巫大师和他儿子、用人们，还有其他村民，人人都拿着火把。

"噢！"乔奥和助手被扔到地上，疼得直叫，他们的双手被反绑在身后。

"有本事敢跟我作对了？"猎巫大师咆哮着，从腰带里抽出一把小手枪对准乔奥，露莎尖叫起来。"你们没资格命令我！"猎巫大师继续说，"你们不是我父亲，我也不是你们的孩子，你们无权干涉。"

"我只是去店里查看一下。"乔奥反抗。

"胡扯，你个骗子！你是要去执政党士兵营，我都听见你跟助手说了。"库法姨父对他吼。

"要是天主教徒想开战，我们奉陪。"猎巫大师吼着，"我们倒要看看谁会赢，是十字架上的死人还是生灵遍地的非洲！"他朝天开了一枪，娜莫吓得不敢出声。

"我是去拿白兰地给士兵们。"乔奥灵机一动。猎巫大师停下来，打量着他的俘虏。两个男人互望了很久，他们的表情让娜莫捉摸不透。尽管猎巫大师气势汹汹，但他看起来并不是很生气，乔奥也不是很害怕的样子。

"执政党反对酒。"猎巫大师说。

"上头是不喜欢。"乔奥狡猾地说，"但底下的士兵会喝啊，也会追女人。"

"确实如此。"其中一个村民附和着，"看得出那些小女兵有多贱，她们居然穿男人的裤子。"

"真的？你去拿白兰地给士兵们，不是请他们出手救这个女孩吗？"猎巫大师问。

"夜里送酒？别开玩笑了。"库法姨父说。

"我白天去，那些军官会杀了我的。"

"有道理。"猎巫大师移开枪。娜莫突然明白了，猎巫大师和商人已经达成协议，他们必须和平共处。他们可能互相看不顺眼，但他们做生意，拥有相同的顾客。只要猎巫大师能保住自己至高无上的地位，他也不介意有个天主教商人在这个地方经营。对乔奥来说，他必须保护露莎。而库法姨父不过是个外乡人。

"你不准备惩罚他吗？"库法姨父问。

猎巫大师不理会库法姨父，他让儿子搬来一张椅子。年轻人走进乔奥的屋子就像进自己家一样，把乔奥的安乐椅给拖了出来。猎巫大师往上一坐，让用人给乔奥和他的助手松绑。露莎哭喊着跑向丈夫。

库法姨父还没摸清楚眼下的局面，虽然生气却又不知如何是好。娜莫若不是现在处境艰难，没准儿会笑出来。

一切都结束了，娜莫知道自己无路可逃。她无助地看着外祖母被固定到行路椅上，露莎在乔奥臂弯里哭，而乔奥呆呆地望着远方幽黑的森林。娜莫转过头去，决然地跟着一摇一晃的安布雅离去。乔奥和露莎或许一直目送她离开，又或许没有，都不要紧了。她越早离开，他们就越安全。

II

索命鬼的新娘

娜莫呆望着茅草屋敞开的门，外面阳光耀眼，屋里却又凉又暗。她能听到外祖母均匀的呼吸声。

明天就是过门仪式的第一天，酒已经酿好了，瓦缇缇村里的巫医也会赶来。仪式上，戈尔的魂魄会上巫医的身，列出他想要的东西，好让娜莫的家人远离灾难。其实条件都谈妥了，仪式不过是走过场。

次日，娜莫将和亲戚们到戈尔的村里履行婚礼的第二项仪式。她头上要盖一块红布，直到她坐在新家的橱柜边才能揭开。

娜莫生平第一次不用干家务，好像她已经告别了自己的村子似的。玛斯维塔、塔茨维尔纳和其他人在拾柴火、除草。娜莫走出外祖母的小屋时，她们会礼貌地问候，彼此已经隔了一堵墙。

唯一的好消息是玛斯维塔的月经又来了。看来索命鬼的怒气已经开始消了。

她的新生活会怎么样呢？娜莫知道戈尔的兄弟佐洛洛已经有三个老婆了。她们比琪珀姨妈还老，肯定会妒忌自己。娜莫见过佐洛洛,满头白发,眼白几乎是暗黄色的。每次库法姨父的猎狗冲他叫,他都会朝那畜生的肋骨狠狠踢上一脚。很显然戈尔的兄弟不好相处。

母亲怎么办呢?回到家的几周里,娜莫只去过荒村一次。太让人伤心了!"妈妈,我能带你一起走吗?"她问。把相片留在原处也许会更好,她可以想象母亲一直在那儿等她。

"小南瓜。"娜莫身后传来虚弱的声音。

娜莫差点叫出声。她转过身去,发现外祖母正坐在席子上看着她。

"是……是你说话吗,亲爱的安布雅?"她浑身颤抖。

"到这儿来。"老妇人的声音虽然低沉,但很清晰,"我不想让别人听见。"

娜莫蹲在席子旁边,浑身直哆嗦。

"我能说话都好几天了,也听了不少话。我得想想后面该怎么做。"

"做……做什么?"娜莫小声问。

"我很虚弱。"外祖母接着说,"肯定不能去和库法争辩你嫁人的事。"

"你知道这事?"

"我什么都知道,包括咱们从商人家回来的那晚。我一直在想露莎说的话。小南瓜,你可能真是天主教徒。"

"我怎么证明呢?"娜莫把布浸到水里。天热的时候,娜莫总是帮外祖母降温,她都意识不到自己正在做的动作。

"我不清楚,但我知道天主教徒会保护你,如果他们知道你也是的话。"

　　娜莫很想哭，外祖母为什么等这么久才跟她说？安布雅就算现在想帮忙也都晚了。娜莫一边想，一边用湿布轻轻地擦老人的脸和手臂。

　　外祖母沉默不语，或许她已经筋疲力尽。

　　"安布雅，你想吃点东西吗？或是叫琪珀姨妈来吗？"

　　"不！"外祖母不知从哪儿来的力气，"我最不需要的就是那个泼妇。我的心肝肉，这些话我只能跟你一个人说。"

　　听到外祖母说"我的心肝肉"，娜莫在心里无声地哭泣，她感到十分无助，还从没有人这么叫过她。

　　"你必须今天就逃到天主教徒那里。"

　　娜莫站直身子，她没听错吗？"你是让我自己走到商栈去吗？"

　　"不。那样的话，库法和戈尔那卑鄙的兄弟很快就会找到你。另外，乔奥和露莎也不能保护你，他们寡不敌众，你必须逃到津巴布韦去。"

　　"津——巴布——韦？"娜莫断断续续地说。

　　"我躺在那儿一直想一直想，到底该怎样做？终于有了主意——溪水往下一直流到穆森盖济河，从津巴布韦过来时我是沿着河走的，沿着它走，你也一定可以回到那里。"

　　"我——不懂。"娜莫愣住了。河边都是茂密的森林，先不说穿过去有多难，所有的野兽都会到河边喝水，不出一天她就要变成晚餐了。

　　"你可以走小路，但那样很容易迷路。况且一个女孩子也坚持不了多久。"

娜莫正是这么想的。

"所以你必须划船去。'鳄鱼'戛茨死后,他的船一直搁在河滩上,我猜没人会去动它。"

"船还在那儿停着。"娜莫说。

"太好了!你很有观察力,肯定也留意过'鳄鱼'戛茨是怎么划船的吧。"

事实上,娜莫经常看渔夫撑船。划船是她学到的众多技能之一。渔夫拿着用一根杆子和平板做成的桨,在船这边划一下,那边划一下,船就能慢慢往前走了。

"等天黑了,你把船拖进水里,顺着水流向下游漂。过不了多久你就能到穆森盖济河了。这时你必须逆流往上划,千万不要往下游去。需要休息的话就停在岸边,但一定记得把船绑在树上。'鳄鱼'戛茨经常在船里放一卷绳子,走之前要确保它还在那里。这样你也能躲开陆地上的野兽。"

娜莫惊叹不已。多大胆的计划!她真能划着船奔向自由吗?"我怎么知道我到目的地了?"

"当你看见电灯的时候你就到了。"安布雅说,"你从没见过电灯,但它们很亮,比上百堆篝火还亮。记住,过边境线时一定要当心,别下船,地上都是地雷。"外祖母解释什么是地雷,娜莫心里更没底了。

突然,外面传来琪珀姨妈的声音,安布雅赶紧躺平闭上眼睛。琪珀给娜莫带来食物和玉米酒,还有为她特别准备的点心。"今天是你在这里的最后一天。"琪珀姨妈说。她抬起外祖母的手,还是那么软弱无力，又放下，叹了口气。

琪珀姨妈走后，娜莫和外祖母一块儿吃起来。"我必须瞒着她。"老妇人说，"如果库法知道我能给你出主意，他大概也能猜出你会往哪儿跑，我宁愿让他觉得你是跑回商栈去了。"她俩边吃边聊，像两个说悄悄话的小姑娘，就跟那天下午她俩在商栈听吉他演奏似的。

最后，外祖母让娜莫悄悄把门关上。"把我床头的箱子挪开。"外祖母说。娜莫推开箱子，外祖母又让她在地上挖，挖了几寸深之后，娜莫发现地里埋着一个罐子，里面都是小金块儿。

"这是我在溪里淘的，我之前和乔奥交换东西的时候用过，以后用不上了。"

"别这么说。"娜莫乞求着。

"我说的是事实。等我见了祖先，琪珀肯定会翻箱倒柜找这些东西。我藏的这些她都能挖出来！还是你拿去吧。"

娜莫把金块倒在手里，金块比她想象的更凉更重。

"用布包好了，绑在你的脖子上。"安布雅指导娜莫怎么做，"别随便卖掉，先去找修女们，她们会给你建议。"

"尼扬加？"娜莫回想起母亲的学校所在的地方。

"你不一定能走那么远，津巴布韦到处都是修女，你就找最近的，告诉她们你是天主教徒，她们就会给你的父亲带信。"

她的父亲！娜莫早把他忘了。这么一想，外祖母的冒险计划有些靠谱了。自己在津巴布韦有家人，她是有名字的——娜莫·乔威，她是乔威家族的一员，可能还有亲爱的姑姑、姑父们，甚至还有祖父母。

"他就像谷仓里的耗子一样靠不住，但你也只能靠他了。"安布雅这番话真是给娜莫泼了一盆冷水。娜莫觉得，外祖母其实不太了解父亲，说不定他家还不错呢。

"小南瓜，出去转转吧，去仓房拿点吃的、火柴，还有葫芦，能拿什么就拿什么，别让人看见就行。"

"那是偷东西。"娜莫不同意。

"为了活命。我是你长辈，我命令你这么做，现在就去。我累了，想睡会儿。"外祖母闭上眼睛，这下她真的睡着了。娜莫撕下红布的一角，把金块裹在里面。那块红布原本是准备在她婚礼上用的。

我的彩礼，娜莫苦笑一下。之后，她按照外祖母的计划行动起来。

一切都十分顺利。"鳄鱼"戛茨的船还停在芦苇中，锚绳绑在船上。娜莫从仓房取了一整袋玉米粉，又在琪珀姨妈屋里找到一盒火柴和一袋豆子。她四处走动，搬来零零碎碎的东西。偷窃是邪恶的，道理她明白，但是违背长辈的意愿更坏。娜莫觉得问心无愧。有人看见她也不会理会她，更不会停下来跟她说话。她现在在村里就是个幽灵，人们已经把她当成索命鬼的新娘了。

只有玛斯维塔让她心里一紧。"我会想你的。"表妹低头照看着舒芬姨妈的孩子，眼里噙着泪水说，"我想告诉你……如果事情没解决……如果他对你不好……就回来，我见不得你受这样的苦。我会和父亲争到底，直到他同意把你留下来。反正生第一个孩子的时候，你按规矩总是要回来的。"

娜莫知道玛斯维塔根本没有和库法姨父争辩的勇气，但她还是很感激，甚至觉得有点内疚，因为她刚偷了琪珀姨妈做的糕饼。那糕饼是用小米和蜂蜜做的，专门给玛斯维塔补营养用的。

娜莫把偷来的东西都藏在船里。午后，她到荒村去把母亲取出来。"你一定猜不到我要做什么。"娜莫对着泥罐小声说，"我知道这样不对，可外祖母命令我这么做。"

天色渐暗，离出发的时间越来越近，娜莫心里又开始嘀咕起来。太阳高挂头顶的时候，这计划简直绝妙极了，就连安布雅都信心满满。

可当树林的缝隙被蓝灰的阴影填满，娜莫在"鳄鱼"戛茨的船边呆立着，根本不想移动。奎利亚鸟飞进芦苇丛躲了起来。天将黑未黑之际，森林尤为迷人。一头扭角林羚在溪边单足而立；一只猴子从李子树上望着娜莫。娜莫有点迟疑，手里捧着装了母亲相片的泥罐。

转瞬间，光影移动。扭角林羚哼哼几声另寻路径而去，猴子慌忙逃窜。"噢，妈妈，我好怕啊。"娜莫低声说。她把罐子放在船尾用草围住，免得被磕坏。

12

逃跑

　　"你又是这样。玩儿这么晚才回来，什么活儿都不用干了。"娜莫刚进外祖母屋里，琪珀姨妈就开始抱怨，"别以为你在新丈夫那里能偷懒，他可是个明白人。"琪珀姨妈靠着墙，手里拿着麦片粥和小菜。玛斯维塔正仔细地用汤匙舀东西给外祖母吃。

　　"她看起来好多了，你觉得呢？"玛斯维塔说，"我都觉得她能听懂咱们说话了。"

　　"可怜的妈妈！要不是因为娜莫，你也不至于激怒了猎巫大师。臭丫头，你看什么？还指望我给你端茶倒水啊。"

　　娜莫从外祖母身边的搁架上取了小菜和麦片粥。

　　"你早点收拾妥当，别再往林子里跑了。"琪珀姨妈说。

　　"今晚到我们屋来吧。"玛斯维塔乞求说，"我会让塔茨维尔纳照看外祖母。"

　　娜莫差点呛住："我还能经常再见到你，但不知道什么时候能再见到安布雅。"

　　"那今晚我来和你待在一起。"表妹贴心地说。

　　"不行！来这儿你一晚上都甭想睡了。"琪珀姨妈突然插话，

"她要到新家去了，你得干她留下的家务活。"这话听起来像是娜莫为了报复表妹才要嫁给戈尔的兄弟似的。

玛斯维塔争了几句也就不再坚持了。"别担心，你嫁过去以后，我会尽量常去看你的。"她这么一说，娜莫也就这么一听。表妹虽然心肠好，但还是拗不过她母亲。

反正，玛斯维塔是不会在那个所谓的"新家"见到娜莫了。

琪珀姨妈和玛斯维塔走后，娜莫赶紧做完一天里最后的家务。她扶安布雅坐起来，清洗干净后，又把水罐放到床边。她发现外祖母能自己拿杯子喝水了。

"你骗过了所有人。"娜莫钦佩地说。

"再有个一两天，我就能奇迹般地康复了。"老妇人心里有数，微微笑着。

娜莫瞥了眼黑黑的门口："外祖母……我跑了以后，索命鬼会不会惩罚这儿的所有人？"

安布雅停顿了一会儿说："我想了很久，很多人都死于霍乱，不只是咱们家。我相信露莎是对的：戈尔·莫托可做不到一下子传染这么多人。"

"但猎巫大师……"

"他是错的。我知道这很不可思议。"外祖母说，娜莫眼睛睁得老大，"你看，那些灵媒没被附身以前也都是普通人，有时候没办法也会装出被附体的样子。"

娜莫怎么也想不到会这样。

"小南瓜，我都是半截身子入土的人了。一直以来我都尊敬、崇拜巫医，相信他们能指示我们祖先想要的，但也有少部分巫医，极少的一些，是很不厚道的，其中更有些是彻头彻尾的恶棍。"

"就像猎巫大师那样。"

"有哪个正派人会杀了自己的亲儿子？等真遇到了大麻烦，干旱、蝗灾，还有疫病什么的，不还是得靠大地之魂才能应对？那个所谓的猎巫大师的伎俩根本不足挂齿。"

外祖母的话让娜莫感到不安。她从没见过有人质疑巫医的权威——除了葡萄牙商人和他妻子，但他们是天主教徒，他们的意见不算数。

娜莫突然冒出来一个想法："琪珀姨妈！她被戈尔的鬼魂附体了。"

"哦，她啊。"外祖母苦笑着说，"听着，小南瓜，我接下来要说的话可能会让你心烦，但你一定要明白。打从你一出生，你姨妈就讨厌你，她也讨厌你母亲。人人都说露娜可生得美，在学校里表现又好。最要命的是，玛斯维塔出生前一个月，露娜可就生了一个漂亮的孩子，这么一来，都没人在意琪珀了。"

"漂亮！他们觉得我漂亮。"娜莫自言自语。

"她一直都想摆脱你。咱们这次去拜访猎巫大师，机会不就来了。"

"你是说她撒了谎？"

"事实不就是如此嘛。"

娜莫的世界完全被颠覆了。安布雅先是指责猎巫大师捏造事实，现在又说琪珀姨妈假装被索命鬼附体。有谁会相信这些事就发生在她身上呢？

"你不能多待了。"外祖母温柔地说。

"现在？我不想走。"

"你必须走。要是我能一起……"外祖母叹着气，"好吧，我不能。就这样吧。我太清楚佐洛洛了，相信我，不到一年你就会被他打死，或者被他妻子毒死。你唯一的出路只有逃走，我以前也给过露娜可机会，现在我给你机会。你要是再大一点儿就好了。"

"我害怕。"娜莫啜泣，紧紧依偎着外祖母。

"我明白。"外祖母抚平她的头发，娜莫感觉有什么滴落到她的头发上，"这次出逃将是你做过的最艰难的事，但值得一试。你会找到你父亲。我估摸着你不出两天就能到，咱们这儿离边境很近。到穆森盖济河千万记得要逆流而行，河把边境分开，你只要贴着河边走——走哪边都无所谓，都可以到津巴布韦。"

"另外一个方向是到哪里？"娜莫问。

"卡布拉巴萨水库。葡萄牙人筑坝之前，穆森盖济河会流入赞比西河。如今赞比西河成了一个大湖，你一眼都望不到对面。"娜莫点点头，她以前听到过很多关于卡布拉巴萨水库的事。外祖母轻轻地把外孙女的手从她脖子上移开，然后把她推向门口。

"你晚上可能会生病的。"娜莫反抗说。

"我会没事的。记住，小南瓜，你母亲的灵魂会一直看护你，她会提醒你避开沿路所有的危险。"

"我再也见不到你了！"

"嘘，嘘！别人会听到咱们讲话。如果没法儿再见到，我的灵魂也会在梦中和你相聚，我保证。"

娜莫伤心极了，一步一步地走出去。她拿走屋里照亮用的小油灯，用门板堵好门，以防野兽进去。她听见外祖母在里面叹气。

四处是黑乎乎的村舍小屋。弦月低低地挂在西边，光线很弱，无人在外逗留。娜莫提着灯，照亮前方的路。远方有公狮在咆哮。它还不是最危险的，娜莫知道，在森林里悄无声息穿行的母狮子才最可怕。

每个响动都能让娜莫僵住，直冒冷汗，都让她想逃回安布雅的怀里，但那也不是长久之计。再说，是长辈命令她这么做的。"妈妈，请保护我。"她祈祷着试着向前走。

终于，她拨开芦苇，看到"鳄鱼"戛茨的船还停在之前的地方。她爬了进去。呀！船像树枝一样左摇右晃。娜莫从没坐过船，真不喜欢这种感觉。她趴下身，伸手解开船尾的绳子，船里的积水把娜莫的裙衫都弄湿了。

松开船以后，娜莫拿起桨，模仿着"鳄鱼"戛茨划船的样子，把船撑离岸边。船动了！刚开始每次动几寸，到了溪中间时，船漂得快些。娜莫紧紧抓住两边，此时弦月几乎要看不见了。

透过树梢，她可以看见天空，圆圆的岩石和沙地时时可见，可她的村庄已经渺无踪影。

娜莫虽然害怕，却也有些兴奋。这成真了！她真的要驶离佐洛洛和他那些妒忌的老婆了。只要两天她就可以到达津巴布韦，她会请求她见到的第一个人先帮她找到修女们。然后——天啊，然后！——她们会给住在穆托拉尚加的父亲送信去。

想着那些即将和她见面的姑姑和姑父们，娜莫满心欢喜。漆黑的河岸缓缓退去，而她向前出发，向穆森盖济河漂去。

13

大河之旅

娜莫惊醒过来，地面在摇晃，她的裙衫也湿了。过了好一会儿，她才回过神来：我在船上。她小心翼翼地坐起身。一缕晨光描出东方的地平线，河岸看似仍遥不可及。

娜莫虽然惊慌，但还是努力定定神，仔细观察水面，好确定她此刻身在何处。河水流动的速度比午夜时快得多，这才把她弄醒了。"这肯定就是穆森盖济河。"她大声说。她立刻拿起桨向逆流方向划，这边一下，那边一下，她像"鳄鱼"戛茨那样划，可船却纹丝不动。水流实在太急了。

光线渐渐亮了起来，天空中出现粉红色的云团。娜莫的裙衫湿了，这让她有点发冷，船里积了更多的水。她竭尽全力地划着，双臂酸痛，咬紧牙关才能止住牙齿打颤。村民们很快就会发现她逃走了，他们会组队出来寻她。她只能远离村庄，或者在村民赶到前躲起来。

火红的太阳出现在她左侧那片灰绿色河岸的上方，河面上泛着红色的涟漪，徐徐的晨风中还夹杂着炊烟的味道。娜莫累得胸口疼，她太需要休息了，于是向岸边划去。

到更远的对岸才更安全，村民们发现不了她。但她几乎看不清河岸在哪里。再说水面上笼罩着一层热雾，遮掩了河里的大石块。娜莫拼命划着桨，树越来越近。她的裙带松了，裙子浸在混浊不清的积水里，绕着她的脚飘飘悠悠。顾不上了，只要一停下来，激流就会猛烈摇动船身，令人胆寒。

娜莫使出最后的力气，终于将船划入芦苇丛中。她站起身，抓住弯到水面上的垂柳。船顿时掉了个头，娜莫也往后倒下。"不不不不。"她呜咽着，此时船头朝岸边靠，撞上一堆刺槐，那可怕的尖刺丛离她的脸不到几英寸。娜莫看着四周噼啪作响的树枝，灰尘、蚂蚁和断枝洒落全身。刺槐拦住了小船，如此一来船就不会被冲走了。过了一会儿，娜莫觉得可以安全上岸了，就将船绳绑在一棵刺槐上。她躺下，脸枕在湿透的裙衫上，身体困乏得发颤。

这便是她驶向津巴布韦的初次冒险！

娜莫休息了很长时间。水面飘来死鱼的恶臭味，跟以前"鳄鱼"戛茨身上的味儿一样。现在这股味道浸入她的皮肤像浸透渔夫的身体一样。人们经常说"鳄鱼"戛茨是未见其人，先闻其味。她也会变成这样吧。娜莫苦笑着，如果她闻起来像条被晒臭的虎鱼，佐洛洛还会那么着急娶她吗？

天越来越热，娜莫的肚子开始咕咕叫。她的手指被水泡皱了，嘴巴却渴得发干，但她还是不想动。她听到远处有声音，是搜寻队在森林里找她。声音时而大，时而小，再后来就没有了。人们不大可能冒险进入刺槐丛，再说村里只有一条船。

外祖母说过，以前很多人自家都有船，那会儿穆森盖济河的水流还很平缓。但自从葡萄牙人在赞比西河筑坝拦水后，水就倒流向穆森盖济河，河道变宽，行船也变得危险。内战期间，葡萄牙士兵挨家挨户地搜缴，把所有船都毁了，就是为了避免村民们被执政党利用。只有"鳄鱼"戛茨侥幸藏起船，也只有他能继续捕鱼，一直到执政党掌权。

此时，娜莫躺在斑点状的阴影处，看着蚂蚁爬过刺槐，心想着：执政党几年前就打败了葡萄牙人，为什么没人重新造船呢？难道只有"鳄鱼"戛茨一个人有力气在现在这个汹涌的河里捕鱼吗？水流肯定一直都这么急，但以前靠岸应该更容易，只是很少有人去尝试吧。

娜莫每次看渔夫下河走船都觉得很轻巧，可能安布雅也这么觉得。娜莫第一次心里犯疑：外祖母怎么知道两天就能到津巴布韦呢？两天是对"鳄鱼"戛茨而言吧。

"啊！"娜莫倒抽一口气，她猛地发现水已经漫过半身。船在下沉！麻袋装的食物都要被弄湿了，放母亲相片的罐子就浮在船尾的水面上。她扭身跪下来，身上不知道被刺槐刺破了多少处。她奋力把罐子抓回来夹在两膝之间，然后用喝水的葫芦——那是她目前最宝贵的东西——往外舀水。

真是大惊小怪！她经常看到"鳄鱼"戛茨做同样的事。早上出发前，他就会花时间舀夜间积下来的水。想起这个，娜莫心里觉得好受多了。往外舀水是平常事，"鳄鱼"戛茨安全行驶了那么多年，漏水肯定是常有的。

娜莫停下来取了些干净的饮用水，小口吃着玛斯维塔的蜂蜜糕饼。食物让她感觉好多了。

等船稍干些，又能上路的时候，娜莫从罐子里取出母亲的相片，摆在装玉米粉的麻袋上。"妈妈，咱们就要去津巴布韦了。"娜莫说，"我会努力找到你的学校的修女们——我相信你会支持我这样做的。我要去看你住过的地方，和你的朋友们聊天。你见过父亲的亲戚吗？希望他们能喜欢我。"

娜莫安静地听，等待母亲的回答。

"当然，我还会去穆托拉尚加。我想父亲在那儿应该有间屋子，安布雅说他喜欢大方屋。"

"铬矿工是不是能挣很多钱？"娜莫问母亲。"如果那儿和乔奥的家一样好就太棒了！"

母亲告诉她不要期望太高。

"我有金子，可以付钱。"娜莫轻轻摇了摇系在脖子上的那袋金块。她把母亲的相片收好，接着在船的一侧洗净裙衫铺开晾晒。娜莫裸露着躺在斑驳的阳光下。她想在下午晚些时候，等搜寻队的人走累之后再到危险的激流中行船。

刺槐丛那里热得让人难受，就连蚂蚁都慢吞吞的，趴在刺上动着触须。一条小绿蛇在树枝上滑行，接着就钻进树皮的裂缝里消失了，娜莫吓了一跳。疣蛛也懒懒的，在织成了一张美丽的金色丝网后，便爬进去坐在正中，伸开毛茸茸的蓝腿。

到目前为止，娜莫不得不承认自己是在拖延时间。她害怕再次踏进那条危险的河流中去冒险。太阳慢慢沉下去，成群的奎利亚鸟在水面上飞窜，忙着寻找过夜的地方。

"我要么回去嫁给佐洛洛，要么就设法到津巴布韦去。唯一不能做的事就是待在这里，我真想知道这儿离津巴布韦还有多远。"

娜莫对着罐里的母亲说。

娜莫把晾干的裙子系紧。她解开船绳，用桨撑船离岸。啊！一到水中，河就牢牢抓住了小船，娜莫只能拼命地划。慢慢地，她似乎掌握了一些划船技巧，因为感觉控制方向更容易了。划船可真是件苦差事！

娜莫尽量靠着河岸走。此时太阳已经落下，水面映着暗红色的微光。从河中间什么地方传来河马的抱怨声，吓得娜莫直哆嗦。河马会怎么想呢？会不会觉得那只是一块逆流而上的木头呢？河马很聪明，就是好奇心太强。它们经常会看女人们洗衣服，似乎发生在水里的任何事都与它们有关。

幸运的是，这只河马向反方向游去，它的头像是一块黑石头浮在被染红的河面上。

黄昏来去匆匆，今夜的月亮更圆了一些，但仍显黯淡。娜莫继续观察漆黑的河岸，她不想让船偏离河岸太远。她不停地向前划桨，手臂疼得让她倒抽冷气。她也不知道走了多远，因为岸边一点光都没有：看不见烟火，也没有外祖母描述的电灯光。

娜莫不得不再次划向岸边，这次她慢慢靠近一个小河湾，这里水流较缓。她把船系在柳树上，将葫芦装满水，吃了些糕饼。"我得上岸去生火，如果还要走很远的话。"她自言自语。

娜莫跳下船。一种怪异的感觉袭来，让人十分难受。她觉得自己病了，这病来自于她的精神，而不是身体。第一次，她孑然一身。

娜莫也曾独自待在荒村里，琪珀姨妈之前为了惩罚她还把她一个人锁在小屋里，她也会一个人偷偷做东西吃，可这次完全不一样。这次，没有人会等她回家，即使是爱生气的姨妈们。村里人都会以为她死了，玛斯维塔会为娜莫流浪的灵魂哭泣。

想到灵魂，娜莫躺下，尽量把自己盖严实些。她四处摸，碰到装着母亲的罐子。我不是一个人，妈妈和我在一起。可在黑暗中，相片并不像白天里那么真切。水里有什么东西搅动的声音，是鳄鱼吗？她不知道鳄鱼会在晚上做什么。一群小丛林猴沿着河岸边走边唧唧咋咋；地犀鸟的喉咙里发出低鸣——哼，哼哼。

比害怕更让人难受的是孤独的感觉。娜莫从未像现在这样独自过夜。她过去睡在女孩们中间，四周是均匀的呼吸声。她们的体温像一道屏障为娜莫隔开了黑暗。突然，娜莫不禁哭了起来。她无声地抽泣，怕被岸边的野兽听到。

泪水湿透了娜莫的头发。后来，她双手抱着玉米粉袋，鼻子埋进满是灰尘的布里睡熟了。

第二天天不亮，娜莫就出发了。"昨天我浪费了太多时间。"娜莫觉得，只要她再努把力，就能在天黑以前赶到津巴布韦。她不想再独自过夜了。因为划船，也因为船上湿气太重，娜莫觉得全身都僵僵的，还很痛，但划了一会儿那感觉又消失了。阳光晒干了她的裙衫，也让她振作了不少。

糕饼几乎要吃完了，它虽然味美，可娜莫有点腻了。中午，娜莫将船绑在一棵巨大的无花果树上，拉船上岸。她动手生火煮玉米粉，还在上面撒了点儿干鱼屑。为了调味，她甚至还撒了几粒珍贵的盐。瞧瞧这日子！肚子填饱了，还打了个盹儿，娜莫继续上路。

下午后半晌，一只河马游到了船边，它大张着嘴，一声咆哮，娜莫都能看见它粉红的喉咙——还冲她龇牙。娜莫伏在船里躲着，河马嗷呜叫着潜入水中，水花溅到她身上，不一会儿船开始摇晃。河马正在撞船！

娜莫紧握船桨拼命向岸边划。更多的河马浮出水面追了上来，露出贪婪的眼睛。那只公河马又发出一声吓人的低吼。娜莫从没离这么近看过河马的嘴，活像一片布满牙齿的生肉。那畜生又仰头对天嗷呜叫起来，显出一副要把小船一口咬成两半的架势。

河马群中间有许多小河马，没多少野兽比带着孩子的河马更危险了。

娜莫拼命划船，都不知道哪儿来的力气。她乞求所有能想到的灵魂保佑她，甚至包括她从没有见过的曾祖父。水越来越浅，船剐住卵石划不动了。但河马不喜欢浅滩，它们退回深水区浮着，排成一条长线。

娜莫跳下船。没有她在里面，齐腰的水把船浮了起来，船旋转着往外漂去。娜莫及时抓住船帮，慌忙地在浅滩上站稳，把船拉上岸，绑到附近的一棵树上。

娜莫被困在河岸上，河马群就在水面忽近忽远地浮游，不时过来看看娜莫的动静。娜莫几乎能想象出津巴布韦的电灯，然而夜幕降临，森林里没有一丝光亮，她这才真正感受到自己是孤独的。终于，河马群离开去觅食了。娜莫爬回船里，又要独自度过一个痛苦的夜晚。

娜莫睡得很不安稳。河马安静的时候，她担心它们会来她系船的地方。黎明初始，水面泛着红光，附近回荡着咕哝声，河马的头在河里闪闪发亮。娜莫估计有二十头成年河马和六头小河马。

娜莫浑身发疼,长时间泡在水里,皮肤也开始发痒难受。中午,她把剩下的糕饼都吃完了,现在她本应上岸煮点东西吃,但她觉得不能冒这个险,还不如就躺在船上给自己讲故事,这些故事要么是她听外祖母讲的,要么就是在男人们聚集吃饭时偷听来的。

"一天,天上的神正在思考他所创造的万物。"娜莫对着罐子里的母亲说,"神看着太阳、月亮和星星,还有天空和云彩。'我将造出更美的东西。'神对自己说,于是创造了地球母亲。

"天神把她做成簸箕的形状,从云层取来水,从太阳那里取来火,在她身上覆盖了树木、灌木和草。'我会赐给你让万物生长的力量。'神对地球母亲说。

"天神一遍又一遍地描述自己美丽的地球,太阳和月亮都很妒忌。于是,太阳变得滚烫,想烧死地球;月亮赶走云彩,想让地球变得干涸。但草木依旧茁壮生长,充足的热量反而让它们开出更多的花。

"太阳和月亮抱怨连连。天神决定造出新的东西来吃掉这些植物,这样地球母亲就不至于太招人嫉恨。于是神拿来泥土,造出了动物。因为要造的动物很多,神做得又快,有的动物就忘了造角,有些忘了造尾巴,有些动物耳朵很大,有些反而没有耳朵。一天过去了,天神觉得困乏,便拿来一块大泥团,在上面戳了两个洞当眼睛,又插了几根树枝当四肢。'只能这样了!我太累了。'天神自言自语。

"最后造出的动物是个半成品。它长得丑,脾气还不好。它就是河马。"

"连天神都不喜欢你们。"娜莫对着河面喊,"神让你们躲在水里，这样就不用再看见你们了。"

河马们鼻子露出水面继续昏昏地打着盹儿。

"隔天，水也开始发牢骚。"娜莫接着讲，"'地面上到处都是动物，而我呢？我有什么？'于是，天神取来更多的泥土造出了鱼。看泥土剩得不多，天神就没给鱼造脚。他命令地球母亲让万物苏醒。"

娜莫从船头看过去，一条大鲇鱼正在水中觅食。她可以用火烤鲇鱼吃，再加点儿盐。啊！她几乎都要尝到那美味了，口水直流。娜莫轻轻地把手伸进河里，慢慢动了动手指头。鲇鱼越游越近，它的鳍拍打着缓缓流动的河水，它迟疑了一下，盯着娜莫的手指看。

娜莫双手一抓，可鲇鱼动作更快，逃出浅滩，消失在一片水浮莲里。娜莫坐下去，双手捂着咕咕叫的肚子。

"好吧。"娜莫接着说，"不管怎样，天神决定为所有生物造一个主人。于是，神从地球母亲的子宫里取出泥土，造了一个男人。快做完的时候，地球母亲说：'我的造物者，他很好，但他像你，不像我。为什么不再造一个呢？'

"天神就取来更多的泥土造了一个女人。神从河流、山川和草木那里各取一点东西来把这个女人打扮一番，还给女人的心加了一点火，给她的子宫加了一捧水，这样她就能孕育生命了。

"天神造完所有生物后，又让这对男女在自己的影子下生活。动物的灵魂来自地球母亲，而人类的灵魂一半来自地球母亲，一半来自天神。"

"噢，它们怎么还不走！"娜莫勃然大怒，"我要死在这里吗？这些丑陋的家伙永远瞪着我，要把我的灵魂永远困住？我真希望自己从未离开家！"

娜莫缩成一团，她的裙衫又被船底的水浸透了，像是她的另一层皮肤，散发着恶臭。她独自一人，很快就要死了吧。

娜莫紧闭双眼躺着，被悲伤团团笼罩。此时，一阵微风搅动了森林，树叶沙沙作响。长在林中某处的野栀子花飘来香气，那感觉就像有只手在轻轻抚摸娜莫的头发，很轻，又很快过去，但肯定来过，娜莫睁开了眼睛。

以前，娜莫傍晚待在荒村里时，能感受到日夜交替时的微风与其他时候的微风不同，正如银白色的空气与正午刺眼的光线不同一样。这时的风仿佛有特别的声音，就像听到人们在远处说话，却又听不清在说什么。

娜莫……娜莫……风呼呼低语。或许它只是风惯有的声音，但如果娜莫竖起耳朵仔细听，她能听到：娜莫……

"妈妈？"娜莫问。

风吹过来，水面起了涟漪。

娜莫坐起身来，河马群还在河中浮游。太阳开始下山，阳光斜照着树林，金灿灿的余晖洒满四周。释然之情在娜莫的灵魂深处油然而生，她又躺回船上，仿佛又睡在旧日的姐妹们身边。

14

珍珠鸡营地

娜莫睡得很沉,直到黎明才醒。她又有了信心。"我真笨。"她对自己说,"河马不会在一个地方待很久,它们得去找吃的。"娜莫仔细观察水面,确定没有鳄鱼后,赶紧在河里洗了个澡。真舒服啊!她不那么怕水了。

娜莫想,我能不能学会游泳呢?河马能游,没有鳄鱼的地方也有人游泳。娜莫一想到鳄鱼就浑身发抖。在穆森盖济河的拐弯处,河水流过一块块又宽又平的大石头。到处都是从石缝里伸出来的树枝,娜莫想起来,这里过去是干地,赞比西河筑坝拦水后,河水上涨,淹没了部分河岸。

娜莫抓紧一根低树枝,试着抬起脚。树枝一动,她赶紧把脚缩回来。

身体往下沉的时候,该怎样保持鼻子在水面上呢?娜莫找到一处水只有膝盖深的地方。她扶住一块岩石,让自己平浮起来,就这样练习着,可一松手,她就惊慌得开始乱抓。尽管这样,她还是觉得自己进步不少。肚子又开始咕咕叫,得弄点早饭吃了。

娜莫带上做饭的东西爬上岸去,在一堆杂乱的石头旁生火烧水，不远处是一片还没结果的枇杷树。娜莫本来也没在意，突然，她听到干树叶被踩碎的声音，立刻警觉起来。

树叶噼啪作响，娜莫的心也跟着怦怦跳动。周围都是枇杷树，枝杈很多，影子又长，在刺眼的阳光下，根本看不清下面有什么。干树枝烧得正旺，烟气盘旋上升，但娜莫的注意力全在树林里。不一会儿，火就熄灭了，这时仍有踩树叶的声音传来。

娜莫不知道自己要寻找的到底是什么动物，是大是小。河马很大，但它们能像鬼魂一样走得悄无声息；蜥蜴虽小，但也能制造出大象那么大的动静。

噼噼啪啪！娜莫爬上岩石，呼吸急促起来。她直攀到岩石的最高处，倾斜着身子，小心翼翼地向下看。

林子里又传来噼啪的响声，接着从斑驳的阴影里走出一只硕大的珍珠鸡——又一只，接着又是一只。一大群珍珠鸡。它们正在地上耐心地找种子吃。

娜莫悄悄爬到边上，想找块大石头。

珍珠鸡群慢慢走近火堆剩下的灰烬。它们看到一麻袋玉米粉，袋子是系紧的，但它们能感觉到袋子里装的是好吃的，于是都聚到袋子上，用嘴啄。有只珍珠鸡走到很靠近岩石的下方，娜莫在上面缓缓举起了一块石头，因为石头太重，她的手在微微颤抖。

那只珍珠鸡越走越近。啊！娜莫没抓住，石头直接掉了下去。珍珠鸡惊慌四窜，石头正打中刚才那只珍珠鸡的背，头都被压扁了。娜莫从岩石上下来，把鸡洗净，又用库法姨父那把断刀切开，接着放在噼啪作响的火上炖煮。娜莫一边炖鸡肉，一边还编了首歌，就像男孩们自吹自擂的战歌一样。虽然女孩一般不这样，但娜莫太高兴了，也顾不得这些了。她唱道：

> 说的便是我，
> 双手能举一座山，
> 头戴巨蛇把猎打，
> 狮子也当腰带扎。
> 要当心啦，
> 整头大象全吞下，
> 犀角用来剔我牙，
> 喝干大河抓河马，
> 它们乖乖听我话！
> 娜莫来啦，
> 她的胃口可真大。

娜莫一遍遍地唱着。她差不多吃掉了整只鸡，连汤里的碎骨头都挑出来啃了个净，接着又打了个盹儿，醒来再吃。毕竟现在能储存肉的地方也就只有她圆圆的肚子了。

水里到处都是浮游的河马，它们不怕娜莫。晚些时候，娜莫第二次尝试游泳，下水之后，它们也无动于衷。总之，今天是最圆满的一天。

可当天色暗下来，娜莫的心神也跟着变得灰暗了。"为什么我希望有人在？"她蜷缩在潮湿的船里，"现在我有足够的食物，过得也很舒服，好吧，确实挺自在的；我很安全，算是相当安全了。很快我就能到津巴布韦。但为什么现在我想见到琪珀姨妈，她打我也没事儿；我甚至还想看到佐洛洛，虽然他是一头蠢猪。为什么会这样？我不明白。"

至于安布雅和玛斯维塔，娜莫不敢想她们，一想起她们，娜莫干脆想投河一死了之。她抱着玉米粉袋睡着了。"等玉米粉吃完了，我就拿草填满袋子。"她告诉母亲，"我似乎得紧紧抱着点什么才行。"

娜莫在珍珠鸡营地——这个名字是她取的——待了好些天。她不想再用石头砸鸡了，汤里的碎骨头什么的让她感觉不太舒服，再说也不会老那么走运。她设了陷阱，沿路撒上豆子，一直撒到一个很深的小坑穴里，她自己就在旁边的草丛里躲起来。

不一会儿，一只珍珠鸡发现新食物，小珠子般的眼睛盯着那些豆子，它一路吃一路走，直到一头栽进坑里，卡住出不来了。这时，娜莫猛冲出来，拧住鸡脖子。其实陷阱做得很简单，只要多留个心眼，就不会上当，但好在它们像蚯蚓一样蠢。

娜莫每天吃一只鸡。她以前在村里可从没有过这么好的伙食。她周围的珍珠鸡因为打猎的缘故变得越来越少，剩下的鸡都学聪明了，警惕性很高。为了丰富菜谱，娜莫摘了些栎草，把叶子煮着吃，那味道和菠菜一样。

一天，娜莫做了一个渔套。渔套是她照商栈里看到的样子做的。她扯下香龙血树的树皮，把它们咬散，绞成一条条细绳，再用这些细绳把芦苇绑成一个圆锥体，一头窄一头宽。她把渔套放到穆森盖济河的岔游上，宽的一端对着水流，鱼从这头进去就出不来了，进去以后是一个围起来的小水潭，鱼只能在里面来回游，直到娜莫把它们舀上来。

娜莫将清理干净的鱼放到火上熏干。她不知道怎样保存珍珠鸡，但她以前经常保存鱼。"我现在不仅闻起来像'鳄鱼'戛茨，连动作也像他了。"她对母亲说，"很快我也会开始抓耳挠腮的。"

那渔夫满身虱子，村里其他人都绕着他走，可他自己却一点儿也不在乎。

娜莫练习游泳，一天要下水好几次。她以前之所以怕水，主要是因为鳄鱼，但浅滩上没有鳄鱼的踪迹，泥里也看不到它们的脚印。"或许它们不喜欢河马。"她推断，"又或者，更可能是河马不喜欢它们。"娜莫想起以前村子附近的泥洞里有一只鳄鱼，后来人们发现它被咬成两半，头在水塘一边，尾巴在另一边，一只河马在中间打滚。这两种野兽做不成朋友。

没有鳄鱼，娜莫练习游泳就不那么害怕了。只要在够得着岩石的地方，娜莫都敢放开手游。她现在能让身子浮在水面，也能下去用脚触到水底，她甚至能躺在水上，虽然她还没弄明白怎么往前游。

一天早上，娜莫从船里她自己铺的草床上坐起来，发现河面空空如也，一阵孤独感袭上心头。倒不是因为她喜欢河马，而是它们已成为她世界里熟悉的一部分。等了一天，娜莫相信它们不会再回来了。天色又暗下来，她也听不到它们喷鼻子和窃窃私语的声音，整夜都静悄悄的。娜莫抱着玉米粉袋睡去，她怀念河马不时发出的咕哝声，那声音就像屋里姐妹们的呼吸声。

天还没亮，娜莫就把绳子解开。"妈妈，今天我们就要到津巴布韦了。"她一边说，一边把船推离浅滩。河流的冲击力很大，但娜莫熟练地划着桨，动作越来越利索，她也不那么怕水了。烤熟的珍珠鸡帮她长了不少肉，她唱道：

说的便是我，
不扔长矛扔大树。
大象是我小板凳，
鸵鸟是我小枕头！
说的便是我，
大名叫娜莫，
大江大河我大道，
鳄鱼都往芦苇跑！

一整天，娜莫划着船，偶尔停下来休息、吃东西。她划过日落时分血红色的河水，后来红色渐渐退去，月亮快成满月了，银白色的光洒满水面。森林看起来影影绰绰、忽远忽近。娜莫逆流划着，可船总是侧向一边，没办法，她只好靠岸，或者说是靠近她以为是河岸的地方。

猛然间，船到了浅滩，船底被河石刮得哗哗响。她好不容易挣脱开来，往前没行多远又被河石拦住。娜莫每前进一步都很吃力，但又不敢为了减轻负重贸然下船。她气喘吁吁，又累又怕，过了一会儿才又驶回了稍深一点的水里。等船身平稳了一些，娜莫的呼吸才缓和下来。但很快，船又撞上了什么障碍，娜莫感觉有东西抽到了她的脸——原来是芦苇的尖叶子。

娜莫在黑暗中伸手摸索，感到周围都是植物，船的两边水流很急，她想这肯定是一个岛。她将船绳紧紧系在芦苇秆上，然后背对着船坐下，缓一缓酸痛的手臂。长时间与河水较劲，她终于体力不支，浑身颤抖起来，那感觉就跟发烧了似的。她靠在船边，胃里翻腾一阵，把仅存的食物都吐了出来。她慢慢地把脸贴在平滑的木板上，过了好一阵子，头终于不那么晕了。在前方的地平线上，有一颗明亮的星星。

　　娜莫想，如果那是星星，未免也太低、太大了。她突然意识到：电灯，她见到的可能是电灯。

　　娜莫仔细研究地平线的方向，发现还有其他光线若隐若现。那是津巴布韦！"哦，妈妈！哦！我想我们今天就能到了！"娜莫大喊起来，从绝望中又打起精神来。

　　娜莫想举起桨，但桨从她的手中滑落，哗啦一声掉到船板上。她又开始发抖，现在唯一能做的就是看着远处树林里闪烁的光亮呆坐着。最后，她抱着装有母亲相片的罐子缩成一团，时不时抬起头来确认一下津巴布韦仍在那里。微风吹来，她仿佛还听到了音乐声。

15

"鳄鱼"和水妖

娜莫走在一个奇异而美丽的地方。只见树上结满果子，肥厚的绿草蹭着牛群的脚脖子，山羊乳房涨得老大，脖子上还挂着叮当作响的铃铛。两边的小丘上满是南瓜藤，远处还有一排排成熟的玉米。

娜莫感到从未有过的轻盈。她赤着脚，轻盈的身体在空气中穿梭，如梦如幻。

这就是津巴布韦？难怪母亲不想离开这里，她想。娜莫沿着一条小路走，脚下的土很松软，不久便来到一片空地。那里有许多屋舍，这些精美的小屋干净得像是昨天才建好。草垛整整齐齐，墙像刚刚粉刷过，地面也很平坦，上面一个脚印都没有。

两个女孩坐在外面的长凳上，娜莫开始想入非非。人！多么好的人啊！她们比生病前的玛斯维塔还可爱，皮肤泛着油光。她们的头发编得整整齐齐，是娜莫见过的发式中看起来最像鱼鳞的。她们冲着娜莫笑，露出洁白的牙齿。

"你们好！"娜莫说。

"你好啊！"那两个漂亮的女孩子回答道。

"你们今天过得好吗？"

"很好，希望你也是。"她们礼貌地回答。她们的脖子和手臂上缠着一串串黑珠子，走动的时候，那些珠子像雨滴一样来回动。

"你们的村子真好看。"娜莫想多聊几句。

"过来和我们一起吃饭吧。"她们喊。这还用想吗，娜莫立刻便坐到地上。她们准备了麦片粥，粥白得像栀子花一样，还有几样蒸菜。娜莫合掌表示感谢，并接过碗。

娜莫往粥里加了一点小菜，正往嘴里送的时候，她突然站了起来，东西全掉地上了。她见"鳄鱼"戛茨正站在那边的黑屋门口。"妈妈！有鬼！"娜莫大喊。两个女孩伸出长长的手臂围住她。"别伤害我。"娜莫苦苦哀求。

好像我真会伤害你一样，小灾难。戛茨说得很起劲儿。他坐在长凳上吃东西，猛地用手打一下脸，还用又长又脏的指甲抓脖子。他即便死了，也是满身虱子，或者说鬼虱。

我看你用了我的船，这船造得不错，对吗？虽然每天早上都得往外舀水。那些裂缝根本补不完。渔夫打着饱嗝说。

娜莫哑住了。该怎样礼貌地与鬼魂讲话呢？

这船是用血檀木造的。那可是最好的木材，白蚁都毁不了它。但是用久了，再好的船也会开裂。我会从橡胶树那里取树汁修补它，但还是容易裂。戛茨继续说。

"前辈……"娜莫不太确定地说。

怎么了，小灾难？

"前辈，请原谅我，但你，你不是……死了吗？"

当然，要不然我怎么能住在这么美妙的地方，还有两个美丽的水妖伺候我？渔夫放声大笑。

水妖！娜莫感觉到水妖们长长的手臂正缠绕着她，那是她们的手臂吗？娜莫不敢看。

大部分人死后都在地面上游荡，直到招魂仪式中亲人把他们领回家。但我喜欢水，所以我来这儿了。渔夫解释说。

"我，我们……是在水下？"

"鳄鱼"戛茨朝上指了指。

有好一会儿，娜莫都不知道自己在看什么。天空像是被翻动过一样，云层变得清晰可见，一团小小的黑云在上空盘旋。

"船！"娜莫发出呻吟声，她在女妖的手臂里拼命挣扎。她们的身体互相摩擦，发出瑟瑟的声音。水妖的脸还是人的模样，可身体已变成又长又黑的蛇，娜莫吓得大声尖叫。水妖们松开她，扭着身子爬回"鳄鱼"戛茨身边。

孩子，不要怕水妖，是她们教会我所有关于水的事。

然而娜莫还是发出一声声尖叫，朝着远处的船伸出双臂。

娜莫大叫："我要淹死了。"她使劲拍打着，天空前后晃动。放母亲相片的罐子倒向一边。尽管害怕，娜莫还是不假思索地抓住它，以防它掉进水里。

是掉到了船板上。她还在船上，也没有被淹！原来是个梦，娜莫松了一口气。一整夜船底渗水，娜莫全身都湿透了，肯定就是因为这个才做了噩梦。"妈妈，梦跟真的一样。"她告诉母亲，"那些女子……还有'鳄鱼'戛茨……"

太阳都快到头顶。"噢，妈妈！我睡了好长时间！"娜莫一边说，一边挡住眼睛，阳光很刺眼。

娜莫躺在湿透的草床上，细想自己知道的关于水妖的事。水妖幻化成水的样子，身体永远不会干涸。她们比人类更聪明，也正因为如此，她们经常指使巫医做妖。有时，她们把人强拉到她们的水塘里，还会扮成人类、蛇或者鱼的样子，还有不怀好意扮成鳄鱼的，总之她们千变万化。

　　水妖给你食物，你千万要拒绝，否则就得永远待在她们那片水域里。一想到这儿，娜莫就浑身哆嗦。她坐得离水妖那么近，差点儿就吃了她们给的麦片粥和小菜。

　　娜莫坐起身四下张望。地平线上弥漫着薄雾，没出几步河面就看不见了。娜莫用葫芦舀起河水，她发现这里的水和别处的不一样。挨近村庄的溪水都比较清澈，穆森盖济河的水虽然喝起来还算干净，但其实是茶色的。而这里的水却是蓝绿色的，又或许这只是朦胧的光线造成的错觉。

　　娜莫记起她昨晚将船系到了芦苇上，于是爬到船尾拉住绳子。绳子很容易就拉了起来，末端还绑着一根折断的芦苇。

　　娜莫盯着绳子，又盯着水面看，发觉船正在漂流！不过速度很慢，娜莫一开始都没注意到。她想，船肯定是漂到河道另一侧了。于是，她开始逆流划船，但又没有力气，根本划不过去。娜莫只知道，她现在正往津巴布韦的反方向漂。在能看到河岸以前，最好还是待在这里等等，她最后拿定主意。

　　娜莫喝过水，吃了几口在珍珠鸡营地熏的鱼干，船四周的雾气渐渐散开，但她还是看不见河岸。娜莫注意听有没有鸟叫声，但耳边只有水轻拍船身的声音，周围也没有任何花或者树木的气味。娜莫感到很不安。

忽然，一阵微风吹过，阴霾散开了，娜莫这才意识到她所处的环境有多糟。这儿根本看不见河岸线，更麻烦的是，这里压根就不是穆森盖济河，小船被推进了一个无边无际的水泽，这儿一定是水妖国。"我没吃她们给的东西，我没有！"娜莫喊。但也许你接过她们的碗，就得任她们摆布。

微风徐徐，水面的涟漪变成波浪，波浪又变成浪涌。顿时，船也开始摇摆起来，娜莫吓得大叫。"天啊，水妖娘娘，我这么叫不是在辱骂你。"她哭喊着，"我一直都很怕蛇，请原谅我的粗鲁无礼。"娜莫一边求饶一边哭，而船依旧左右晃动，她只好紧紧抓住船的两侧。

船往一边倾斜的时候，娜莫能看清楚水里，水相当深！水妖就在深处盘绕着，用明亮的眼睛盯着娜莫。放着母亲相片的罐子也跟着左右摇晃，玉米粉袋也挪了位置。娜莫试着一只手抓住船，另一只手费劲地打开袋子，把罐子装进去。

"你的水塘很美，水妖娘娘，我很荣幸能亲眼看到这些，但请不要把我淹死！"娜莫又哭又喊，"对不起，尊敬的'鳄鱼'戛茨，我没经你允许就用了你的船。我不知道该怎么找你。"

孩子，不要怕水妖，是她们教会了我所有关于水的事。

"你已经死了。"娜莫哀号，"你当然不会怕任何东西！"她脑子飞快地转起来，在这种情况下，"鳄鱼"戛茨会怎么做？他之前肯定也遇到过这种情形。他哪儿都去过，甚至还到过卡布拉巴萨水库。娜莫紧紧握住桨，每当船要翻的时候，她就使劲用桨维持平衡，但效果不太好。最后，她发现船正对着波浪的时候就倾斜得不那么厉害。

这会儿娜莫能顺着波势上下起伏，尽量不去打翻周围的东西。这很累人，而且来来回回一上一下弄得她很想吐。她稍微喘口气，船又开始晃。娜莫只能不停地跟河流较劲。她既不知道自己身处何地，也不知道坚持了多久，她只知道自己要么撑住，要么就会死。疲惫不堪的娜莫头脑昏沉起来，水面上反射的光刺得她眼睛发痛，眼前只有白茫茫的一片。

娜莫注意到一团白白的突出来的东西，是一块岩石的尖顶。她赶紧改变船的方向，要是把船底顶裂就完了。霎时，周围泛起白色泡沫，更多的岩石显现出来。层出不穷的危险让娜莫不知所措。在她面前是一片更白的环状的泡沫，中间有片低矮的陆地，在强光的直射下几乎看不清楚。那是一座岛！

娜莫发现自己还有一口气，她拼命向岛划去。当桨能打到水底的时候，她跳下船，想把船拖到岸边。船可不轻，娜莫也不知道自己还有没有力气，但恐惧给了她超凡的力量。她把船拖离不断冲刷出泡沫的水面，然后一下瘫倒在温暖的石头上。她肯定是晕过去了，因为下一刻她眼前是低垂在西边的太阳，四周哗哗作响。

"谢谢你，尊敬的'鳄鱼'戛茨。"娜莫低声说，"谢谢，尊敬的水妖娘娘。"她不知道自己能活下来是否与他们有关，但礼貌点总没错。娜莫看着船的影子越拉越长，阳光从岩石上慢慢移开。她站起身来。

那是一个小岛，从波浪到岛的最高点，还不足一人高。在娜莫的视线范围内，四周没有别的陆地。而她新的落脚处，没有灌木，没有树，连一根草都没有。

16

游泳

娜莫枕着玉米粉袋睡下，放母亲相片的罐子被挤到旁边的石缝里。娜莫睡得很沉，中间没有醒过。这是她离开村子以来落脚的最安全的地方，没有豹子悄悄接近她，也没有河马饶有兴致地对着寸草不生的岩石。

夜晚，风浪止息了，星星被阴霾遮住。破晓时，天空变成混浊的粉红色。娜莫半睁着眼，一片闪闪发亮的薄雾映入眼帘。

娜莫终于清醒过来，此时的太阳又大又刺眼，空气闷热不堪。娜莫站起来伸了个懒腰。谢天谢地！真没想到这里会完全被水包围。这座岛从一端到另一端只有二十步远，垂直一侧也只有十五步。她盘腿坐下想自己的处境。

娜莫在确保能看见津巴布韦的地方把船系紧。四周的水流速很快，如果绳子松了（或是水妖悄悄解开绳子，娜莫不安地想到这点），船肯定会被冲向下游。她之前睡得太沉了，说不定她已经退回到珍珠鸡营地的前面了，离那条流经自己村庄的小溪不远。

外祖母是怎么说的？在葡萄牙人筑坝拦水以前，穆森盖济河一路流向赞比西河，但如今赞比西河变成了一个巨大的湖——卡布拉巴萨水库。

卡布拉巴萨水库一望无际。即便是"鳄鱼"戛茨靠近水库时也得小心翼翼，因为那里有时会起大浪。娜莫心中暗喜，至少说明这里是一个真正的湖，而不是水妖的幽灵王国。但毫无疑问，一定有水妖居住在此，她们会住在所有有水的地方。

岛上毫无生命迹象，娜莫肯定不能在这里久留。她做的渔套在这里也派不上用场，也不会有鸟敢冒险飞过来。一想到又得赶紧上路，娜莫就满心沮丧。这会儿水面平静，但谁知道能持续多久？娜莫的肚子都饿扁了，她吃了点干鱼，喝了些水，有一会儿感觉饱了，但很快又觉得饿。娜莫不敢吃生玉米粉，安布雅说过生粉会在胃里发胀，容易撑坏肚子。

娜莫把火柴取出来晒晒，展开母亲的相片，好在相片丝毫未损。"哦，妈妈。"她叹叹气，"我们的新家没什么邻居，除非你把水妖也算上，我猜这附近住着很多水妖。我给你泡茶吧，咱们说说话。"

娜莫假装泡好了茶往杯子里倒，可她这会儿没心情切面包、涂黄油了。她把渔套挡在母亲的相片上，不叫母亲晒着。

"外祖母讲过一个故事，说一个老男人有很多妻子和儿子，但就是没有女儿。"娜莫抿了一口茶，还假装很烫，"老男人垂死的时候把儿子们叫到一块儿，跟他们说：'我没钱给你们讨老婆，也没有女儿可以和别人交换。我只有一头黑牛，还有同住在水里的水妖的友谊。'"

"你们也可以听听。"娜莫对着水底人头蛇身的女孩说，"这个故事是关于你们的。

"老男人还说：'儿子们，我还有要紧事要交代。记着，你们往后作任何重要的决定之前，都要在黑牛的头上撒些玉米粉。如果它摇掉玉米粉，就说明我同意你们的计划，牛会代替我说话。还有，你们谁想得到足够的彩礼钱，就得跳进最深的水塘里。

"就这样，老人家死了，儿子们以为他最后的忠告只是开玩笑。他们耕地种田，整日在田野里辛勤劳作，但没有一个人能赚够彩礼钱讨上老婆。

"一天，兄弟们又说起这件事。他们当中最小的那个名叫尤斯利斯，意思是'没用'，他说：'你们都忘了吗？父亲让咱们跳到河里去。'

"'尤斯利斯，你还真是没用，简直蠢到家了。你跳进河里只会被淹死。'最年长的儿子说。

"尤斯利斯走到黑牛前，往它头上撒了些玉米粉，说：'哦，通达我们先祖的牛，我想跳进河里，这事你认为可行吗？'牛用力地甩头。'这是认可的意思！'小儿子大叫。

"'他的意思是我们这里会少一张吃饭的嘴。'大儿子回答说。

"兄弟们都到河边看尤斯利斯往下跳。他像一块石头一样沉了下去。兄弟们左等右等，过了整整一天也不见他回来。于是，他们跑到小儿子的生母那里，把发生的一切告诉了她。

"他母亲边哭边喊，戴上服丧的皮绳，从此不再剪头发。年长的兄弟们为其他农夫工作，辛苦多年终于赚够了彩礼钱，娶了农夫的女儿们。'咱们还是比尤斯利斯聪明多了。'他们说，'他的骨头没准儿还在河泥里打转呢。'

"一天，尤斯利斯的母亲到河边打水时，看见一个美丽的女孩坐在石头上。'你去剪头发，穿上你最好的衣服，我会给你足够的油。'女孩对这个受惊的女人说。

"女人有点摸不着头脑，但还是照做了。很快她就看到有一大群牛、山羊和绵羊朝她走来，后面还跟着好些仆役。领头的是一个很帅气的年轻人，他披着狮皮，戴着芦苇做成的冠冕。年轻人身体右侧悬着一把剑，左边挂着一个袋子。他提着一条动物尾巴，还有满满的一罐油。跟在年轻人后面的是一个美丽的女孩——就是女人在溪边遇到的那个女孩。

"'妈妈！妈妈！你认不出我了吗？'年轻人喊着，'我是你的儿子尤斯利斯啊！'

"'啊，我的儿子！这是怎么回事啊？'

"年轻人解释说，他跳进河里的时候变成了一条很小的鱼。他游过石头的裂缝，突然发现了可与大地相比拟的地下王国，那里也有田野、牛群和房子。

"'妈妈，我和一条巨蛇同住。那蛇像河一样宽大。我在蛇背上种庄稼，除草。它就是父亲跟我们提过的水妖。水妖告诉我，我只能吃泥土，而且绝不能碰玉米粉。如果我吃了人类的食物，就会被永远困在这里。后来，巨蛇给了我油和一袋药，还有一顶用芦苇做成的王冠和一把来辖治我的兄弟们的剑。最后，巨蛇还给了我一个水妖新娘。'

"尤斯利斯从水妖那里学习了巫医所应该掌握的事。他成为了一个伟大的首领，而他的母亲——这个曾被人轻视的女人，从此过上了女王般的生活。"

娜莫趴着看水波拍打着石岸，风越来越大。她很明智没有乘船离开。娜莫将火柴收好，免得被风吹走，然后把母亲的相片安放在罐子里。做完了这些，又是一阵沉重的绝望感袭来。

讲故事的时候，她心情还好，似乎跳脱到了另一个地方。有母亲在那儿陪着她，就连水妖都在水里听她讲故事。可现在，她在这个小岛上又是孤零零的了，波浪去了又来，泛起层层水沫，水沫下藏着许多岩石。

"如果我跳进……"她突然说。但就凭她的运气恐怕也找不到地下国。她只会被淹死，灵魂从此游荡，再也无法和亲人团聚了。

水沫搞得娜莫又湿又恼，她蹲在岸边，用葫芦罐舀水往自己身上泼洒。紧接着，娜莫从船上取下所有东西仔细清点起来。

娜莫还有一盒火柴、五个罐子、一个葫芦罐、琪珀姨妈的旧头巾、一块缺角的红布——就是她原本要在婚礼上披的那块红布，还有库法姨父的那把断刀、她以前从外祖母屋子回自己房间时照亮用的那盏灯、四把木匙、一些玻璃珠、一袋盐、干辣椒、一袋玉米粉、一小袋掺了灰的干豆，还有"鳄鱼"戛茨留在船上的一条坚固的绳子。

当然，还有娜莫脖子上的那个红布袋，里面包着安布雅给她的金块。

"要是我还在村里……"娜莫痴痴地自言自语，"哦哦，我不会在村里的，我会在佐洛洛·莫托可的房子里。我得为他三个妻子捣玉米，而她们就在屋里喝玉米酒。"娜莫想象玉米酒又酸又辣的味道，口水直流，"她们一口也不会留给我。哦，天啊！她们会让我吃发臭的粥，还有生了虫的水果。"

娜莫闭上眼，想象屋里三个怒气冲冲的女人。她们的身上长满生病后留下的疙瘩，头上光秃秃的。"她们的孩子既粗鲁又愚蠢。"娜莫继续想下去，虽然她并不了解事实到底如何，但这样想让她很痛快，"她们互相斗殴，佐洛洛都受不了她们。孩子们都像佐洛洛一样丑。他经常酩酊大醉，用乱棍打人，妻子们都很想给他下毒，又不敢这么做。"

娜莫一想到这些画面就觉得满足："幸好我不在那里！我，娜莫正在拜访水妖的世界。她们会告诉我她们的秘密，送我牛、羊带回家。"

然而娜莫一睁眼便发现自己依然孤独地待在这片大湖中央。寂寞感又袭上心头。她用拳头抵住太阳穴，希望能赶走坏情绪。

孩子，你不用怕水妖，是她们教会了我所有关于水的事。

"我能学到什么，尊敬的'鳄鱼'戛茨？"娜莫大叫。

有一件，就是游泳。

声音从哪里来？因为娜莫急切地想听到人声，这下她也不确定是真的有人在说话，还是自己脑子里想象出来的。她觉得声音是从河岸线那边传过来的。停船的地方水很浅，再远些就都是暗礁。她慢慢涉水走着，眼睛紧盯着水底，缓缓地探着路。大浪一来，她就赶紧逃回岸边，最后她终于探出一小块安全的地方，这里的水只漫到她胸口。

娜莫回到岛上休息，奖励了自己一些小干鱼，还有一点辣椒粉。

水妖能化成蛇身和鱼身——啊！——还有鳄鱼，娜莫想。它们是怎么移动的？娜莫像蛇一样蠕动身子，但她身子没那么长，也没那么细。鳄鱼会浮游，她也会。但鳄鱼游的时候尾巴左右摆动，她没有尾巴。

娜莫尽力回想动物是怎样游泳的。除非万不得已，很多动物都不敢下水游泳。而本身就会游泳的动物，比如河马和大象，去观察它们是怎么游的也很危险。不过，有一种动物很会游泳，甚至可以说游得很欢快，那就是水獭。

娜莫经常看到水獭在小溪里捕食。它们游到溪底，把石头翻过来，然后搅动里面的青蛙和鱼，还会像人类一样用手抓住猎物，接着游回水面，一边踩水一边吃东西。水獭不知疲倦地重复这些动作，直到心满意足后才把头伸出水面。

它们很招人喜欢，但也很危险。一只暴怒的水獭会冲向比它大很多的敌人。曾经有一只母水獭为了保护两只幼崽，把库法姨父的一只猎狗给弄死了。

先不说别的，它们游起泳来的确是把好手。

娜莫费力地走在水里，模仿鳄鱼浮在水面，脚像水獭一样蹬着，又学狗在地上小跑。慢慢地，她弄明白动物是怎样在危险的水里游泳的了。娜莫一直练到天黑，此时已经筋疲力尽。晚餐吃的是两条小鱼和一点辣椒粉，除此之外，她还喝了两葫芦水。

日子一天天过去，娜莫也说不清过了多少天。干鱼吃完了，娜莫挨了一天饿，直到想出个新办法来。安布雅跟她提过吃生粉和生豆有多危险，但她没有别的选择。她在壶里泡了一把玉米粉，心想只要生粉膨胀得足够大，再吃进胃里就不会膨胀了，也就不会损伤胃了。

豆子更是为解决食物问题提供了希望。之前，娜莫只知道把它们煮熟了吃，但煮熟以前总是先把它们浸泡透。她后来发现豆子慢慢生芽，幼苗也是相当可口的。

娜莫疑惑，我之前怎么就没想到呢？

娜莫换了好几次水，但玉米粥还是坏了。她用手指碰了碰，表面发黏的液体会粘在手指上拉丝。尽管这样，娜莫还是试着吃了几口，但全吐了出来。只好倒掉了。

豆子发了芽。娜莫大着胆吃下它的幼苗，然后把剩下的豆子也拿去泡了。未来太不可知，娜莫想，干脆过一天是一天吧，就像当时在葡萄牙商人的走廊上照顾外祖母一样，未来也是这样不可控。其余时间她老是给母亲和水妖讲故事，也想着跟"鳄鱼"戛茨说说话，说不定他就在下面听着呢。

寂寞时，娜莫就跳进蓝绿色的波浪中。危险反而能让她忘记绝望。她游得越来越远，慢慢靠近被水淹没的暗礁，然后把头露出水面。她能勇敢地远离安全的浅滩，像只水獭一样钻入水下。只要娜莫忙碌起来就不会多想。然而午夜的时候，她总会无助地醒来，绝望地哭泣，直到黎明将至。

一天，娜莫实在没有力气游上岸去，就翻过身面朝上喘息着。水声在耳边回响，阳光射穿了波浪，她回到岛上的时候早已头晕目眩，只好躺着待了好长时间。

娜莫真的要面对现实了：她之前是吃不饱，现在是彻底饿肚子，身体早就扛不住了。渐渐地，她会越来越虚弱，直到手脚都动弹不得，再之后就会死去。

17

食物与神灵

娜莫慢慢把船往水里拖，拖一会儿就得停下来休息休息。虽然无所谓什么目的地，但再也不能拖延行程了。"你非得让我去拜访你吗，尊敬的水妖娘娘？"她一边苦涩地说，一边加把劲把船拖过岩石。水面通常在清晨比较平静，船漂在水上，娜莫引着船离开浅滩。这个岛的一侧满是危险的岩石，而另一侧则清可见底。

娜莫尽量不去胡思乱想。她爬上船，等船稳了就出发，都没回头多看一眼。仅剩的一点盐和豆芽帮她补充了一点体力，但很快也耗没了。

刚开始浪花很小，但麻烦的是，原来静止不动的空气开始浮现出一片热腾腾的阴霾，远处变得模糊不清。正午来了又去，娜莫休息了一会儿，又吃了点豆子，胃里头咕咕作响。还没到太阳落山，娜莫就累得划不动了，她把桨放到船里，四肢伸展开躺着，用琪珀姨妈的头巾盖住脑袋。

"妈妈，要是我沉到湖底，我的灵魂怎样才能回到村里呢？"她问母亲。

母亲对着娜莫笑。她就在桌前，往面包上涂黄油。我回家了，不是吗？肉体的旅程很漫长，但灵魂走起路来就快多了。

小灾难，别着急。戛茨懒洋洋地躺在椅子上。你有我的船，那可是血檀木做成的，白蚁也摧毁不了。他抓了抓脑袋，虱子爬到他的手指上。

两个水妖女孩缠住桌脚，优雅地用带叉的舌头品尝母亲给她们倒的茶。

娜莫午夜醒来，抬头望着天。她对现在待的这个地方一无所知。夜里到处潜藏着危险，很少能真的放松下来赏星星。

风静悄悄的，船在水面上微微漂荡。娜莫想着刚才那个梦：入睡时她的灵魂同先辈们游荡。娜莫能强烈感受到母亲在和她说话，但不好确定"鳄鱼"戛茨是否存在。他和娜莫也没有血缘关系，也许是船把他吸引了来。

至于水妖，娜莫宁愿相信她们是不小心才跑到了别人梦里的。

黎明降临，娜莫继续睡着，越来越不想起身和划船了。再说了，她又能去哪儿呢？阳光慢慢移到娜莫的后脑勺，晒得那里发烫，很不舒服，况且连一丝风都没有。娜莫用琪珀姨妈的头巾盖住眼睛。太阳慢慢地越升越高，开始直射她的脸。透过编织的头巾，娜莫能看到灿烂的阳光。

午后，娜莫试着划桨，却发现自己连桨都握不住。事已至此，娜莫只得放弃。她时不时喝口水，小口吃着仅剩的那点儿豆子和盐。到了晚上，娜莫又陷入令人困惑难解的梦境。她在这里待了多久？太阳绕过头顶多少次了？太阳正照在船的一侧，可娜莫并不记得有过黎明啊。

娜莫猛地发现，船一直在朝太阳升起的方向漂，说明她是在往东走。她唯一要做的是朝西划，这样才能到津巴布韦。

娜莫坐了起来。哦，对！我要划到津巴布韦去。她苦笑着心想，我都没劲儿动弹。头脑发昏的她眼前是一团黑雾，过了好一会儿，她才回过神来。

娜莫揉揉眼睛，黑雾并未散开，反倒越来越清楚。原来，那是一片长满树木的土地。娜莫因害怕而颤抖起来。有谁见过会漂移的陆地呢？这种事只能发生在幽灵世界里吧。

船慢慢靠近，娜莫这才意识到她眼前是个岛。先不管了！她又开始划动。虽然视野还不是很清楚，但她努力往前靠近那片陆地。这时，另一个困难出现了，这个岛地势很陡，她找不到合适的地方系船。

娜莫继续划，船时不时撞到岩石。她即便能找到系船的地方，也没有力气爬上悬崖。娜莫向祖先祈祷，还向水妖求助。

船几乎要漂过这座岛了，娜莫发现了一棵巨大的无花果树，它的树根深入水底。娜莫朝树的方向划去，系好船后赶紧躺了下来。

无花果树的根拧在一起，天然呈现出梯子状，甚至还有地方可以坐。能歇口气真是太好了！娜莫想。我可以生火，吃点东西。哦，谢谢，我亲爱的妈妈和外公，还有外婆。当然还有你们，尊敬的水妖和"鳄鱼"夏茨，没有你的船，我什么都做不了。

娜莫想，怎样才能表达感激之情呢？通常情况下都是用酒来敬献祖先，但她不知道怎么酿酒。不过她会做玉米酒，她可以煮一些玉米粉备着，明天就可以做了。

水妖们想要什么呢？娜莫完全没有头绪。在她的梦里，水妖们似乎不愁吃喝，她们也有房子、牲畜，真的很难想到还能为她们献上什么！突然，她有了一个想法：她们肯定喜欢珠宝，看那些女孩们满身都是珠子。

娜莫找遍所有东西，看到了几颗珠子。这些珠子原本是舒芬姨妈手镯上的，姨妈老早以前把它们扔了。她看着珠子，觉得很伤心，这些珠子是娜莫对村子仅有的几件念想物件之一。但她不能这么懦弱！水妖把她带到岛上来，如果没有任何表示，是相当不敬的。

娜莫闭上眼睛，把珠子扔进湖里。她能听见珠子打到水面的轻啪声。"希望你们笑纳。"娜莫喃喃自语，"这些珠子很美。"

娜莫把煮罐、玉米粉和火柴放在篓里系到背后，接着将葫芦装满水，准备沿着无花果树根往岛上爬。

娜莫一步一步地往上爬，中间休息了好几次。对她来说，最困难的是保住葫芦里的水，她应该想个更好的法子运水。娜莫感到一阵眩晕，但一想到煮熟的食物，就又强撑起精神继续坚持。最后，她拖着疲惫的身子终于到了悬崖边。

娜莫凝视前方，目瞪口呆：在她眼前目之所及的范围里，全是绿色的植物，不是树丛草木，而是西红柿、玉米和香蕉。她眼睛睁得老大，望着眼前令人难以置信的画面！

"哦，哦！谢谢！哦！"娜莫大喊。她跪在一棵香蕉树旁边，狼吞虎咽地吃着熟透的香蕉。她控制自己吃得慢一点。安布雅说过，人饿坏了又吃得太快会对身体有损。娜莫咬了一口，停下来嚼嚼，又咬了一口。她还吃了一些西红柿，这些西红柿个头儿很小，形状像鸡蛋。

没过多久，娜莫就在树荫下蜷着身子睡着了。她明白这样做很冒失，毕竟她对这个岛还一无所知，但她实在太虚弱了，再也撑不住了。再者说，她紧贴着草地，一定有神灵守卫着这片土地，绝不会有邪恶之徒前来冒犯。

太阳下山前，娜莫醒过来了。她在一块岩石边生火做晚饭，加了些西红柿进去。趁天黑之前，娜莫把水烧开，煮了剩下的玉米粉。"神啊，我在为你准备玉米酒，对你的帮忙，我万分感激。"她说。

娜莫沿无花果树根爬下来，在船上过了夜。起风时，船上下摆动，但她丝毫没觉察到。

岛上大部分树都很矮小，无花果树除外。无花果树到处都是，周围还有玉米、南瓜藤和马铃薯。娜莫还找到木瓜、秋葵、辣椒、洋葱和花生。不仅如此，娜莫还在一些地方发现了有人耕种的迹象。岛中央是一间受损的房屋，屋子后面长了一棵柠檬树。

娜莫绕着屋子走了一圈，这是一座葡萄牙式的方形屋，虽然没有乔奥和露莎的房子大，但也不小。窗户用木板封住，还装上了铁格网。有道门开了一条缝，里面黑咕隆咚的，叫人害怕。娜莫并不想进去。她去拿玉米酒罐，抱着罐子坐在柠檬树下想事情。

外祖母说过，曾经此地除了赞比西河外，到处都是干裂的土地。后来葡萄牙人筑坝拦水，淹没了整个山谷，现在只有海拔高的地方才能露出水面。

原先住在赞比西谷的村民搬走的时候，也挖出了先人的尸骨一同带走。先人们和孩子一样，都是家庭的一部分，抛弃他们是不道德的，而且违背信仰。

村民建的泥屋经过几个雨季就不行了，但葡萄牙人建房子用的都是更结实的材料，所以能留下来，就好比岛上那间屋子。

这个岛上原本有个村落，后来荒废了，就像娜莫之前和母亲喝茶的那个地方一样。这里没有狒狒、豪猪或是野猪来破坏，娜莫发现岛上最大的动物是老鼠。岸边太陡，河马上不来。这就是为什么岛上能有这么多食物。

这里是真实世界的一部分，不是什么灵界之地。全说得通了，合情合理。娜莫豁然开朗。但即便如此，也不能忽略掉祖先们帮助娜莫控制船的方向，指引她找到这个地方的功劳。

玉米酒闻起来很香，但娜莫一口也不敢尝，因为这是为祖先们献祭用的。她跪在柠檬树下，虔诚地合掌："尊敬的先人们，还有诸位神灵，这是我为你们准备的酒。等到了津巴布韦，我会让巫医准备更醇香的真酒和烛花，但愿你们不介意再等等。对于你们的指引，我万分感激。"

娜莫念念有词，同时把玉米酒洒向地面，酒很快就渗进地里。献完酒，娜莫坐下来笑望着美丽的绿岛，孤寂感已经烟消云散。这里像是到处都有娜莫的先祖在似的。诸神正聚在一起享受娜莫送的礼物，并一同保护着这个迷失的孩子。肉体的旅程很漫长，但灵魂走起路来就快多了。想念即到。

18

"长奶"

尽管娜莫已经摸清了周围的一切，但她还是不愿在岛上过夜。她确定岛上没有任何危险的动物，其实没必要非得回到潮湿的船里，除非需要往外舀水，但她觉得还是在船里更安全。岛上荒废的房屋让她害怕，等到深夜她肯定忍不住想，谁会去推开那扇门呢？

无花果树根盘扭着伸到水里。娜莫把船挤进树根之间，这样船就不会被岩石撞坏了。但即便如此，波浪还是会一下一下撞着船，把娜莫打得翻来覆去。

娜莫起来，把所有东西从船上搬到了煮东西的地方。她拿树枝搭成一个架子，用草捆牢后支在两棵小树上，底下的空间一端用来收东西，而她自己蜷缩在另一端。娜莫躺在里面，这感觉像是有了个家。

娜莫一直省着吃玉米粉，好为津巴布韦之旅做好储备。她美美地享受了一餐岛上的美食。只要计划得当，她能在这里住上好些年，她可以在雨季来临前播种，之后等着收获就可以了。不过她并不是真的想在这里久住。父亲家在津巴布韦，一想到自己的姑姑、姑父和祖父母们正等着自己，娜莫就欣喜若狂。

娜莫晒干辣椒后，又烤了花生。甜马铃薯和南瓜一般能储存几星期其至更久。路上的食物已经准备充足，但毕竟船也不大，放不了太多东西。娜莫做了一个草环套在头上。她只需要把罐子盛满水放进草环卡住顶在头上，两手就可以轻松抓着无花果树根往上爬，这就方便多了。多年顶水的经验终于派上了用场，她可以滴水不漏。

天气太热时，娜莫就坐在小岛最高处的柠檬树下搓麻绳。她找到灰皮树，拿石头把外皮打掉，然后将里层的树皮撕成一条条的长线，一会用嘴咬，一会用手在大腿上捻搓。娜莫搓的麻绳没有"鳄鱼"戛茨做的结实，但用途更多，可以用来编陷阱，捆绑工具，加固遮盖屋顶的茅草。

娜莫也想象着那些曾经住在这里的人和他们的生活。那间屋子的主人可以享受下午的清风。屋子前面有木制的走廊，在后面挨近柠檬树的地方，娜莫发现那里有许多不知名的花。对了，露莎也有一个花园。

娜莫闭上眼睛继续想象。父母和三个孩子，哦不，是六个孩子，一起围坐在餐桌旁。娜莫这么想着，心里很开心，她决定让这对父母拥有足够多的孩子。他们吃罐头鱼，用刀叉。他们还有一个能放很大声的收音机。有一个笼子里装着鹦鹉。

现在他们都已经不在了。

风簌簌吹动着那扇半开的门，发出悲凉而悠扬的声音。"他们回葡萄牙了。"娜莫肯定地说。内战持续了十年之久，双方都死伤无数。战争结束后，很多葡萄牙人都回国了。娜莫想要继续想象他们在新国家的生活，但很遗憾，对此她知之甚少。

有时，午后的微风会一下子变大，树木被吹得摇摇晃晃，巨浪冲击着岩石。娜莫再次检查了"鳄鱼"戛茨的绳子和她自己做的那条。船系得尽可能紧了，但还是承受不了她的重量。"最好能在天彻底黑之前收拾好睡觉的地方。"娜莫叹了口气，爬回煮东西的地方。火还没完全熄灭，没用多久，木炭又被她重新吹燃起来。忽然，一阵风把火屑吹得到处都是。娜莫搬来几块石头围在周围挡风，又把罐子、半盒火柴和其他物资塞在石缝间。

娜莫不喜欢暴露在外面。她把草棚系牢，自己挤在棚里。但风就像是怪物一般，执意要把她从藏身之处拖出来。她突然想起，水妖有时候也会变成旋风。

"请别把我带走。"娜莫恳求道。她能听见远处波浪溅起的声音，她还能听见水妖们在水里活动的声响。娜莫心神不安地躺了很久，又起来往火里添了些柴，才又回到她的庇护所去睡觉。

娜莫在女孩们屋里。塔茨维尔纳点亮一盏油灯。娜莫透过微弱的光能看清所有人的脸。玛斯维塔、露拉和别的女孩围坐成圈，期待地等着。"娜莫，快点，给我们讲故事。"玛斯维塔小声说。

"要吓人的。"塔茨维尔纳说。

娜莫举起手示意安静："在森林很深很深的地方，住着一个很老很老的女人。"

"她不穿衣服。她也不需要。"

"后来呢？"

"她的乳房长得不得了，能像毯子一样把身体裹起来。"

"啊……"女孩们低声叫。

"她的名字叫'长奶'。她生的不是孩子，而是一大群蝗虫。”

“蝗虫什么都吃：植被、房屋、储存的粮食。它们甚至附在奶牛身上喝奶。”

“可怕！太可怕了！”女孩们回应。

娜莫继续讲“长奶”的故事。“长奶”不生蝗虫的时候就找孩子来填饱肚子。露拉把脸藏到了玛斯维塔的膝盖间。

之后，娜莫不得不出去一趟。令她惊讶的是，她在外面看到的不是村子，而是一个陌生的地方。树木在强风中翻滚，风呼呼地吹过岩石。娜莫想回到女孩们的屋子里，但屋子已经消失了。屋子原来的地方只有一个黑色的轮廓，那是一栋葡萄牙式的房子。门锁已生锈，风一吹，门就嘎吱作响。

屋里有什么东西动了一下，像是有人把手放在生锈的门上，把门推开。是“长奶”！“长奶”跳到门外，手里挥着一把大弯刀。“谁是我的下一顿饭？”她咯咯笑着，“我该拿什么来炝锅呢？”

娜莫尖叫着朝湖的方向跑去，湖里的船已经碎成了几块。在汹涌的波涛中，水妖们正在木船的碎片间戏水。

“呀！”娜莫尖叫起来。草顶被风吹走了，她完全暴露在外。娜莫抓起一根火棍，守在她储存物资的石缝那里。

“噢，妈妈，保护我！”娜莫大叫，“噢，祖父，帮帮我！”她像小牛遇上豹子一样战栗着。

谁——在那里？风萧萧吹过树木和岩石。

“我不知道这是你的岛。”娜莫呜咽着说，“对不起，我吃了你的蔬菜。请不要吃我，尊敬的‘长奶’！”

娜莫蹲下来，她想起了驱巫符——驱巫符能对抗巫术，很久以前玛斯维塔将其绑在她的手臂上。她经常在洗澡和游泳的时候摘下来，等身上干了又小心翼翼地戴上。她感觉那东西就在她手边。

"我是娜莫，你们的孩子。"娜莫小声对祖先们说，"你们把我带到这里的时候，我给你们献过玉米酒。请告诉'长奶'，让她远离我。"

风从另一个方向猛吹过来，她闻到了野栀子花的味道。外祖母之前是怎么说野栀子花的？野栀子花的树枝很粗，错综复杂，可以用来赶走豹子——对了，还可以用来防女巫盗墓。没错！是这样！库法姨父不就是把栀子花枝放在瓦缇缇的坟墓上了吗。

啊！娜莫的祖先们送来了栀子花香，好来迷惑"长奶"。希望这个老巫婆会跌跌撞撞跑进林子，然后从悬崖上滚下去——娜莫祈祷着。

风有时从树丛吹来，有时又吹向树丛，渐渐地就止息了。天空从黑色变为深蓝色，干净得像是被洗过一样。

天很快亮了，娜莫能看清绿色树叶和棕色树皮。她手里拿着驱巫符，身体蜷缩在火堆旁边。终于，太阳出来了，娜莫这才小心翼翼地走到无花果树那里。

船完好无损，只是翻到一侧。船上没装东西，因此什么也没丢。"所以，梦里有一半是假的。"娜莫说，"也许'长奶'不是真的。"但娜莫相信，梦总是有重要的警示意义。祖先们或许要告诉她有些事情不太对劲，又或许只是建议她推迟去津巴布韦的行程。

娜莫爬下去检查系船的绳子。浪比她想象的要大，但还算安全。娜莫抓紧无花果树根跳进水里游了一小圈儿，感觉又有精神了。

19

驱巫与曼丁戈刀

"我不能停在这里了。"娜莫在火堆旁一边吃着香蕉和烤山药，一边喃喃自语。

母亲坐在树下，表示同意。

"可是我害怕。要是我在水上划船，风又变大了怎么办？"

你用的是村里最好的一条船，"鳄鱼"戛茨老这么自夸。船是用血檀木造的，连水妖也弄不沉。

"水妖喜欢你，又不喜欢我。"娜莫分辩。不过她承认，水妖比"长奶"可友善多了。

早餐后，娜莫开始挑准备带走的东西，这得好好计划计划。她不知道自己还要走多远，但她绝对不敢往船上放太多东西。下午又起风了，娜莫知道她又得在岛上多待一个晚上。就算"长奶"只是一个噩梦，娜莫还是有点沮丧。"我要在床周围摆一圈野栀子花。"娜莫下定决心。

娜莫穿过岛去，想避开葡萄牙式房屋所在的那块空地。她不喜欢走那条路，但它是通往树苗园的捷径。娜莫盯着屋子看，心一下子提到了嗓子眼儿，她几乎快晕倒了。门大开着！

娜莫想大声尖叫："天啊，我该怎么办？"

把门关上。母亲说。

很有道理，可娜莫一想真要去关门又心惊胆战。午后的阳光直射向黑暗的通道，但娜莫看不清远处的任何东西。"不管波浪多大，我都情愿待在船上。有东西来抓我，我就解开绳子坐船逃走。"娜莫自言自语。

小灾难，我才不会在天气不好的时候行船呢。"鳄鱼"夏茨警告娜莫。

娜莫轻轻走着，她痛苦地盯着门看，等太阳开始下山时只会更糟。为什么我不先去取来野栀子花枝呢？娜莫想。

现在，去关门。水妖传来声音。

娜莫把库法姨父的断刀横在胸前，慢慢靠近那间房子。她不晓得刀是否能伤到"长奶"，但总得试试吧。

娜莫扫视着幽暗的屋里，看到一堆枯枝和灰尘。她身子往里倾，伸手去够门框。

她误以为是枯枝的东西其实是骨头。骨头有秩序地摊开：肋骨在这里，腿骨在那里。透过黑裤和黑衬衫，她隐约能看见身体的其他部分。头盖骨也在它应该在的位置，整个身体安置在一个金属架上，那其实是一张床，像乔奥和露莎的床那样。娜莫呆立在那里不能动弹，一手抓着门，一手提着库法姨父的刀。

又起风了，碎布到处飘。娜莫惊魂稍定，但眼前的场景反而有种怪异的安详气氛。阴影处有一张小桌，桌上有一个碟子和一只玻璃杯，上面铺了厚厚一层灰。残破的地毯被吹到墙脚，木板窗下立着个木柜。这里不像是巫婆的老窝。娜莫之前在离这儿不远的地方给祖先们敬过玉米酒，他们就聚集在附近。如果有巫婆的话，他们肯定不会来。

娜莫把刀子放下，带着哭腔深呼吸几下。虽然这会儿还没有发生过可怕的事，但你永远也预料不到下一秒会发生什么。活人不可以怠慢死尸。

娜莫蹲在门口，努力整理思绪。

这是一具葡萄牙人的尸体。尸体完好地躺着，不像是被杀害的。娜莫不知道葡萄牙人怎样处理死人，或许他们也会把尸体密封在房间里，就像她村里人偶尔做的那样，然后就任由尸体和屋子腐化、消亡。但风把门吹开了，那个男人——娜莫通过衣服猜那是个男人——肯定很困扰。娜莫能明白这点。

巫婆也许对毫无防备的人才会下手。娜莫突然知道自己该做什么了。"请原谅我，尊敬的葡萄牙人。"她一边说，一边往房间里挪，"我只是想要保护你的坟墓。"其他房间离她还有点远，娜莫没有勇气一一检查，就走到窗户下面的柜子那儿朝里看。

柜子里有很多黑色的衣服和一串珠子项链，项链上有个十字架。啊！又是索命鬼耶稣的头像，娜莫把它扔开。她还发现了一些没有插图的书、一支烟管，还有一个瓶子，里面装着珠子。但这些东西都派不上用场。

突然，在一堆地毯碎片中有金属的亮光，那是一把精美结实的曼丁戈刀！砍野栀子花枝没有比这更好的工具了。

趁太阳还未落山，娜莫赶紧跑到园子里。她在一块较平的石头上把曼丁戈刀磨快，砍下栀子花枝搬进屋里，又折回去继续砍。她要准备足够的树枝来保护自己。不仅如此，娜莫还找到一棵小香龙血树苗，树苗上长满鲜艳的黄花，娜莫把它连根拔起。

娜莫把栀子花放到骨头上，又搭上了刚才那条耶稣项链，心想没准儿耶稣也能吓跑"长奶"。娜莫把门关得严严实实，又在门前放了很多栀子花枝。最后，她用小香龙血树根蘸水洒在外墙的四周。当人们搬走瓦缇缇的尸体时，娜莫看见安布雅在琪珀姨妈屋子周围就是这么做的，这样做是为了确保游荡的灵魂不到处乱跑，而是待在他们该待的地方。

娜莫回到煮东西的地方。她在准备睡觉的地方围了"屏障"，同样也用小香龙血树根蘸水往地面上洒。做完了这些太阳也下山了，风吹得树木不停摇摆。

娜莫生起火，吃烤红薯和玉米。她躺在野栀子花枝中，心里很温暖，因为所有的事情都办妥了。"我真走运，能在外祖母身边学到这些。"娜莫为自己感到庆幸，"要是我早点知道驱巫术，我就能天天在岛上过夜了。"忽然，她想起还没把曼丁戈刀送回屋里。弯刀就放在柠檬树下，"长奶"会发现的。

"有时候我真觉得自己恰如其名。"娜莫叹息道，"叫我'愚蠢'或是'灾难'都一个样。"

别担心，野栀子花对"长奶"的迷惑力很强，她会径直走到悬崖上，被风吹走。母亲亲切地说。

"我也这么希望。"娜莫喃喃自语。她躺着的地方很硬，脚指头一伸出去就容易碰到栀子花刺。但不管这些，娜莫睡得很沉，也没有做梦，直到太阳升到很高的地方才醒来。

风一直吹，娜莫又多待了两天，等着天气更平稳些。她注视着水面，仔细寻找陆地的迹象。起风的时候，娜莫能看见东边有一处黑影；没风的时候，水面上有雾气。那儿没准儿是另一座小岛，总之，不是娜莫要去的地方。

娜莫不再做噩梦，但尸骨的出现让她不想继续住在这个岛上了。那把弯刀还在被她丢弃的地方，刀身比两个手掌还要长，已经卷刃了。就连库法姨父也没用过这么好的东西，就这么丢了是不是太可惜了？但那毕竟是属于葡萄牙人的灵魂的。

当然，最正确的做法是打开房门，再把刀扔进去，但娜莫不想去碰那扇门。到目前为止驱巫效果很明显，为什么要把事情搞砸呢？娜莫在石头上磨刀，并用湿树叶擦亮。瞧，多精美的物件！她把刀放在火堆旁。

"我会把刀留在你拿得到的地方。"娜莫跟葡萄牙人的灵魂说，"当然，如果你不介意把它当礼物送给我作为答谢的话，那也很棒，毕竟我为你驱魔，保护了你的安息之所，让它免受'长奶'的侵扰。你要明白，我不是想要什么回报，我很感激你允许我待在你的岛上，但如果你用不上这把刀，我留下它也可以。"

整个夜晚静悄悄的，娜莫能听到远处的水流动的声音。"长奶"飞走了，肯定是寻找别的魂魄去了，而水妖也缩在水底的洞里。

次日清晨，娜莫起身，向四周望去。寒冷的蓝灰色微光弥漫四野。岩石外是树的剪影。娜莫能见到那个她曾藏在里面躲避巫婆的缝。娜莫把生食和熟食放在她自己做的简陋的篮子里，毕竟岛上也实在没有更好的编织材料了。

阳光很微弱，弯刀还躺在那儿。但刀中间凹了进去，刀刃不见了。娜莫揉揉眼睛，不对，刀刃没坏，是有东西盖住了它。那东西看起来与地面颜色、质地都很像。

　　娜莫正看着，发现一只老鼠正在偷吃篮子里的花生。它坐直身子，两只小爪子捧着一颗坚果不停地咬，还不时停下来看看周围。阳光渐渐变强，娜莫能清楚地看到它的腮须和闪亮的黑眼睛。

　　突然像是一道闪电划过，弯刀上的东西闪电般跃起。老鼠吓得噎住了，都没来得及跑，就已发出绝望的吱吱声。

　　那是一条鼓腹蝰蛇。黄棕色的身体很容易隐身在岩石里。娜莫又惊叹又佩服。毒蛇来自灵界，它们虽然危险，但性情温和，不轻易发怒，而且依恋故土，能带来好收成。

　　事情再清楚不过了。娜莫的花生引来老鼠，而灵魂附在蛇身上享受了这道美味，作为回报，它把刀送给了娜莫。"谢谢。"娜莫喊叫出来，合掌表示感激，因为这把刀关乎生死。

　　娜莫做了最后一顿早餐，并向祖先们敬奉了珍贵的玉米粉，不论他们是否在这里。"你也来点儿吧。"她对葡萄牙人的灵魂说，也给他添了一份食物。

　　随后，娜莫动起来往船外舀水，装东西，解开缆绳准备出发。走的时候，她不时回头望，心里多少感到有些遗憾。这个岛给了她十分必要的歇息，她本可以在这里长住下去，搭一座属于自己的能遮风挡雨的庇护所，再做一根钓竿钓鱼。但有一样东西这个岛给不了，那就是陪伴。和人类相比，灵魂轻飘飘的，你听不到他们半夜里顺畅地呼吸，也无法将他们抱在怀里，即便是母亲的灵魂也不成。

　　小岛在半明半昧的光线里慢慢消失。现在娜莫确确实实是一个人了，孤零零地漂在水上。四野里看不到一点陆地的痕迹，也不知道要走多远才会有。但至少，娜莫提醒自己，她正驶向津巴布韦。

20

真正的女人

一整天娜莫都划个不停，只是偶尔休息一下吃点东西。她停下来的时候，船就会轻轻地往东漂。要是太阳太毒，她就把篮子扣在头顶上遮挡一下。一路上，娜莫不是唱歌，就是和母亲、"鳄鱼"戛茨或者水妖说话。到后来，她实在太累了，只是机械地左划一下，右划一下。

娜莫还盼着能在太阳下山前找到一片陆地，但是不行。拥挤的家当磕绊着她。"攀爬岩壁都比这样舒服。"娜莫嘟囔说，湖面的反光刺痛了她的眼睛。远处的光线闪闪烁烁，地平线也时隐时现，让人分不清远处是天还是地。娜莫的心惶惶的，"那边会不会是通往水妖国的入口？"她问母亲，"我不管'鳄鱼'戛茨怎么说，我只想离它远点儿。"幸运的是，不论娜莫怎么卖力地划，船都没能接近那个"入口"。

天黑得看不清方向时，娜莫就把桨放回船里，坐在篮子中间吃花生、烤红薯和西红柿。船又在缓慢地漂回她来的方向。

天还没亮，娜莫就再次出发，直到发现了一排冒出水面的树。

她想，筑坝以前，这些树肯定是长在山顶上的。后来一整天，娜莫都待在那块休息、吃东西，还洗了个澡。此时，她往北能看到一处明显的黑影。

离黑影还有段距离，它像是水平面上的一块污迹，但肯定不是水。"那儿肯定是湖的北岸。"娜莫作出判断，"可我应该朝西边走。"剩下的时间里娜莫都在纠结这个问题。"在北岸或南岸都一样，我都是在朝津巴布韦的方向划。"

靠着陆地走安全些，母亲表示同意。

你又忘了往船外舀水了，下次我不借你船了。"鳄鱼"戛茨抱怨说。

清晨，那块"污迹"消失在阴霾中，但很快又出现了。娜莫划船过去，看着"污迹"慢慢变成了一条带状的陆地，但到了黄昏竟然还没划到。"去你的吧，臭水！"娜莫对着湖水大喊，"你为什么不能朝那个方向流！"她渴望站在坚实的陆地上，身上又热又黏，娜莫烦躁得快要发疯。

第二天，娜莫花了大半天时间才把一晚上退回去的路补上。又到了黄昏她还是没到。陆地延伸开来，上面覆盖着郁郁葱葱的树林。娜莫突然哭了出来："谁都不想让我到津巴布韦！没人在乎我的遭遇！"哭了一阵后，她吃了点冷红薯，但红薯已经开始变味了。她还吃了花生，但有些已经长虫，她吃进嘴里才意识到。

"太可怕了！"娜莫尖叫，把嘴里的东西吐出来，"天啊，我真希望我已经死了！"她倒下去，使劲捶打着船体，同时发疯似地辱骂湖水。终于，她挤在装西红柿的篮子里睡着了，西红柿汁染红了她的裙子。

"我不是真心觉得你的湖很脏。"娜莫向水妖解释。水面能如此平静全是水妖大发慈悲，娜莫不敢惹恼她们。

太阳升起来了，离陆地还有段距离，但并非遥不可及。不过娜莫有更重要的事情要处理。她的腿上有血迹——一夜之间，娜莫变成了一个真正的女人。

"我是个女人了，和玛斯维塔一样了。"娜莫对母亲说，看着闪闪发光的水面和期待中的陆地露出笑容。她现在可不同往日，是个重要人物了，已经被获准传宗接代，将来也会诞育生命。虽然不会有人为她开舞会，可这不影响什么。当一个女孩变成女人时，人们说那是"过了河"，但有谁能像自己这样跨过了整个湖！

"我是唯一一个跨过整个湖的女孩。"娜莫自豪地说。她把红色婚礼布撕成了三条宽布条，接着从草垫上抽出草，叠放在中间做成衬垫，再用麻绳绑在腰上。过些时候等上了岸，她会去找野生棉花替换衬垫里的草。娜莫以全新的姿态操起桨，唱起歌来：

我是娜莫非杂草，
硕果累累树一棵，
当心了，小丫头们！
现在我能管教你们，
因为我成了女人。
我的罐子更坚固，
我的篮子更精美，
我的屋顶不会塌。
我是娜莫，了不起的就是我，

小小河流我不屑，
唯有大湖入我眼。

正午时分，娜莫靠近那片陆地——陆地本应向东西延伸，现在反而向北。南面被陆岬挡住，真让人不解。"说不定我就在河口处。"娜莫想。她把船系在岛岸边的一棵树上。

噢！伸直双腿简直太舒服了。娜莫蹲在水边，用葫芦舀水打湿自己，洗干净裙衫。她动动脚指头和肩膀，活动一下僵硬的身体。整个下午娜莫懒洋洋地躺在树荫处，天黑前，她去找了一处可以睡觉的地方。岛上朝湖的那面很陡，可以挡住河马，对着陆地的那面则平缓。娜莫爬上一块石头，看见有东西从地面跃起，然后猛地跳进湖里。那是一条鳄鱼！

娜莫赶紧后退了几步。很走运，鳄鱼没看见她洗澡。

因为害怕，娜莫只得在船上又将就了一夜。红薯全坏了，花生也让她反胃。庆幸的是，她能安全到达陆地，而且还变成了一个真正的女人。

"总之，今天不算糟糕。"娜莫对母亲说。

21

另一个岛

娜莫转了转。如她所料，陆地向西边延伸。她划得更卖力了，想趁着大清早的阳光找找有没有人类生存的痕迹。一路上她仔细嗅着空气捕捉炊烟的味道。成群结队的狒狒在岸边一路小跑，一直观察着娜莫，公狒狒还时不时发出威胁的叫声；跳羚、小羚羊和非洲大羚羊躲在香龙血树的影子处；草原猴从一棵树跳到另一棵树上。

一个人影都没有。正午时分娜莫来到岸上。她生了火，把玉米粉和剩下的西红柿一起煮了。她并不气馁，只要继续前行，就一定能看到津巴布韦的房屋、田野和那闪耀的电灯。娜莫将燃着的木炭存在一只罐子里保留火种。她不清楚还要走多远，不能浪费火柴。

四天后，娜莫转到了陆地的一端。太可怕了！除了平淡无奇的水，什么也没有。娜莫掉转船头向东划去。她焦急地搜寻河岸，寻找着像北岸那边的树和石块那样的东西，但她始终没有看到。

"至少是顺水。"娜莫低声给自己打气。她先停下来安营扎寨，打点吃的。只要忙碌起来，就能先把方向的事放一放。

娜莫继续出发。周围净是泡沫，前面是向前延伸的无穷无尽的水。娜莫的心都碎了，掉头朝南去。她发现在陆岬的尾部有个小岛，那其实正是她之前洗澡的地方，用来绑船的树枝也在那儿，她甚至还看见了同一条眯缝着黄色眼睛看她的鳄鱼。

"我恨你！"她对着岛大声叫，"你在这里做什么？你为什么没在津巴布韦？"

咚！船颠簸得厉害。娜莫只顾着迅速向前划船，没留神船正好撞上了水下锋利的石脊，船被顶住了。娜莫使劲把船滑开，想要脱离石脊，但水开始以惊人的速度渗进船里，船的一条旧缝又开裂了。时间宝贵，娜莫赶紧把船划向矮树那边。当她靠近树的时候，鳄鱼便逃进湖里去了。娜莫把船拖离险境，坐下来大口喘着气。

"我不应该辱骂这个大岛。"娜莫自责起来。琪珀姨妈曾经说她讲话不经大脑。对一个陌生的地方指手画脚确实很危险，谁知道有什么神灵正听着呢？

"好吧，这次我真的搞砸了，"娜莫对母亲说，"我把船弄坏了，离津巴布韦还有十万八千里。这儿倒是有一条饥肠辘辘的大鳄鱼跟我就伴儿。"

然而，娜莫很快发现跟她就伴儿的还不止这条鳄鱼。从船上卸东西的时候，她发觉灌木丛里有影子鬼鬼祟祟的。她紧紧抓着刀，盯着那影子看，心怦怦直跳。

过了一会儿，又有动静。一声刺耳的叫声吓得娜莫跳了起来，她把曼丁戈刀举在头上。紧接着远处又传来一阵柔和的颤鸣声，仿佛有人在自言自语。"走开！"娜莫吼道。那动物短叫了四五声之后便撤了。

那是一只狒狒。

娜莫立刻意识到她正面临着一个严重的问题——狒狒能让她一下子一无所有。正常情况下,娜莫能把东西都放在船里,但现在船裂了就不行了。"我在小岛时怎么没看见它们?"娜莫有点糊涂。它们肯定是躲在树后边观察她。

此时还是上午,娜莫用罐子里的炭生了火,一边烤红薯一边思索。狒狒讨厌蹚水,理由和人类一样:因为水下潜伏着鳄鱼。

娜莫吃着红薯,感觉很不自在,像是有谁在偷看她。她迅速转过身,林子里有动静,有东西缩了一下,她朝它掷了一块石头。

娜莫心绪不定,看着火苗慢慢熄灭。离她坐的地方不远有个白蚁丘。"我可以用泥土粘住裂缝。"娜莫说。

可以试试。母亲回答。

"当然,如果我能像烘烤罐子一样把船也烘烘就更好了。"

你干吗不干脆把船点了!"鳄鱼"夏茨大喊。

娜莫削下一部分白蚁巢。她格外小心,因为鼓腹蝰蛇也喜欢待在这种地方。她用两块石头将泥土压碎,掺了水后厚厚地涂在船体外部,等着风干。

"走开!"娜莫大声嚷,狒狒此时就快要够到她藏食物的地方了。她朝狒狒丢石头,石头如雨点一般落下,狒狒笨拙地跑到树边,爬上最高的树枝,对着娜莫做鬼脸。

"我也不喜欢你!"娜莫喊道。她发现狒狒的尾巴末端有个成块的痂,尾巴像是刚被砍成两截。它的右后掌向一侧撇扭着,跟塔茨维尔纳似的,不像是受伤所致,应该是天生的,或许是巫婆弄出来的。

狒狒也会巫术吗?

娜莫研究得越久，就越确信它是这个岛上唯一的狒狒。它对有同伴这件事简直怕得要命。不然此时娜莫应该听到其他动物的叫声才对。

这只狒狒肯定是被相当可怕的动物追赶，迫不得已才过河来的。她在琢磨那是什么动物。现在这只狒狒被困在这儿了，除非它有勇气回去，不然就得饿死。

"关我什么事。"娜莫背过身说。她又取了些泥浆。当她把船翻过来，看到被岩石撞出的裂口时，娜莫着实吓了一跳。裂口从表面上看是很细窄，但往里深入竟有她小拇指那么宽。娜莫赶紧用泥浆糊住开口处。

一只狒狒不是什么大问题，况且这一只胆子还那么小。夜里它也不会出来觅食，因为天黑了会有鳄鱼出没。

娜莫在石壁前围了大半圈柴火点起来，因为鳄鱼不敢爬过滚烫的木炭，而狒狒整晚都会在树上发抖，娜莫觉得这样还算安全。她在火圈内躺下来，头枕在瘪瘪的玉米粉袋上，眼睛盯着星星。她想给母亲讲故事。装着母亲相片的罐子放在悬崖下，其他东西也都在那儿。

"很久以前，有个男人娶了两个老婆。大老婆的图腾是狒狒，她生了很多女儿。而小老婆的图腾是斑马，她生了很多儿子。正因为如此，每个人都对小老婆更好。大老婆郁郁寡欢，骨瘦如柴。"

娜莫对母亲说："在咱们家，外祖母只有女儿，但没有人敢对此评头论足。"一想到安布雅，娜莫就感到寂寞一阵阵袭上心头。她强压住情绪，不让自己哭出声来。

"一天，"娜莫恢复平静后继续讲，"小老婆养的鸡不小心跑进大老婆的屋里，还打破了三个罐子。'哼！看你养的畜生干了什么好事。'大老婆大喊大叫，'一只普通的鸡哪能干出这样的事，肯定是有巫婆教唆它。'

"'你是个什么出身？'小老婆反驳说，'你父亲在街上乞讨，你母亲的彩礼就是一篮子糙米。我的可是一群好奶牛。'

"'闭嘴！你们这样斗嘴只会给我们女人丢脸。'最年长的妇女训斥她们。

"她俩气冲冲地回屋。隔天，大老婆一边磨玉米粉一边唱：

为何我要受人折磨？
那人的母亲是巫婆，
用鬣狗尾巴把水舀，
呀！呀！她耳朵圆得像盘子，
皮肤粗得像树皮！

"小老婆听到这些话，知道唱的是自己，她气坏了。隔天，她磨玉米粉的时候也唱道：

呀！呀！这里的女人没脑子。
嘴巴炸开像煮罐，
头发枯像旱季草，
皮肤好比烧火柴，
鼻孔张开，老疣猪直接住进来！

"每天，她们俩都会唱一首歌骂对方，村里的人都把这场争斗当成笑料，只有她们的丈夫被蒙在鼓里。后来，小老婆气急败坏，潜进大老婆的屋里，往煮罐里丢了一块狒狒肉——那是大老婆的图腾。

"那晚大老婆吃过晚餐，突然长出毛发和尾巴，鼻子也伸得很长，像狒狒一样吠叫。她跑到森林里去，把所有人都吓坏了。大伙儿纷纷猜测发生了什么，但没有证据。

"第二天，大老婆的女儿们到田里去，还带着她们最小的妹妹，小妹妹还只是个婴儿，大声哭着要吃东西。突然，一只母狒狒从森林里奔出来，一把抓住女婴，给她喂完奶，把她放到地上后就跑开了。

"从此以后，女儿们每天都会带女婴到狒狒妈妈那里，但她们还是有点担心这只动物会把孩子掳走，于是她们把这些事都告诉了父亲。父亲找到巫医寻求帮助，巫医开了药藏在香蕉里，再放到狒狒妈妈能找到的地方。这只狒狒吃了加了药的香蕉后就吐出一块狒狒肉，马上变回了人形。

"现在所有人都知道了小老婆的肮脏手段，她的丈夫把她送回娘家去，还把她所有的珠宝都送给了大老婆。"

娜莫往火里添柴，虽然她做了各种防备，可还是紧张得无法入眠。父亲的图腾就是她的图腾——是狮子，反正外祖母是这样认为。"那是他告诉我的。"外祖母说过，"在我看来，他的图腾是鬣狗。但小南瓜，你看起来不像，我相信你和鬣狗毫不沾边。"

外祖母解释说，娜莫父亲的部落姓氏为古伦多罗，意思是"戴圆盘的人"，而这种圆盘是国王佩戴。娜莫当然希望她来自一个皇室家族。但外祖母也说，老国王有几十个妻子，儿女众多，其中一些是善人，但有些就成了好吃懒做的寄生虫。"就比如说你父亲。"外祖母补了一句。

娜莫的图腾是狮子，所以她不能吃狮子肉。"如果我想试试的话。"娜莫一边说一边对着放母亲相片的罐子笑了。吃过图腾的肉的人不是掉了牙就是瞎了眼，要不就是变得不能生育，有时还会变成动物。但不吃狮子肉是很容易做到的，所以娜莫从没担忧过。

外祖母的图腾是心，这意味着她不能吃任何动物的心脏。琪珀姨妈、舒芬姨妈和妈妈的图腾是鸟，但如果所有鸟类都包含在内的话，那问题就大了。好在这个禁忌只针对鱼鹰，鱼鹰是专为天神传递音讯的动物。库法姨父，包括他的孩子，都不能吃奶牛的腿，但其他部分可以吃，况且人们很少杀牛，这也不是个问题。

娜莫把村里所有人的图腾和部落姓氏一一列出，这些信息很重要。只有记住了，她才不会大意嫁给她的亲戚。"塔茨维尔纳的图腾是……我想想看，是……"娜莫停顿一下，大吃一惊，她的图腾正是狒狒。如果塔茨维尔纳吃了狒狒肉，她就会变成狒狒，还是跛着脚的狒狒。

娜莫惊得坐起身来，扫视着黑暗中的树林。别傻了，那不过是一只蠢东西。但娜莫以前从未见过畸形的狒狒，畸形的一般都活不长。

"不关我的事。"娜莫下决心不再想这些。她躺回去，一整夜都睡得很不安稳。

22

娜莫之岛

娜莫在船底精心涂上去的泥被水浸软了，她不得不在船底再次裂开前拼命划桨。靠近岸边时，她设法抓住一根树枝。可篮子还是湿了，玉米粉袋也变潮了，不过好在袋子快空了。

娜莫爬上这座大岛，赶紧把东西从船里挪出来，以防全部坏掉。她拖起船沿着岸边走，最后来到一片土滩上。她坐在香龙血树下休息，思考眼下的处境。

"至少不像那只狒狒那么糟糕。"娜莫对母亲说。她望见狒狒正走过她在小岛上驻扎过的营地，闻她做饭的地方，狼吞虎咽地吃她剩下的南瓜皮。

娜莫的"新家"能容得下一大群狒狒、猴子和各种各样的羚羊，当然也容得下她。问题是还有什么别的动物也在这个大岛上呢？很显然这里有某种动物能把狒狒逼到危险的岩石上去。

"也许是蛇。"娜莫心里想。狒狒看到蛇，会发出尖叫声。娜莫的反应估计也一样，但常识告诉她，如果你不打扰它们，蛇是不会主动伤害你的。我可能得一直待在这里，直到有其他人来。娜莫想，这条船已经禁不起长途旅行了。一想到船上的裂缝可能会在水里崩开，娜莫心里就一紧。

"或者我可以造一只船。"娜莫对自己说。

这话我爱听。湖底传来"鳄鱼"戛茨的声音，他正坐在水妖的屋子旁边。你用血檀木造船会很坚固，白蚁也毁不了它。他抓抓头发，鬼虱子又顺着手指往上爬。

娜莫摇摇头，到目前为止，她和灵界相处得还算融洽，但亲眼看到还是会害怕。此刻，她眼见渔夫在他的水下王国里休息，一个水妖正为他斟酒。

"谢谢，是个好主意。"娜莫礼貌地说，同时确定她周围是真实的树木和阳光。她有一把弯刀，还有库法姨父的那把断刀，小心一点操作还是有可能砍倒一棵血檀树，造出一只类似于"鳄鱼"戛茨那种船的小船的。

娜莫为这个计划感到兴奋。她只要能撑到把船造好就行，虽然可能要用很长时间。为了保险起见，她必须把南瓜和玉米种子种下。

娜莫暂时把篮子挂到香龙血树的树枝上，那不是个存放东西的好地方，但这会儿也只能如此。她得在天黑之前找到一个栖身之所。

娜莫谨慎地走开，不时停下来记一记周围的环境。不一会儿，湖就被树木挡住了，等她爬上大圆石时，湖又重新出现在她眼前。娜莫把湖边的一棵大无花果树和一根形状奇特的石柱当成路标。

离湖越远，娜莫就越紧张，因为这地方实在太安静了。她弹走了几个粘到衬裙上的虱子。虱子又大又饿，可能是路过的羚羊留下的，还有更多虱子候在草叶上等着"吃晚餐"。有一条被野兽走出来的蜿蜒小径一直延伸出去，与一片被小溪流分开的草地相交。远处还有一片挺大的悬崖。娜莫能辨认出周围扭角林羚、非洲大羚羊和小羚羊的脚印，以及珍珠鸡的八字形脚印，还有大蜥蜴爬过留下的环状印记。这些都不危险。

小溪两岸长满灌木和树。溪水不深，却湍急而欢快，藏不住鳄鱼。水很干净，也格外清凉。娜莫坐下喝水，又用水洗了脸和胳膊。

娜莫靠近悬崖，只见崖上遍布着坑坑洼洼的小洞穴。娜莫在那里发现了更多狒狒的踪迹，虽然此时它们还没有出现。在小溪和悬崖中间的空地上长着两棵巨大的幸运豆树，两棵树紧挨着，粗壮的树枝向外伸展，与粗树干几乎呈直角。娜莫觉得能在这儿搭个台子。幸运豆树的种子虽然好看，却有毒，所以动物们并不感兴趣。

可真要搭还得花好多天时间，她今晚就需要一个住处。

娜莫开始探索这片悬崖。到处都是蹄兔留下的骚臭味。蹄兔在大圆石上休息，逃跑前还气冲冲地对娜莫吱吱叫。它们喜欢待的地方都留有厚厚的尿渍。娜莫往高处爬，她可以在悬崖的某个洞穴里安营，从那里可以观察猎食者。

猎食者！

是什么威胁到狒狒，让它迫不得已跑到小岛上去的呢？

娜莫不敢奢求能像在水妖岛的时候一样幸运。那里食物充足，但这里实在太大了。住在有蹄兔的地方最大的好处就是，遇到任何危险，四周的蹄兔都会立刻发出警报。此外，蹄兔也能代替娜莫成为猛兽的美餐。

爬到一半的时候，娜莫发现了一个比较低矮的洞穴，洞穴被滑下来的沙土填住了一部分。她拿弯刀往里面戳，把可能藏在里面的东西都刨出来。娜莫刨出来一只大蝎子，便急忙用刀把它拨到悬崖边。

娜莫本来挺高兴的，但回到挂篮子的香龙血树边时，她发现白蚁已寻到了篮子，正对它发起围攻。赶白蚁时娜莫被兵蚁咬了好几口，但她还是把东西都转移到了悬崖上的洞里。她在洞穴深处生了火，煮了南瓜，困在篮子里的一些兵蚁也被她烤死了。

余下的时间里娜莫都在查探自己安营的地方。她发现了几条小溪，小溪原本很宽，但雨季已经过去快两个月了。她还注意到有橡胶树，它们的树皮又糙又脏，但黏稠的树液可以用来捕鸟。

这里还有可以用来编篮子的植物。靠近营地的能吃的植物都被狒狒一扫而光，但娜莫也可以像它们一样在树林里觅食。不同的是，她还能捕鱼、打猎。

那天下午，娜莫把最后一点玉米粉煮了，那些东西变潮了，很快就会坏掉。娜莫必须尽可能为即将到来的旱季多储存食物。袋子空了，娜莫十分沮丧。以前舒芬姨妈和琪珀姨妈负责种玉米，她和玛斯维塔负责磨粉。玉米粉是大家齐心协力做出来的，如今一点也不剩，娜莫再也吃不到她们的手摸过的食物了。

可袋子是她们手编的，娜莫往里面塞满干草，当成枕头用。她还可以抱着它，凑近闻它的味道。

娜莫可以听到远处狒狒的叫声，于是又找来一堆石块放在洞口。回去后，她仔细盯着草地另一侧的树林。

午后，狒狒们出现在金色阳光照耀下的树林里。它们成群结队，有时低声交谈，有时大喊大叫。小狒狒缠住大狒狒玩闹，等到大狒狒失去耐心并露出恼怒的牙齿时，小狒狒就叫着去寻求保护。黑色小狒狒贴在妈妈胸前，而稍大一点的棕色狒狒骑在妈妈背上。这么多狒狒，数都数不清！

狒狒们停在溪边喝水。它们跳过小溪，穿过幸运豆树。当它们发现有生火的痕迹时，突然都停了下来。娜莫屏住呼吸，只见一只大公狒狒发出挑衅的叫声。它直翻白眼珠，露出满口尖牙。它传递的信息相当明显：出来，不管你是谁，我都能撕碎你！

"哦，妈妈。"娜莫自言自语。她以为狒狒会住在较远的树林里，然而现在它们就聚集在下面，而且很明显是想爬上悬崖，那样就会正好路过她的洞穴。娜莫的脑海里闪现出这样一幕：公狒狒发现了她，并决定除掉她这个入侵者。

娜莫挪出洞口，站在窄窄的洞边。下面成群的狒狒立刻发现了她，几只公狒狒嗷嗷地叫，明显是在挑衅，母狒狒把小狒狒围起来，发出警告的声音。最大的公狒狒站在火堆旁，全身的毛发奓起来，身子看起来有之前的两倍大，它正嗷嗷地叫个不停。

"走开！"娜莫吼叫，发疯似的寻找通向悬崖顶的捷径。她把堆在洞口的石块往下扔，有一块刚好砸中一只公狒狒的脸。哇呀！它一边叫，一边往后跳。

狒狒们四处乱窜，很明显被娜莫这个入侵它们领地的敌人弄得很生气。它们来回摇晃，紧盯着娜莫。太阳下山的时候，它们突然回到了草地边的树林里。愤怒的吼声在晚风里久久回荡。

娜莫赢了！她赶跑了一大群狒狒！她滑回洞里，努力让怦怦跳的心脏恢复正常。她只想吐，因为实在太惊悚了，但她真的赢了！

"我，娜莫，完全占领了这座悬崖，"她对自己说，"还有这座岛。这是娜莫的岛，我是这些狒狒的首领。"

过了一会儿，娜莫又听见雕鸮的鸣叫声、麝猫的嘶嘶声和觅食的蜜獾的咕哝声，她又感觉没那么自信了。夜晚发生了很多事，有些对她毫无影响，有些则不能不在意。一只蹄兔叫声凄惨，在黑暗中被杀死。

"早上我要搭一个树屋。"娜莫说。直到天空中出现黎明的第一道曙光，娜莫才进入梦乡。

23

无尽的孤独

真是有干不完的活儿：找食物、搭建庇护所、挖菜园，还有砍树造船。造船和菜园的事还能再等等，庇护所虽然很要紧，但也没有找食物来得更紧迫。在找到其他食物前，娜莫就只剩下从水妖岛保存下来的那点儿东西了。

雨季已经过去，接下来应该是蔬菜大丰收的时候。娜莫找到了许多野马铃薯，可以烤着吃，但如果饿急了，也可以生吃。

还有一些野菠菜，种类繁多的野豆子倒是不少。豆子很干，可以用水泡开。在白蚁丘上，娜莫还发现了紫果树丛，树上长满了紫色果子。湖边浓密的丛林里还有又黑又甜的树莓浆果。

野生枇杷、水莓、桑橙和马鲁拉树，这些植物都被狒狒祸害过，但还是剩下不少。娜莫注意到一些没被它们动过的树，她尝了果子才明白为什么。食物还算充足的时候，动物们也会挑嘴，那些酸的东西就不吃。等到了旱季，它们就不会这样了。

娜莫捡了一篮子淡黄色的马鲁拉果。这种果实里有种子，娜莫太缺少油水了，她立马把种子给吃了。她还吃了些白色软果，剩下的煮过以后好做成饮料。

娜莫还找到许多大蚱蜢，拔了头，挑出内脏，放在火上烘烤。烤好的蚱蜢往篮子里一摔，就能把翅膀和腿摔掉。

下午，娜莫用葫芦瓜做瓢和罐。她对着橡胶树树干狠狠砍了几刀，采到一团黏稠的树液，接着剥下灰皮树的外皮，把里层的树皮撕成一条条长丝。

到太阳下山时，娜莫已经筋疲力尽了。她躺在洞口，疲惫地咬着树皮丝，然后拧成麻绳。树皮的味道尝起来像生豆似的，娜莫幻想着自己正一边吃零食一边做事。

狒狒的叫声在树林里久久回荡，但它们没有再到悬崖边来。

日复一日，娜莫辛勤地劳作。她在灌木上涂上一层黏稠的橡胶树液，拿白蚁当诱饵。到了晚上，她就能捕获很多小鸟，取出内脏后用泥土包紧，放在火上烤。等泥土裂开，娜莫就把泥连同羽毛一起剥开，一口吞掉剩下的肉。娜莫还在小溪里放了渔套。有野物出没的小路上，她还放上了绳子编的陷阱。靠着这些工具，娜莫逮到了老鼠、松鼠和野兔。

每天剩余的时间里，娜莫都会在幸运豆树上搭台子。

她砍下那些又细又直的树，期间格外小心，生怕弄坏刀子。她用渔夫的绳子把木杆拉到树上，用麻绳绑在一起，台子固定牢靠后再铺一层厚厚的茅草。

太舒服了！娜莫靠在有弹性的茅草上，感到十分惬意。不再是又冷又凹凸不平的粗糙沙地了！娜莫做了很多让台子更精致的计划：平台上方用来储存食物；用绳子做成梯子；做一个屏障挡住多刺灌木；搭一个茅草屋顶遮风挡雨。

雨？娜莫心里一惊。离雨季到来还有好几个月，她得在那之前离开。暴风雨来临时，湖面上的波浪会很可怕。只要保持忙碌，她就会忘记自己真实的窘况，可现在这些念头又席卷而来。

娜莫独自生活在岛上。长此以往，她会渐渐变老，没有家庭，也没有孩子，直到最后虚弱得再也爬不了树。她的视力会变弱，连水也找不到；手指完全使不上力，也挖不动红薯。她会像那座小岛上的狒狒一样饿死，又或是成为猛兽的食物。

"不！我会造一条船离开这里！"娜莫撕心裂肺地哭喊着，"我是娜莫·乔威，我的图腾是狮子，我是国王的后代。我是一个女人，不是女孩。妈妈和'鳄鱼'戛茨一直陪着我，还有……还有……水妖们。"说到水妖，她心里还是忐忑不安。有一刻，娜莫看见水妖从房子里出来，舒芬姨妈的珠子正挂在她们长长的身体上。

娜莫踏着树干爬下树回到船里。她在一棵很大的血檀树上割了一圈，决定以后把它砍倒。娜莫逛到大岛的一端，突然吃惊地发现，一夜过去，水面降下去许多。

现在就连娜莫都能借着石头跳到小岛上去，狒狒肯定是逃走了。可当她挡上强光，又看见狒狒蹲伏在树下，呆滞地看着她。娜莫朝它扔石子，它却没有什么反应。

"不关我的事。"娜莫辩道，然后回营地去了。

她把所有东西转移到台子上，开始做梯子。

"很久以前，有一对富有的夫妇，他们只生了一个女儿。"娜莫一边说，一边嚼树皮拧成绳。她现在有好几葫芦水，还有煮开的马鲁拉果汁、一罐烤熟的炸蜢和一篮子野生马铃薯根，一张小草垫上也放满了熟黑莓。树枝上到处都挂着物品，母亲的相片则放在台子的一角，上面还用石头压着，两边都有树枝保护着。

娜莫总是小心谨慎地保护着相片，因为这种纸很招白蚁。她平时都把相片放在密封的罐里，用盖子紧紧盖住。不过今天午后的微风尤其怡人，于是她把母亲请出来一起享受。

"夫妻俩告诉女儿不要和任何一个年轻男人说话。"娜莫接着说，"'你太好了，村里的傻瓜都配不上你。'夫妻俩说道，'你必须等我们找到合适的人。'

"女孩听了父母的话。很多年轻男人向她求婚，给她礼物，讲有趣的故事给她听，但不管男人们怎么努力，女孩都不吱声。他们一个个只能放弃，另寻其他女人做妻子。

"一段时间后女孩有些灰心。'我所有的朋友都结婚生子了，父母根本不想让我结婚！'但她是个好女儿，当新的求婚者出现时，她依然听父母的，不和他们说话。"

娜莫打量着自己编的绳子，她逐渐找到了编绳的诀窍。她停了一下，冲洗嘴里残留的树皮渣。

"一天，外村有个穷小子听说了这个女孩的事，就对祖母说：'帮我做一锅米饭和牛豆，我要去向这个不跟任何人说话的女孩求婚。'

"祖母笑着说：'别人都失败了，你为什么觉得你能行呢？'

"'我有个妙计。'他回答。

"'你要是不怕浪费时间，就随你吧。'祖母为他做了一锅米饭和牛豆，次日他便出发了。穷小子挨着女孩茅草屋旁边的猴面包树坐下，咬下一片树皮。

"过了一会儿，女孩走出屋子，看到一个年轻人正用树皮编绳子。她从旁边走过好几次，年轻人都没抬头。到吃饭时，那人用一只手吃饭，另一只手还继续编着绳子。

"女孩回家告诉父母：'有个奇怪的男孩正用树皮做绳子。我从他跟前走过好几次，他都没看我。'

"'穿上你最好的衣服，戴上最美的珠宝。'父亲建议说，'去看看他有什么反应。'

"女孩照父亲说的做了。母亲为她梳头发，给她皮肤抹油。她坐在树旁的石头上，一坐就是好几个小时，但男孩一直没朝她看。晚餐时间到了，他吃着米饭和牛豆，又是一只手吃饭，另一只手继续编绳子。

"'我就知道！'女孩当晚嚷闹起来，'你们让我等太久了，我都变成一个老女人了！'

"'嘘！'母亲安抚说，'所有人都知道你是村里最美丽的。明天给那男孩带些吃的，看看会发生什么。'

"第二天早上，女孩盛装打扮，煮了美味的白麦片粥，还做了几样辛辣小菜。她拿水给男孩洗手，把东西拿给他吃。令她惊讶的是，他只洗一只手用来吃东西，另一只手还是忙着编绳子。

"女孩把事情一五一十地告诉了父亲。父亲赶到树边，邀请男孩进屋做客。'谢谢，老爹，我很乐意，但我现在很忙。'男孩解释说，'祖母的田地靠近狒狒的巢穴，她对它们没办法，我在编一条长绳，准备把田地拖到家附近。'

"女孩的父亲惊呆了，世上居然有人能有这么大力气做这样的事。他急忙跑回家，让妻子准备好晚餐。他叫女儿邀请男孩和他们共进晚餐。

"'请务必来。'女孩害羞地说。这是她第一次和年轻男孩说话，男孩也很爽快地答应了。就这样，男孩每天晚上都待在富人家里。白天他一边编绳子，一边和女孩说话。两人相爱了。

"'我想娶你，但我太穷，付不起彩礼。'男孩说。

"'没关系，'女孩应道，'只要你能答应我，忙完你祖母的事，也帮我父亲把田拖到家附近。'女孩的父亲很高兴，马上把女儿嫁给了这个男孩。他们回到男孩的村里，快乐地生活着。很快，他们也生了很多孩子。

"一天，女孩的父亲去看他们，他向女婿抱怨：'你为什么还没过去帮我移田地呢？'

"'你真的以为有人能用绳子拖动田地吗？'他女儿狂笑，'那只是我们跟你开的玩笑，这样我们才能结婚。我再也受不了每天不说话了！过来看看你的外孙们吧！'

"女孩的父亲对女儿的做法感到恼怒，但他喜欢自己的外孙，因此也就原谅了女儿。"

娜莫活动一下双手。她拧了这么多树皮撕成的丝，手上长满了茧。她嚼了一大口炸蝗，接着抓一把黑莓吃。"我希望能用绳子将这岛圈住，然后把它拉到靠近津巴布韦的地方。"娜莫跟母亲说。

母亲问她什么时候才开始造新船。

"几天后。"娜莫回答，"我得找个能避开狒狒的地方建个园子，还得为旱季存点食物。"

越早开始，才能越早离开这里。母亲提醒她。

"说实话，我不知道我能不能造一只'鳄鱼'戛茨那样的船。"

小灾难，造船不难。"鳄鱼"戛茨坐在湖底的长凳上。用血檀木造的船很坚固，连白蚁都毁不了它。

"对你来说很容易。"娜莫嘟哝着，"但对我来说，那就像是跟着库法姨父雕刻拐杖一样难。"库法姨父把拐杖雕刻成蛇、其他动物和人的样子，运到商栈去卖。娜莫曾试图学着做，但最后把木杆给刻裂了。

一点一点地，像白蚁那样一口一口地咬。

有道理。

但娜莫还是需要先建个园子。她把母亲的相片放回罐子，然后爬下幸运豆树。她已经有了计划，但还有待实现。

24

新家

　　娜莫用手遮住刺眼的阳光，朝小岛那边望去。在断崖的脚下，那块她生过火的地方，躺着一个黑色的东西。她定睛一看，是那只狒狒。她伤心地叹了口气。倒不是盼着它死在那儿，而是如果它不走，她的计划就没法落实。要建个园子，小岛再合适不过了。

　　娜莫从一块石头跳到另一块石头，一路上留心鳄鱼的踪迹。到最后一块的时候，她突然停住。最后一段距离很深很宽，跨是跨不过去了。要是在几个月以前，娜莫根本不敢去尝试，但现在她会游泳了。只要鳄鱼不先把她吃掉，她就能过去。

　　娜莫深吸一口气，一跃跳进湖里，最后双膝跪在沙地上往前爬了一段距离，离开了危险的湖。她小心翼翼地靠近那只死狒狒，只见它仰面躺着，眼睛紧闭。

　　"对不起。"娜莫小声说。她知道，有些人会吃狒狒，但不都是这样。虽然娜莫的食物来源不稳定，但她也绝不想把这只狒狒煮了！它和她一样孤单地生活着，自身的缺陷让它远离其他动物。她会把它的躯体扔到水里，让鳄鱼找到它。

　　娜莫用棍子戳戳狒狒的身体，它身体反弹一下，露出尖牙。娜莫尖叫着后退几步。她把棍子扔向他，之后又不断朝它扔石子，捡到什么就扔什么。狒狒一边往后退，一边朝娜莫怒吼。它蹒跚地走到断崖底，还摔了一跤，发出颤鸣声，眼睛张得老大，一脸茫然。

"你这可怕的家伙！"娜莫大叫，"你怎么还没死？你本来就该死！"娜莫蹲坐在地面上，紧紧抱住自己，不让自己颤抖。他们相视而坐，狒狒呜咽着，娜莫还浑身颤抖着。过了一会儿，狒狒深叹一口气，重新摆回假死的姿势。

"一只畜生。说的就是你。"娜莫挑衅它。狒狒的眼里满是恐惧，它无力地抓着自己的胸脯。"肉，你就是块肉而已，如果不是我挑剔，早把你煮了。"狒狒的声音压过她，"嗯"的一声，就像婴儿在呼喊自己的母亲。

"哦，不许叫！"娜莫吼道。她站起身跑回岸上。娜莫仍能从大岛上看到狒狒。"别以为我会在意！"她冲着对岸大喊。

娜莫沿着河岸走，来到一条浅溪边，又顺着溪流走到了一片草地上，那里到处是马鲁拉树。她用裙衫兜满熟透的果实，然后像绑婴儿一样把果实绑在背上。娜莫赤着身回到那堆石头前，准备回到对岸去。她先举起一块大石头往水里掷。鳄鱼虽然可怕但很谨慎，她曾经见过鳄鱼听到奇怪的声音后逃走的情景。

那一晚，娜莫听着成群的狒狒过夜时的声响。因为是月圆时分，狒狒们比平日更加吵闹。和人类一样，狒狒在这个时候也会焦躁不安。她能听到母狒狒低沉、温柔而有节奏的咕哝，还有小狒狒的嗷嗷声、公狒狒的隆隆声，不乏略带威胁的咆哮。它们和娜莫一样，很难在明亮的月光里入睡。在村里，人们会整晚围在篝火旁讲故事。娜莫摇摇头，不让自己去想关于村子的事。

第二天上午，马鲁拉果全不见了，小岛上也没有了狒狒的影子。

娜莫找不到适合种植的大片土地，但小点的倒是有。她除掉上面的杂草，然后用一根磨尖的棍子戳松地面，真是一项大工程。一阵热风吹来，娜莫喉咙疼得厉害。幸运的是，雨水在小岛顶端积成一个小水湾。她把树枝拖过去，让水顺着树枝流进来，这样，她就可以为她的园子浇水了。

接下来几天里，娜莫种玉米、南瓜、西红柿、花生、秋葵和红薯。种植的季节已经过去，但如果在成熟之前，天气还未变冷的话，她还是可以收获一些的。娜莫为了纪念自己的辛苦付出，把这个地方命名为"花园岛"。她欣喜若狂，在小水湾里洗了澡，又洗干净她的裙衫。她洗裙衫的时候格外小心，如果洗坏就麻烦了，毕竟她只有这一件衣服，总不能赤裸着身体到津巴布韦吧。她唱道：

> 我挖呀挖，我汗不干，
> 看我的农场有多好！
> 吃呀吃，美味佳肴任我挑，
> 守护这大地，我是战士，
> 锄头就是勇士的刀。
> 国王和巫医都敬我三分，
> 我让人人都吃饱，我把家园保。

"真希望我有一把锄头。"娜莫说着，同时动动脚指头。小水獭迂回着从她身边悄悄溜走，小鱼在水草里四窜。外祖母说过，老塔克瓦热是位出色的铁匠，他用红土壤炼铁，但这是老办法。现在人们都直接到商栈买这些工具。

"我得用尖棍做个锄头。"娜莫叹口气。

那天下午，娜莫的套子套住了一只鸡，她美美地享受了一顿大餐。比不了在穆森盖济的时候能一天吃一只鸡，珍珠鸡在这里并不常见，但她时常能抓到鹧鸪和鸽子，也能用树胶捕鸟器捕到小鸟。总之，娜莫过得还不错，但她必须先挺过旱季。

在午后的阳光下，娜莫被吓了一跳。狒狒的喊叫声并没有停在树林里，相反，声音一直在靠近，她很快便看到一小队一小队的狒狒正接近悬崖边，像第一晚那样。

"这是我的家！"娜莫在台上大叫。她把收集到的石头噼里啪啦往下扔，狒狒们只是远远避开。"我不许你们进来！"娜莫喊。狒狒们盯着她，继续向前走。一只公狒狒嗅了嗅娜莫下午生的火堆，露出它那充满敌意的牙齿。

嗷——啊——呼！公狒狒对娜莫大吼，不管你喜不喜欢，我们就是要睡在这里！娜莫用力朝它丢石头，只见它毛发乍开，身子胀得有原来的两倍大，眼里充满怒气。突然，它转过身，慢跑跟上前面的队伍。掉在队伍最后面的是一只骨瘦如柴的狒狒，跛着一只脚费力地走着。公狒狒冲跛脚狒狒大吼一声，而跛脚狒狒卑微地承受着。

只要那群家伙径直朝岩石那边走，娜莫就不会有危险，因此她专注地盯着它们笨拙的举止。小狒狒蹦蹦跳跳又翻跟头，兴奋得叽哇乱叫。年长的狒狒则沉稳地走在它们中间，揪小狒狒的尾巴让它们听话。小溪和悬崖的中间是一片厚厚的草地。

娜莫看着狒狒，心情十分复杂。对她来说，它们是威胁，但同样也是伙伴。有一只母狒狒给小狒狒喂奶，其他母狒狒围坐着观看，小狒狒们跳来蹦去，一派祥和的村居景象。就连那些板着脸的公狒狒们也和库法姨父跟他那帮朋友聚在一起时的神情一样。

“库法姨父听到我这么说会暴怒的。”娜莫对母亲说，“但这是事实。那只最大的狒狒——我叫它‘胖腮’，因为它生气的时候，胡须会奓起来。还有我在小岛上遇到的那只可怜的家伙，因为它尾巴断了，所以我叫它‘断尾猫’。”

“断尾猫”几乎被所有同伴唾弃，它畏缩着，一副卑躬屈膝的样子。但任何不公平的对待都没能赶走它。它似乎接受了自己卑贱的地位。“为了不孤单，人也会一样。”娜莫叹息。

深夜，娜莫醒来，听到狒狒们在栖息之处低声细语。“早上我得在我的树旁边放满荆棘。”娜莫喃喃自语，随后安然入睡。

娜莫习惯了辛苦劳作，但她之前总还能有帮手。现在她得自己干所有的活儿：耕种、提水、打猎，还得花时间去砍血檀树，刻出船的模样。火红的太阳在湖面上升起，一直到它沉落到阴霾里，娜莫忙忙叨叨，一件事接一件事地干着。

娜莫做好绳梯，在树底设了屏障。她在树干更高处又搭了一些小台子。每次出去，她都会用杆子将梯子末端挑起，挂在一根能够到的树枝上。她可不想一回家就发现狒狒在里面做客！

即便是有现成的原材料，娜莫编篮子的水平也有限。她用葫芦藤编各种容器，把旧白蚁丘挖下来，用那些泥土捏成罐子，放在炭上烤。至于那些破了的罐子，她用碎片来烤白蚁。娜莫每天早上除草、浇园子，下午还得慢慢地刨着血檀树桩，还有时间的话就出去找吃的。每当她不想再面对那些杂务的时候，她便小心地四处探寻。

狒狒在岛上来回走动，有时它们待在别的地方，黑暗里充斥着沙沙的不友好的声响。娜莫常常在自己的小台子上缩成一团，手里攥着石头。也有很多夜晚，狒狒们更喜欢待在悬崖上，娜莫可以睡得更安心，它们的低声细语能够抚慰她的心。

狒狒们整天表演逗趣。要是遇上蛇，它们便会爆发出尖叫，遇上大蝎子就兴奋地颤鸣。一只幸运的狒狒取掉蝎子的刺后吃它的肉，其余的狒狒只能失望地咕哝着。要是碰上秃鹰，它们会紧张地搓着自己的脸，慌张地望着天空。别的东西，比如娜莫，却是它们经常忽略的对象。

还有其他动物也住在悬崖四周。蹄兔对威胁到它们藏身之处的东西发出尖叫。黑斑羚在狒狒周围吃草，好像狒狒们是灌木丛一样。长尾黑颚猴和它们的远亲一样欢腾雀跃，这两种动物的幼崽还时不时在一起玩耍。

公狒狒们最主要的工作，依娜莫看，就是推来搡去。壮狒狒们紧盯着弱的看，同时拍打地面，抖开毛，接着站起身慢慢逼近对方。那只弱狒狒会马上让位。壮狒狒坐在霸占来的位置上，一副得意洋洋的样子。"胖腮"是抢座位游戏中的常胜将军，不用说，"断尾猫"就从来没赢过。

狒狒的游戏并非都是比谁凶狠。幼崽们总能让大家展露出温和的一面。即便是"胖腮"，它和幼崽玩闹时也是很可爱的笨样子。它躺在草地上，任凭幼崽爬过它的身子，猛拽它的胡须，用脚戳它眼睛，它连动都不动。

"断尾猫"和幼崽们有更特殊的交流方式。当它受到威胁时，它会抓起一个幼崽挡在自己前面保护自己。这招儿有时候管用，但更多时候，如果这个幼崽稍大那么一点，"断尾猫"就会招来一顿教训。

每天早上和下午，狒狒们都忙着互相梳理毛发，这是它们最大的乐趣。被梳的狒狒神魂颠倒地闭着眼躺着，梳的一个则认真挑拣毛发里的土渣和虱子。如果梳的那只走神了，被梳的便会摆摆手臂或脚。每只狒狒都会参与进来，除了"断尾猫"。它坐在圈子的最外边，愁眉苦脸地整理自己的毛发。

25

森娃公主的故事

娜莫想在台子上搭建一个完整的小屋，但很快发现自己办不到。她想造墙，但杆子都倒了下来，葫芦也摔得粉碎。她看村民们建房也有多年，但不知为何，她就是不成功，不知道是不是遗漏了某些最关键的地方。有个方法能在树上支起墙，但娜莫不记得是怎么做的了。

当建材第十次哗啦啦摔到地上时，娜莫决定放弃了。她在头顶的树枝上架起一根杆子，把芦苇斜搭在杆子上，形成一面倾斜的防风墙。接着，她用绳子把芦苇扎紧，又在上面盖上几捆茅草，茅草层层铺上去，再用灰皮树绳系紧。娜莫觉得自己做得不好，生气了，不想继续做了。"反正，雨季到来前我肯定已经离开这里了。"

娜莫还欠缺一些重要的技能，比如扎牢芦席。她知道怎么做出防腐的皮革，好像是在泥里泡泡、用灰擦擦。她这么做了，但她那块兔子皮闻起来特别臭。

当然，船是最大的问题。娜莫煞费苦心地砍倒血檀树，好不容易树倒了，她的心又沉了下来。该怎样把这么大块的东西变成船呢？她连根拐杖都做不了。她整个下午坐在"鳄鱼"虎茨漏水的船里，灰心丧气，什么事也不想做。

娜莫蹲在那块大树干旁，用尖锐的石块不停地挖。这工作得花好长时间，她担心姨父那把刀快不行了。蜜蜂围住她不停地飞，总想贴在她脸上吮吸她嘴唇和眼睛里的水分。娜莫把它们赶走，不一会儿它们又飞回来。阻止它们的唯一方法就是坐到阳光下，可那样太热了。

娜莫停下来盯着湖面上的光斑。微风吹拂着水面，虎鱼不时跟着低空飞行的蜻蜓轻快跳跃。除此之外，湖面了无生机。无边无际的蓝天碧水阻隔着她与自由。湖面上从没出现过别的船。

"要是我能像碧俐那样用裙子拍打水面就好了。"娜莫叹了口气。碧俐是一位出了名的掌管雨水的女祭司，她的两个兄弟创建了大羚羊家族。他们来自北方，有着和葡萄牙人一样的浅色皮肤。"到达赞比西河的时候，碧俐解下她的裙子，用裙子拍打水面。水两边立马出现一群山峰，中间还有一条旱路。"娜莫说得很大声，让神灵听见。

"你们的图腾就在对面。"碧俐指示她的兄弟们。他们渡河的时候，祖先们在深水区为他们弹奏安比拉琴，等他们到了对岸，河又恢复成原样。

"我想你们会觉得可怕。"娜莫对水妖说，"听起来就像有人卷起你们的房子，而你们当时还住在里面。"

碧俐的哥哥先到对岸，他见到一只死羚羊，立即把它切成几块。"你怎么这么傻！"碧俐叫。"那是我们的图腾，厄运将永远跟随你。"从此，弟弟的家族被称为"忠贞者"，因为他们以图腾为荣耀。

娜莫试着摇动那块大树干，但它纹丝不动。她把手指捅进下方的间隙里，想勾住树干，疼痛如一把刀刺中了她。她猛地抽出手，一只又大又黑的蝎子从缝里逃出来，在一旁手舞足蹈，还发出嘶嘶的响声。

娜莫把凿挖木头用的石头扔向蝎子，蝎子朝她喷出有毒的细雾。她随手抓了根棍子，不停地打它，它居然攻击了她两次，最后娜莫打得它的尾巴无力地抽动。娜莫瘫倒在地，过度的惊吓使她晕眩起来。"噢。"娜莫呻吟着，因为太疼根本无法思考。

娜莫凝视上方，阳光穿过灰绿色的香龙血树林。刺眼的阳光使她眼花，她感觉恶心。"我不能待在这里。"娜莫轻声对自己说。要是她真生了病，她可不敢待在这样的露天环境里。豺狼、蜜獾和狮子，每一样都可以要了她的命，然而她实在无法动弹。娜莫仔细看看自己的手，发现她手背上有个刺痕，伤口还微微渗着血。

娜莫吮吸伤口，吐出苦涩的液体。虽然疼痛，她还是强迫自己缓慢爬到湖边。她捧了水漱去嘴里恶心的味道，一头栽倒在泥中。真想永远躺在那里。

要是玛斯维塔给她盖条毯子就好了，这样她就可以安然入睡，直到疼痛消失。假如我没带柴火回去，村里人会去找我的，娜莫沮丧地想。但不可能，我不是在荒村，这里离那儿不知道有多远。

娜莫想起来，太阳下山时个头儿大点的动物们会冒险到湖边去，可等待它们的可能是潜伏在水里的鳄鱼。

娜莫挣扎着站起身子，不时停下来醒一醒。她终于回到了幸运豆树下。绳梯钩在一根树枝上，她无助地看着它。藏在树底下的那根长棍她似乎也举不动了，因为她的手臂像着了火一般。娜莫的心里却在嘀咕："我还没准备好晚餐，琪珀姨妈又要暴怒了。"最后，试了好几次，梯子终于被她放了下来。

怎样爬上去的娜莫已经记不清了。她只记得她斜倚着绳子，朝地上呕吐。有很长一段时间，她都僵立住不动。终于，她把自己拽上平台，为了安全，她还把绳梯也拉了上来。

呼呼呼！娜莫冷得发颤。她全身湿透，像站在雨里一样。玛斯维塔走过来给她盖上毯子。"快点，"外祖母命令说，"他们不会一直等着！"

"我会背你回去的。"玛斯维塔低声说，用毯子包住她。由外祖母带路，她们飞快地穿森林而过，来到一片迷人的、闪闪发光的广阔水域。二十名少男和二十名少女聚在水边。一个美丽的女人站在上方的石头上，手脚都戴满金镯子。

"那是森娃公主，莫诺莫塔帕国王的侄女。"玛斯维塔小声说。娜莫睁圆了眼，莫诺莫塔帕国王生活在很久之前，比外祖母出生得还早。少男少女击鼓奏乐，但他们看起来并不欢愉。森娃公主面带悲哀。玛斯维塔解开袋子，充满敬意地将其放到公主脚下，袋子里面是大大小小的蜂巢。

"她为什么那么伤心？"娜莫疑惑。

"如果你丈夫抛弃你去找别人，你也会伤心的。"外祖母严厉地说。

"但她是那么美丽……"娜莫反驳说。

"没用。男人就像狒狒，一个芒果好吃，两个会更好，或是三个、十个。他们会一直吃，直到肚子撑坏了，不得不躺在地上。"

"森娃公主不反对吗？"

"她当然会！"安布雅厉声说，"她的丈夫卡库诺王子说，如果他听她的话，他的子民会笑话他。他就是害怕被嘲笑！他能把追逐狮子当成运动，还怕别人在背后笑话他，多蠢的人！"

公主举起手臂，外祖母突然静下来，仆人们却开始哀号。娜莫惊讶地看着一群牛被带往水上的石崖。士兵用矛驱赶着这些牛，牛尽管不愿意，不停怒吼，但还是一个接一个地走近石崖，摔到水里。

娜莫双膝跪下，充满了恐惧。

接下来，士兵把一篮又一篮食物也扔了下去。他们其中一个拿起玛斯维塔的袋子，用力丢到深渊里。娜莫难受极了。这么多美味的蜂巢！后来，士兵们把草垫、陶制品和珠子都扔了，随后他们逮住少男少女们。

"不。"娜莫悲叹着说，紧紧抱着安布雅的大腿。

男的奋力挣扎，女的尖叫，但都无济于事。大海吞噬了他们。士兵们完成任务，和倒霉的仆人们一起跳下海去。森娃公主冷冷地看着眼前的一切，竟觉得满意。她转过身，直视外祖母说："告诉我丈夫，我会一直等他。"说完，她也纵身跳下悬崖。因为身上挂满了沉甸甸的金子，所以她一下子就从海面上消失得无影无踪。

"我们回村吧。"娜莫乞求，紧紧贴着外祖母的腿。

"等一下。"安布雅命令。

另一群人从森林里赶来。一个英俊的男子头戴一顶羽毛王冠，他冲到海边大喊："森娃！森娃！"其他人也跟着他一起喊。

"那便是卡库诺王子。"玛斯维塔说。

娜莫想，王子确实很迷人。"如果他够聪明的话，这事就不会发生了。"安布雅嘟囔。

娜莫听到牛的哞哞叫声，闻着风中的泥土气息。

王子爬上岩石，举起手臂。一群新的勇士用矛把一大群奶牛赶下悬崖。他们把王子所有的财富也都扔进海里，接着走向受惊吓的仆人们。玛斯维塔站起身，慢慢走向他们。

"不！"娜莫喊叫着。

玛斯维塔转过身，伤心地对娜莫温柔一笑。"这是惯例。"她对娜莫说。

外祖母按住娜莫，手里抓着一块烙铁。玛斯维塔向勇士们走去，他们让出道来给她过去。其他人面临死亡都拼命挣扎，然而娜莫的表妹却像个女王一样大义凛然地走到悬崖边，纵身一跃，像一支箭直直地射入贪婪的水里。

勇士们和王子纷纷跳进水里。娜莫不由自主地哀号，但她不是为了他们，他们本就是来求死的。他们想毁了一切来满足他们愚蠢的虚荣心。湖被染成血红色，但那不是被落日的光晖染红的，而是被死亡的鲜血染成的。咚咚的鼓声在湖里回响，那些灵魂正在水里手舞足蹈。而玛斯维塔站在中间一动不动，透过血红的水凝视着上方。

隆隆，隆隆，鼓声不断。娜莫左右摇头，不想听到这些声音。隆隆，那声音越变越大。她的头很痛，心跳加速，而且大汗淋漓。

她对着头顶上的树叶眨眼，啊，连她的眼皮也在痛！

真好，她没在那里，外祖母还在村里，玛斯维塔也还活着。娜莫抽泣着松了一口气。她想站起来，可全身痉挛，身体像是别人的一样不听使唤。娜莫十分害怕，直直地躺着。她是被恶魔附体了吗？她的肚子难受得就像挨了一拳。

娜莫想，我要死了。她从未听说过有人被蝎子蜇死，不过也从未见过谁被这么大的蝎子蜇伤。那家伙还朝她喷毒呢！

"我还没死。"她低声说，虽然已经命悬一线。她记得外祖母跟她讲过森娃公主和卡库诺王子的故事，结论是：如果王子没那么蠢的话，每个人都会很幸福。

安布雅带着讥讽的话让娜莫感到安全了一点。它让这个世界看起来更加真实，而不是一团不断变幻的梦。狒狒们回到了悬崖边的栖息地，现在她能分辨出它们的声音。小狒狒们精力充沛地玩闹，不时尖叫，母狒狒们温柔地喊着孩子，"断尾猫"被一只大公狒狒踢下岩石。

动物们的行为近乎文明。当然，它们也会偷，也喜欢互相恐吓，但与人类相比，这点罪行不算什么。即使是"胖腮"也不会为了满足虚荣心，逼迫人畜都跳到水里去当祭品。

26

邻居们

因为身子不听使唤，娜莫有两天时间都不敢爬下梯子。她一站直，全身就抽搐，刚想走两步就软绵乏力。第一天，她昏昏欲睡，也没多在意，后来实在口渴得不行，不得不起身找水喝。所幸她储存了很多食物，有晒干的蚱蜢、鱼和水果。

娜莫头一天失禁把草垫弄脏了，虽说很不舒服，但总比从上面摔下去好。

第三天早上，娜莫把草垫扔下去，尝试抓住摇摇晃晃的绳梯往下爬。她看到狒狒们还在小溪旁徘徊。湖水渐渐退下，或许到旱季末会完全消失。

动物们看到娜莫已经不会再叫唤了。它们对她心存警惕，但也接受了她作为环境的一部分。她就像黑斑羚或者绿长尾猴一样存在着。

娜莫把脚浸到小溪里。狒狒们结着对儿静静地为对方整理毛发，即便是"断尾猫"也有一只半大的同伴给它梳理。娜莫觉得有它们在自己身边真好！她已经习惯了这些"哦啊"声和"吧唧"声，甚至是突如其来的尖叫声。它们几乎和人类一样。

有一只年纪较大的母狒狒，娜莫叫它"驴莓"，因为它很喜欢吃水果。年轻的母狒狒和小狒狒们都充满敬意地围着它。"驴莓"很有可能是这群狒狒的头号当家，她总是第一个挑食物，并能决定其他狒狒们何时才能动。它几乎就像娜莫的外祖母。

但不同的是，它有个淘气的小孩。孩子新生的黑色皮毛刚刚变成棕色，它常常往其他年长的狒狒头上爬。娜莫管这小子叫泰格，这名字来源于她在村里玩的一个游戏。泰格到处乱跑，和其他小狒狒们不停地跑、跳、摔跤，一会儿大声嚷嚷，一会儿像是在大笑。

娜莫无论有多沮丧，只要看见泰格就来了精神。泰格喜欢爬到最细小的树枝上，用一只瘦削的手臂抓住树枝，身子悬挂在半空中摇晃，然后落地。有时三四只小狒狒会爬上同一棵树，重复前一个狒狒做的动作，再落到地上去。

泰格大胆地爬过"胖腮"的身子。"胖腮"偶尔还是会对小孩子动气，甚至是大声叫，吓得泰格跳回"驴莓"的臂弯里。大公狒狒对待棕色狒狒就不像面对幼年小黑狒狒的时候那样温和。

"不知道你们会不会互相给对方讲故事。"娜莫对着一只老狒狒说，老狒狒把手插进膝盖之间打着瞌睡。"驴莓"冲娜莫眨眨眼，又打起盹儿来。"你看似是在说话。你在别的村庄里有没有亲人？'断尾猫'的脚是不是受了诅咒？有狒狒生病了怎么办？你们也有巫医吗？"但"驴莓"根本不理会娜莫。在它眼里，娜莫就是一只喋喋不休的鸟。

娜莫来到一片茅草地准备割草做垫子，她也和往常一样注意搜寻泥土上的印迹。她很清楚这个岛曾经也是大陆的一部分。赞比西河水上涨之前，动物们都喜欢在这里逗留。水上涨以后，无论谁逃到了这片高地上，都会被永远困在这里。

娜莫没发现狮子、鬣狗、水牛或犀牛存在的迹象。河马晚间时候才会上岸，但也只会待在沼泽地里。它们不会到这个花园岛上来。但无论如何，为了安全着想，娜莫把所有东西都种在动物们接触不到的地方。这里没有牛羚和斑马，但她知道这里有豺狗、南非野猪、蜜獾和豪猪。白蚁丘的边沿被钻出了大洞，是食蚁兽干的，虽然娜莫还没有亲眼见过它们。在这里还能看到很多种羚羊：非洲大羚羊、小羚羊、林羚、小苇羚和一些大扭角林羚，它们刺耳的叫声能响彻整片树林。

说到小动物们，到处都是松鼠、蔗鼠和野兔，还有脾气暴躁的蹄兔。天黑后，它们不时地吱吱叫。娜莫一靠近，猫鼬就连滚带爬地溜进洞里。这些是岛上娜莫知道的动物。

还有把"断尾猫"的尾巴扯去一半的神秘动物。

娜莫在茅草周围没发现什么可疑之处，她割草割得气喘吁吁，在香龙血树下休息。她无所事事，将一根长草塞进白蚁洞里，几只白蚁粘在草上被带了出来。娜莫熟练地扭断它们的肚子吃到嘴里去。

"我早该给花园浇水了，但我实在太累了。"娜莫自言自语，"它们应该还能再等几天。哇！"一只白蚁跑到她手指上咬了一口。"我得检查一下陷阱，虽然树上还存着吃的。"但娜莫一站起身就头晕眼花，一点也不想四处走动了。

娜莫强忍着疲倦把草吊到台子上，又用掉一根珍贵的火柴把火重新点燃，烧掉了旧草垫。我不能再让火熄灭了，娜莫想，于是拖了一根粗大的新木头放到火上烧。树枝噼啪作响，浓浓的烟雾往台子上飘，但能慢慢地烧着；烟雾同时还赶走了蚊子，真是意外之喜。

娜莫在溪边闲逛，打发余下的时光。下午，狒狒们回到溪边，娜莫就地躺在一块平坦的石头上观察泰格。泰格已经发现了，躺在柔软一些的地方比躺在地上更舒服。娜莫屏住呼吸，只见它奔向一棵小树，扑向毫无防备的"胖腮"。

哇！它在"胖腮"肚子上弹起来，弄得"胖腮"大叫一声。小狒狒跑到疼爱它的"驴莓"跟前，被"驴莓"紧紧抱在怀里，又被翻过身好好梳理了一番。泰格发现"胖腮"又睡了，就开始故伎重演。没想到"胖腮"这样有耐心。尽管它外表很可怕，对孩子们却温柔如陶泥。但泰格怎么也不敢跳到其他公狒狒身上，有一次它慌乱之中撞上了"断尾猫"，对方就露出尖牙歇斯底里地乱叫。

"胖腮"如此耐心，难道只是因为它是首领，不能轻易动怒吗？又或者它是泰格的父亲？如果真是那样，它是不是和"驴莓"结婚了呢？娜莫觉得这些事相当有趣。

第二天早上，娜莫感觉舒服多了。她搜查完几个陷阱后气得不行，每个陷阱都被弄坏了。同时，她还找到许多骨头碎片和毛发。这是自然的，被套住的动物也会招来其他野兽。她真蠢，怎么没有及时检查。娜莫仔细研究地面上留下的脚印。豺狗和蜜獾来过这里，还有一种像猫的动物。

这种动物比豹子小，比野猫大。娜莫从未狩过猎，但她从男人们那里偷听过一些有用的信息，因此她知道，能有这种脚印的不是薮猫就是狞猫。薮猫身上有斑点，和豺狗一样大。库法姨父为了换头痛药，曾给过巫医两张薮猫皮，巫医用这些皮做成了礼帽。薮猫有时会偷袭鸡圈，但通常情况下，它们会对人类敬而远之。

狞猫的个头儿只有豺狗一半大，像山羊那么高，胆子却不小。薮猫吃老鼠，而狞猫却能猎杀黑斑羚。

娜莫从没听说过狞猫会袭击人，但它们从个头儿和力量上都足以做到。陷阱周围散落着的骨头和毛发肯定是其他动物的。

渔套里也是空的。这并不奇怪，因为小溪几乎快干了。粘鸟胶倒是困住了几只红嘴奎利亚鸟和一只老鼠。花园岛上的花蔫蔫的没精神，植物也发育不良。娜莫不知道是因为土质不好，还是她种得太晚了。她愁眉苦脸地浇了点水，就去了血檀树树桩那里。

大树干还是像以前一样大。她刨了那么久，也很难看出上面的凹痕。

娜莫用棍子捅了捅大树干的边缘，虽然没有蝎子，但她还是觉得无从下手。索性去设新的陷阱吧，这比造船简单多了。

娜莫用棍子使劲敲打长而韧的叶子，然后把里面的纤维卷成线。她想着旱季的事，湖边的风一天天变热，食物也快吃完了。"我本来以为现在都离开这座岛了。"她喃喃自语。

好吧，如果走不了就得学会狩猎。娜莫仔细回想之前在村里见过的武器。男孩们要训练如何使用弓箭、吊索、棍棒、飞棍和矛等，当然，女孩们不用掌握这些技能。

娜莫在从血檀树上修下来的树枝里挑拣着，找到一根又长又直的削尖了末端。"要是有块铁能绑在矛尖上就好了。"但她想起库法姨父为男孩们做训练时用的矛，并没有用上珍贵的铁，而是把矛尖放在火上小心翼翼地翻动，烤硬但不能烧焦。烤后的矛虽然不像真正意义上的武器那样坚固，但还是能用它猎到些小动物。

娜莫收好材料回到火堆旁。她把削尖后的血檀树树枝放到火上烤，接着拿在手里比划一番，直到感觉得心应手了。

娜莫一次次向兔皮掷矛，矛反弹一下掉到地上。尝试了很多次后，她认定是自己的手臂不够强壮，还得用上身体的重量。

"要猎谁呢？"娜莫开玩笑地问。一头扭角林羚？啊！那可是头奖！想到这儿娜莫垂涎欲滴，但她知道，以她的力气是逮不到这么大一只羚羊的。黑斑羚吧？娜莫估量着自己瘦弱的胳膊，降低了要求。

娜莫经常看到蹄兔出来觅食。它们讨厌阳光，又不敢天黑再出来，除非是月圆的时候。这么一来，它们只能在黄昏那段有限的时间里出来找吃的，其他时间都挤在石缝里。那些石缝很容易找到，因为上面满是尿渍。

娜莫守在一个石缝边。午后的阴影渐渐拉长，蹄兔们慢慢挤到石缝口。有一只公兔向前移动着，查看有没有敌人，娜莫就坐在一旁纹丝不动。

见公蹄兔疑心地嗅着空气，娜莫对它默念："我只不过是块石头。"领头的兔子往前试步，后面挤着一拨蹄兔们跟着，走，走，停！走，走，停！

领头的蹄兔奔着一条死胡同跑去，娜莫立刻扑过去。它本能地想往回跑，但娜莫堵在它和其他蹄兔之间，根本走不通。猜它肯定会因为害怕而继续往死胡同跑去，娜莫早用矛对准了那儿。就这样，娜莫把大蹄兔抵到石头上，它冲娜莫龇牙咧嘴。

别的蹄兔四散奔逃，一路尖叫着，但娜莫几乎听不到，她只害怕眼前这只会咬她。只见它发疯似地挣扎，露出利齿来。娜莫不敢松手，用另一只手摸到一块石头，使劲往它头上砸，直到它不动了。娜莫坐下，放声大哭。

"我不喜欢打猎。"娜莫呜咽着。

你做得很好。母亲说。

"我没有！这比朝珍珠鸡身上丢石头还要糟！"

但你做到了，而且第一次就成功了。

"那倒是。"娜莫承认。她揉了揉眼睛，看着死去的动物。它的身体胖乎乎的，肉肯定比老鼠和白蚁的好多了。娜莫克制着不要发抖，用弯刀熟练地切开死蹄兔，很快就架在火上烤了起来。

蹄兔比两只珍珠鸡还要重！大部分肉可以烟熏备起来，剩下的也够今晚饱餐一顿。娜莫吃着烤蹄兔，兴高采烈地唱道：

早餐吃了眼镜蛇，

现在闹得我心里热。

还有什么好怕的。

逃吧，蹄兔，快往洞里躲！

我活像条母鬣狗咬碎骨头，

舌蝇的翅膀我也用长矛刺中。

娜莫还要造更多的武器：矛、飞棍、弓箭和吊索。她会成为这个岛的首领。我的岛，娜莫舔着手指上的油，高兴地想。

依偎着装满干草的麻布袋，娜莫想：我解开了"断尾猫"的尾巴之谜。狞猫这种动物，是会对那些瘦弱的狒狒下手的。

27

不能再过家家了

随着旱季的到来，草慢慢枯萎，很多树都开始掉叶子。一直在慢慢变小的湖，突然又缩了一大截。除了最后一条深河道，通往小岛的路全成干地了。娜莫担心会有大岛上的动物侵入小岛。

娜莫洗澡的水塘变得干涸，取水更加危险。她必须快点洗，还得留意周围有没有鳄鱼。她没法像琪珀姨妈那样用炉灰和脂油做肥皂。脂油都被她吃了，不过她用煮熟的金鱼草根做替代品也不错。到处都是金鱼草藤，它们绿中带银的叶子与玫瑰红色的花交相辉映。那些叶子可以吃，但吃完嘴里会感觉滑滑的。除非饿得不行，娜莫一般不吃这些。

"太热了。"娜莫叹息道，她挥走可乐豆树蝇，凿她的船。"我真想像你那样坐在美丽、凉爽的湖底。"她对"鳄鱼"戛茨说。

只有死了才行。"鳄鱼"戛茨提醒她。他正抽着用长茎葫芦做成的烟管，还有一个泥制的烟碗嵌在球茎上，看着跟外祖母的烟管真像，娜莫突然哽咽。

"在水底怎么生火呢？"娜莫问道，借此驱赶寂寞。

对水妖的世界来说，什么都是可能的。船夫故弄玄虚地说。

"你难道不会想家吗？"

小灾难，我不会永远都在这里。

"你什么意思？"娜莫喊。

你清楚惯例的，我的兄弟们把我的家产都分了。如果安娜还活着，他们之中的一个必须得娶她，我好想看看他们是怎么争着推脱的。"鳄鱼"戛茨笑得太狠，差点从凳子上摔下来。

娜莫点点头，回想起渔夫的妻子曾经刻薄地骂自己的丈夫。

她是个好人，只是有点吵。船丢了，换成谁都会生气的。"鳄鱼"戛茨说。

"你是怎么知道这些事的？"娜莫问。

水妖告诉我的。

也对，蛇哪儿都能去。娜莫之前看到过蛇在树叶中穿行，它会待在黑暗的巢穴里，观察村里的一举一动。

不管怎样，等旱季结束时，家人们就会为我举行回家仪式。他们已经发出邀请了。

"然后呢？"娜莫问。

然后我就回家了。

"但……我怎么办？"

你到那时已经启程了。

"我要是没有呢？"娜莫哭着说，"不要离开我！"

小灾难，你得抓紧时间，得把心思放在正事上。水妖给了你足够的建议，但你得上点心呐。"鳄鱼"戛茨敲出空烟管里的烟灰，又重新装上烟草。一个水妖拾起正在燃烧的煤炭，用那纤细的双手端到他跟前。

水下的世界波光粼粼，接着烟消云散。娜莫只身一人坐在大树干旁，使劲把用来削木头的石头扔了出去。

"自私的人！他像国王一样生活在湖底，根本不关心我的事。他每天除了抽烟就没点别的了，抽完了水妖再给他续上。"

水妖端着煤的场景又出现在她脑海里，好奇怪！那煤炭究竟是怎么回事？娜莫盯着大树干，脑子里想着在水里燃烧的炭火。对啊！干吗要花那么多时间凿这只该死的船呢？她完全可以烧个坑出来！

"你说得没错，我一直没上心。"娜莫向"鳄鱼"戛茨道歉，"对不起，我发脾气来着。我是个忘恩负义的家伙，但我很幸运，有你一直在教导我。尊敬的水妖们，我不是真的认为你们很吓人。"她补充说，"我就是还需要适应适应。"

那天下午，娜莫把她最好的葫芦献给水妖。她把黑色和红色的浆果压碎，用浆果的汁液在葫芦上画了黑、红相间的图案做装饰。珠子不够，她就往里面装满了幸运豆，然后远远地扔进湖里。至于"鳄鱼"戛茨，娜莫没有啤酒，就给他倒了杯马鲁拉果汁。

虽然做了不少新武器，但旱季降临，娜莫的食物还是越来越少。之前能指望的植物全被狒狒们洗劫一空。她做的陷阱也被豺狗、蜜獾和狞猫给毁了。现在娜莫能确定那是狞猫，她在夜里听到过猫叫声。有天清早，她还亲眼目睹了它那惊人的一跃。当时它发现崖上有一只蹄兔，便临空跃起，有近乎两个人那么高，精准地一把扭住那只倒霉的猎物。在那之后，娜莫加强了树周围的屏障，还往树皮上涂了一层胶。

娜莫勉强还能捕获一些偶尔出现的野兔和蹄兔，但每次花费的时间都更长了，甚至都没有时间造船。不过现在娜莫用火烧，凹槽的地方成形快了不少。

一天，娜莫看到狒狒们从她的住处下面走过，突然意识到它们的食物来源比娜莫要多得多。她只探寻了岛的一小部分，但如果跟它们就伴儿，被这群警惕性高的狒狒围着，她要寻找新的猎场也会更安全。

娜莫爬下梯子紧随它们之后。它们有的发出一两声愤愤的"嗷呜"声，算是打招呼了。起初狒狒们走得很快，很明显它们有个想去的目的地，而娜莫一直和它们保持着距离。过了一会儿，狒狒们各自散开，使劲刨起土来。它们拖出肉厚汁多的草根，拍掉上面的泥土，放到嘴里嚼，小狒狒们则聚集在周围抢食。娜莫也用尖棍棒刨草根，刨出来就放到篮子里。

狒狒们时不时翻开断枝，扯掉树皮，把手插进树洞里，有时还会很快地抽回来。它们也从桂树上摘豆荚。娜莫有样学样，但还不至于非得把手伸进树洞里去。狒狒们吞食甲虫、蛴螬、蛆虫、蚱蜢、老鼠，甚至是蝎子。娜莫看它们摘掉蝎子的刺儿，禁不住浑身一抖。其中一只狒狒发现了一条蛇，整群狒狒都惊慌失措。娜莫赶紧爬上离自己最近的一棵树，还不小心把自己划伤得挺厉害。

"愚蠢的动物。"娜莫咕哝着爬下树。尽管如此，有同伴一起觅食还是令人感到愉快。看起来狒狒群已经接受了娜莫，她离它们近得只有一臂的距离。

娜莫收集了不少蚱蜢、扁豆荚果和牛角状的黑色果实，还有驴莓和苣菜叶。一天里最热的时候，狒狒们在香龙血林的树荫处休息。溪水缓慢流经岩石，到处都是小水塘，狒狒和娜莫全在这里冲凉。

"好主意!"娜莫对母亲说,"这些食物够我支撑好些天,我能踏踏实实用这几天造船。用烧着的热煤挖凹槽速度快多了。"

突然,娜莫觉得后背痒痒的。她身上只用兔皮包住了臀部,腰部以上赤裸着。这样等到了津巴布韦,她那件珍贵的裙衫还能穿。有东西正慢慢地滑过自己背上的皮肤,娜莫感到极其无助。

她没叫,也没跳起来。几个月的野外生活教会她一件事,在弄清楚发生什么之前,最好别轻举妄动。周围的动物没有任何激烈的反应,说明威胁应该不大。可能是蝎子,娜莫苦涩地想,有蝎子主动送上门,狒狒们说不定还会羡慕她呢。

嚓嚓嚓,她感觉到好像有小钉子擦过皮肤,于是非常缓慢地转过头,心怦怦地跳。

是泰格!它只是抬了下头,又继续忙着挠娜莫的背。它在为娜莫梳毛呢!

娜莫的感受经历了前所未有的巨变。这小家伙能这么信任她,宽慰自是不必多说。可紧接着,她开始抽泣,从内心深处不知什么地方,哀伤汹涌而出。泰格吓得往回跳开,惊慌地张着嘴巴。娜莫哭到眼泪都快干了才慢慢止住。有多少个夜晚,娜莫环抱着她的干草袋躺下,她想要的、特别需要的就是抚摸。现在她懂了为什么狒狒们会花那么多时间互相梳理毛发,为什么它们总能显出一副恬静的模样,也懂了为什么"断尾猫"宁愿忍受虐待也要留下,它只求能有别的同伴为它梳毛。

"驴莓"和同伴们也觉察到娜莫此刻的痛苦,它们不敢靠得太近,但也没有逃开,而是密切地看着她。泰格黏在母亲怀里,娜莫的反应并不是它期待得到的友好回应。

"对不起，泰格。"娜莫边说边抱紧自己，"我喜欢你，我真的喜欢你。"她用唇发出咂吧咂吧的声音，又突然意识到自己有多荒唐可笑。我简直跟"胖腮"一个样儿。她想，好吧，也没关系，这里也没人笑话她。

过了一会儿，泰格又下去跟别的小狒狒玩摔跤，大狒狒们打起盹儿来。娜莫还是很低落。或许她的经期要来了，一到这时候就更容易哭。下午，她出去采了许多野棉花絮来垫她经期使用的衬垫。

娜莫应该多花点时间造船，但她还在回味泰格那天的示好。它真像个顽皮的小男孩。舒芬姨妈的孩子现在应该正蹒跚学步，也会搞恶作剧，肯定逗得玛斯维塔哈哈大笑。这几天娜莫不需要外出觅食，但次日一早她就又跟着狒狒大部队一起出发了。中午和它们一块儿休息的时候，娜莫迫切地等待着泰格再次亲近自己。

泰格真的来了。它掀起娜莫的兔皮，仔细观察她的后背，接着又爬到了她头上。娜莫紧紧抱着自己不让自己叫出声来。泰格发现娜莫的头相当好玩，她的毛发和它熟悉的都不一样，于是又是扯又是戳，自己还咯咯笑着。后来它跳回到"驴莓"身上，"驴莓"正不安地盯着他俩的一举一动。

"看，我从没想过要吃它。"娜莫说着，苦笑着摸摸自己的头发，泰格的手可一点也不轻柔。

娜莫也轻声咕哝着，这是狒狒之间表达友好的方式。"驴莓"打了个哈欠，娜莫知道这表示它心里还是不太自在。"我不怪你。"娜莫对她说，"如果玛斯维塔瞧见舒芬姨妈的孩子揪你的头发，我也能懂她当时的感受。"

狒狒们每次都走得更远，娜莫发现了许多她从未见过的山和溪谷。她经过一根巨大的落木，上面密密麻麻的满是蜜蜂，但她不敢上去取蜂蜜，只有男人们敢。

娜莫来到一个浅池，里面长满了睡莲。要是实在没得吃，睡莲的球茎也能当食物。她还发现一棵可可莓果树，树上长满了多汁的黑色果实，味道尝起来还不错，但气味却很难闻。玛斯维塔说这些果子总让她联想到臭虫，但娜莫不可能蠢到放过任何可以吃的东西，于是捏着鼻子把果实咽了下去。

狒狒不只吃幼鸟和老鼠。"胖腮"甚至猎杀过野兔，还有别的狒狒伺机抢食。娜莫怀疑就是它们毁坏了她之前设的陷阱。

一天下午，狒狒们竟然没有回到悬崖上休息，娜莫不安起来。它们可能要在森林里过夜，但自己一个人回去又太晚了，只好像狒狒一样爬上树，在树上蹲坐了一宿。一有响动，娜莫就惊一下。天一亮，她便赶紧回到住处，一整天都躺在床上，抱着干草袋。

你不应该再跟着狒狒到处走，你应该去做船。母亲对她这样说，娜莫只顾把鼻子埋在舒服的袋子里。

"我知道。"娜莫叹道，"只是……有个同伴多好。"

它们是野兽，而你是人。

"我知道。"

没有多少时间了，小灾难。雨季来到时，水里的巨浪能有大象那么高。"鳄鱼"戛茨接着母亲的话说。

娜莫将裙衫盖在头上。

现在不是玩过家家的时候了，这里不是荒村。母亲继续说。

28

"断尾猫"之谜

娜莫勉勉强强地继续造船。她把大树干浸湿，然后用库法姨父的刀刮去烧黑的部分。这棵血檀树终于有了点船的样子。

娜莫辛苦工作了好些天，一天早上，她又突然倍感孤独，那感觉像是被成群的鬣狗包围了似的。"去找点食物总可以吧。"娜莫向母亲解释，免得母亲责怪她。于是她带上刀和矛，又跟着狒狒们出发了。

这次它们爬上小岛另一头的山。娜莫以前从来没来过这里，她找不到回去的路，就只能和狒狒们一直待在一起。半山腰的小峡谷里有一片野生葡萄，它们吃着葡萄，但神情还很紧张。娜莫心里嘀咕，这么多食物，它们之前怎么留下没吃呢？

"胖腮"和别的大公狒狒负责站岗。不论谁突然动一下，"断尾猫"都会立刻丢掉食物。娜莫也开始跟它们一样变得紧张兮兮的。

午休的时候，大家挨得比平时更近。泰格想扯下围在娜莫脖子上的袋子，被娜莫一把推开，摔到地上。咦！咦！咦！它责骂娜莫，但又说不出其他脏话，像个发脾气的小孩。娜莫不去正眼瞧它。过了一会儿，它又跑开去和别的伙伴玩了。

"断尾猫"走在母狒狒中间，希望有谁能为它梳梳毛。它咂嘴弄舌也无济于事，母狒狒们都背过身去。"有时候这招不灵的。"娜莫评论说。

此话刚一出口，娜莫就后悔说得声音太大了。

"断尾猫"发现了她，停在原处不动。它一定在想，这个奇怪的动物整天跟着他们，泰格也喜欢她，还为她梳毛，因此她必然也会为别人梳毛。

"天啊，不！"娜莫眼瞅着那只脏兮兮的狒狒一边朝她慢吞吞地走过来，一边还咂嘴。她赶紧背过身，"断尾猫"又转到她面前去。它对娜莫连哄带骗的。"不！"娜莫大声回应，吓得其他狒狒往后退，但"断尾猫"毫不气馁，没准儿它早已经习惯了。"走开吧！"娜莫只得苦苦哀求。

"断尾猫"竖起毛发，似乎在说，我是雄性，所有雌性必须听从我。娜莫跳起来，随手抓了块石头，它马上意识到处境不妙，气愤地对娜莫嗷嗷大叫。

"胖腮"原本在旁边懒洋洋地躺着，这时它站起身，冲"断尾猫"吼：我才是这里的首领！谁也没权力逼迫谁。突然，所有的狒狒像被唤醒了一般，它们化紧张为愤怒。公狒狒们相互叫嚷，扯下树枝不断拍击地面；母狒狒们举起她们尖叫的幼崽。整个山谷充斥着野性的叫喊。

娜莫意识到自己正身陷险境，就冲到山上更远的地方，希望和这群野兽保持距离。不久后，虽然还能听到它们的叫声，但已经看不到它们了。"我要远离它们，直到它们停止斗殴。"娜莫暗自盘算。

叫喊声慢慢平息，但娜莫没有回去，相反，她爬到了更高的地方。她在山顶发现了一种不同寻常的树，这种树的叶子像手的形状，果实是紫色的，有点像荆棘藤蔓的果实。岩石上有好多紫色的点状痕迹，很显然小鸟吃过这些果子，但并不意味着果实无毒。有时候小鸟能吃的东西，人却不能吃。娜莫小心翼翼地尝了一口，太好吃了！

娜莫装了些果子，准备先拿给"断尾猫"试试。就算它吃了肚子疼也不会有什么大事。

娜莫又向远处走了走，发现了很多不常见的树。四周静悄悄的，也听不到鸟叫声。草原猴掠过树枝，活像影子穿行其间。好奇怪，它们移动时能一点声响也没有。

娜莫在山的高处发现了一道石缝。她沿着石缝拐进去，没想到缝隙变得更宽了，眼前竟出现一处洞穴，入口处堆积了不少沙土。在炎热的下午，沙子的触感凉凉的，娜莫把脚趾埋了进去。

洞口不大，娜莫跪下来看个清楚，只见里面更暗的地方有一堆头骨。

那些都是猴子的小头盖骨，空空的眼洞朝着外头。地面上到处散落着更细碎的骨头。

难怪猴子动起来都不出声！这儿是狞猫的老窝！

娜莫急忙跑下山，尽可能近地挨着"驴莓"坐下。后来她跟着大部队艰苦跋涉，一起回到悬崖。一想到不用再在树林里过夜，娜莫就如释重负。

"断尾猫"扑向那些新鲜果子，每个都尝了个遍，也没什么不好的反应。不过娜莫不敢独自回到山上，连狒狒们也没再回去吃葡萄，上次已经让它们够受的了。

狒狒很快就学会了怎么打开娜莫的陷阱。它们一个传一个，到最后娜莫根本来不及从这些陷阱里取猎物。

狒狒们也认识了捕鸟器，所以每次那上头除了几根羽毛之外什么也没有。菜园本来就长得不好，现在也荒了，娜莫只能吃到些南瓜叶，她费力收了几个西红柿、秋葵和发育不良的红薯回来，可这些哪儿够吃呢。

娜莫做的弓箭几乎派不上用场。她埋伏在蹄兔窝旁边几个小时，可蹄兔们都知道她是敌人，一发现她便逃之夭夭。

食物越来越少，一种奇怪的不安感挥之不去。狒狒们到了晚上话更多，羚羊也比平时紧张，鸟儿们随时都准备飞走。自从那天在洞里看到那堆骨头后，娜莫就没一件事顺利过。

最烦人的是"断尾猫"开始把她认作同类，以为她也是狒狒群里最没地位的一个成员，开始和她玩"推人下岩石"的游戏。它恶狠狠地盯着她，一边拍打着地面，一边把毛发歹起来，大摇大摆地走着，吓得娜莫赶紧躲开。"断尾猫"非常得意，一屁股坐在娜莫腾出来的地方，它也开始欺负起"别人"来，看上去还很享受！

"断尾猫"跟着娜莫，强迫她分享食物。娜莫逃回树上去吃东西，它就坐在下面紧盯着她。"我用矛扎你。"娜莫对它吼，"我拿刀砍你！"然而实际上，她自己也很害怕。虽然"断尾猫"比其他公狒狒弱小，但毕竟也是只大型动物，牙齿锋利得很，谁知道它一把能把自己推多远。

这些天，娜莫都是独自出去找吃的。趁狒狒们还没回来，她就急忙赶回自己的地方。"断尾猫"弄得她很紧张，和其他狒狒们待在一块儿的时候一点都不安心。她现在大部分时间都在找吃的。她剥开野天竺葵的根放在热炭上烤，吃起来硬得很。她还把那些苦涩的叶子当蔬菜吃，用扁豆荚做成寡淡无味的清汤，就连那些软而无味的睡莲茎也拿来烤着吃了。

这些东西虽然能填饱肚子，但没什么营养。娜莫一站起身就开始头晕眼花。外出时，她经常得停下来休息休息。她意识到，自己正在慢慢饿死。

娜莫坐在大树干旁边，沮丧得完全不想做事。

树干中间已经挖空了，但外表看起来还是树的样子，很粗糙。"鳄鱼"戛茨的船外观平滑有尖头，利于在水上移动，船两侧还做了加固以防摇晃。他的船做工精湛，哪里是娜莫的船能比的。她甚至没办法把大树干翻过来，更别提推到水里去了。更何况水面还在一天天下降。

娜莫累得骨头都快散架了。用来烧炭的火堆烟雾四起，熏得娜莫头脑发昏。她脸贴着大树干，闭上眼，精疲力竭。渐渐地，娜莫发现周围死一般的寂静。这么热的天，连灰蕉鹃也不想出声。这种奇怪的氛围，她曾在狞猫洞里感受过。尽管十分倦怠，但是娜莫赶紧坐起来开始忙活。

一连两个晚上，狒狒们都在别处过夜。娜莫仔细倾听，万籁俱寂。她拿起曼丁戈刀，想赶紧取些水回来。

远离湖水的一块岩石上有个很大的东西。岩石很平，像平台一样，上面还有一棵大无花果树，树根迂回地伸入石头两边。娜莫心跳加速，眯缝着眼睛，发现那东西越看越熟悉。那是……扭角林羚。

如果不是死了，扭角林羚是不会这么安静地侧身躺着的。

好大的块头，还有螺旋状的角，娜莫肯定那头扭角林羚是公的。它背对着娜莫，红棕色的背上有浅色条纹。

娜莫大声击掌，它还是一动不动。它饿死了？也许是老死的，又或者吃了有毒的东西。

娜莫谨慎地慢慢靠近，同时观察周围有没有其他对手。她在岩石上发现一串血，闪着光，还是湿的。

这头羚羊刚死不久，而且也不是饿死的。娜莫踮起脚尖，伸长脖子看石头另一侧有没有什么东西。是它，或者是它们？一定是豺狗，它们就在附近。没有野兽会放弃这么丰盛的一餐。

娜莫举起曼丁戈刀。一想到那些肉，她就顾不得那么多了。扭角林羚的肠子和前腿已经没了，后腿还没被动过。或许她可以从豺狗那里抢些肉。说不定这会儿它们就在旁边睡着，消化一下刚刚吃过的一餐。

羚羊的脖子上都是齿痕，可见它是窒息而死的。但豺狗办不到，它们力气不够，所以一般都是咬开肚子，取出内脏生吞。

狞猫会让猎物窒息而死，但这么大一头扭角林羚，站起来比娜莫还高，体重也得有她十倍不止，狞猫应该也做不到。

只有狮子或是豹子才有可能。

娜莫坚信她的岛上没有狮子，因为它们的咆哮声很容易辨别。难不成是豹子？"豹子，我怎么会忽略了这点呢？"她很清楚原因。娜莫发现了狞猫的足迹后，一心认为狞猫就是伤害"断尾猫"

的罪魁祸首。她又认定它们住在岛的另一端，怎么想都合情合理。可为什么狒狒明明饿得不行，也不愿意去长满野果的山里呢？肯定不是因为个头儿比它们小的动物。

我怎么会这么蠢！

娜莫吓得魂都要飞走了。她感觉自己就像一只被鬣狗团团围住的羚羊。有时候，动物会放弃逃生，任凭自己被生吞活剥，但娜莫对自己说，我是娜莫·乔威，我是一个女人，不是女孩了。我的图腾是狮子，狮子比豹子更强大。这些话虽然起不了多大作用，但至少能让她不至于魂飞魄散。快想对策，她命令自己。

豹子通常会把猎物拖进树林，但这头扭角林羚实在太重了。这只大猫就尽可能多地就地吃肉，然后撤回去休息。它不会走远，但此时肯定饱饱的，而且可能正酣睡着。

娜莫恐怕是吓懵了，想法像做梦一样不切实际。她绝不可能跑得过豹子，也不可能指望用那根孩子用来练习打猎用的矛和豹子拼命。做什么都保护不了自己，于是她做了眼下唯一能做的事，就是砍下扭角林羚的一条后腿。

这条腿实在太重了，娜莫提都提不起来，只能拖着回到树林。她慢慢把肉切成长长的细条，然后摆在烟熏台上。娜莫还以为自己是在梦里，有条不紊地在烟熏台下方生火。熏肉的窍门是把肉持续架在烟雾当中，而不是直接用火烤。烟熏肉比煮熟的肉能保存得更久。娜莫也烤了一些现吃。这顿美餐虽然吃得津津有味，但她早被豹子吓破了胆，完全没心思唱胜利的战歌了。

午后，森林里传来狒狒的叫声，娜莫知道它们正在回悬崖的路上。要把肉完全熏好至少得用两天时间，她得一步一步来，先把肉摊开晾着，风又热又燥，可以加快速度。

狒狒从底下缓慢走过，尽可能大着胆子靠近火堆嗅嗅。"断尾猫"向熏台露出尖牙，朝上望着娜莫，娜莫也正往下望。她很不安，觉得"断尾猫"肯定知道肉藏在哪儿。

29

再见了，母亲

"很久以前，森林里住着一个农夫，还有很多狒狒。"一天深夜，娜莫神经绷得太紧，根本睡不着，就给母亲讲故事。她怀抱着干草袋，装着母亲相片的罐子就挨着她的脸放着。豹子在吃完扭角林羚之前是不会打她的主意的，但娜莫很清楚它就在外面。

"农夫一刻也不敢松懈。"她接着说，"日复一日，狒狒们饥渴地盯着农夫的玉米，但每次准备偷的时候，农夫就用弹弓打它们。

"最终，领头的狒狒说：'兄弟们，咱们别想打那些玉米的主意了，那人太警觉了，但他也会大意。他从来不守羊圈，因为他以为咱们不吃肉。'

"'呼！呼！'其他狒狒大声附和，'向羊圈进攻。'

"它们杀了一头羊烤来吃。'你们知道什么事最好玩吗？'为首的狒狒说，'咱们把粪便装进羊皮里缝紧，然后把它支起来放到农夫的屋外。'

"'呼！哇！太棒了！'于是它们往羊皮里装满粪便，缝紧后立到农夫的门口去，接着躲在灌木丛里偷看。

"很快，农夫走出屋子。'早上好，亲爱的母山羊，你从羊圈里出来做什么？'

"山羊没有回应。

"'嗯，别站在那里挡着门，把路让开。'农夫对它说，但山羊还是没有回应；农夫再对它吼，它依旧没反应。农夫终于发火了，踢了它一脚。

"天哪，我的妈啊！线裂开了，羊皮炸开了，狒狒的屎四处飞溅，惹得农夫大发雷霆。'哇！哇！'狒狒们大叫，捧腹大笑。

"'我要它们吃不了兜着走。'农夫一边打扫，一边愤愤地说。他在菜园前面挖了个很深的坑，里面铺满树枝。接着，他又躺在通往森林的小道上装死。

"狒狒们发现了他，对他又是推又是戳，而他却纹丝不动。于是狒狒们唱道：

农夫死了，嘿！
谁杀了他，嘿！
他为山羊哀伤而死，嘿！
我们回报他的只有这个，嘿！

"'我们得把他埋了。'首领狒狒说，它们把农夫抬到森林里，准备挖个坟给他。那可真不好干，没挖一半狒狒们就烦了。

"'算了，谁会在意鬣狗会不会啃他的骨头？'首领狒狒一边说，一边擦擦脸，'好在他不会再朝咱们扔石头了，现在可以放心大胆地抢玉米了。'

"狒狒们把农夫留在那里，然后急忙沿着小道回去。它们刚跑到菜园，就跌进了陷阱里，无一幸免都死了。农夫从此快乐地生活着，再也不用担心庄稼被偷了。"

娜莫抱着干草袋，细听夜里的一切动静。她听到狒狒们一如往常的咕哝声。它们这会儿肯定比较放松，不然也不会发出这种声音。

造船的事越往后越难。母亲说。

"我本不应该拖延。"娜莫叹着气说。

森林里总有一些危险的东西，你只能更小心。

"那些狒狒在周围，我什么都做不了。"

你也没别的选择。母亲直言。

等雨季来了，水里的巨浪能有大象那么高。"鳄鱼"戛茨躺在一张舒适的床上慢悠悠地说。

娜莫起身坐在台子的边缘，望着星光照耀下的悬崖，听着狒狒们的低语直到黎明。

正如娜莫所希望的，羚羊肉在夜间风干了，一点也没变坏。狒狒们一走，她就生火熏肉。扬起的烟雾穿过熏肉台的缝隙，不仅能给肉加味，也有助于保存食物。她不时翻烤着细肉条。

"我得把肉做好，才能继续造船。"娜莫向母亲解释。为了不感到内疚，娜莫想出了一个保存食物的办法。她用两个没用的渔套，塞严较窄的那端做成篓，然后用长绳挂在最高的树枝上。绳子垂到草地上，她就可以把篓拉上拉下。

"妈妈，我能把肉放在里面。这样鸟够不着，狒狒也跳不了那么高。"为了保险起见，娜莫还在下面生了火。如果"断尾猫"想试着去拿，就会烫伤脚。

中午，娜莫迅速取了趟水。小溪已经干了，她得到湖边去才行。娜莫放下刀，一手拿葫芦灌水，另一只手还紧握着长矛。中途她想再去搞些羚羊肉回来，可当她赶到时，却发现尸体已经不见踪影。

整头羚羊都不见了。

娜莫心想，肯定是豹子把它拖到树林里了。岩石上看起来相当干净，没有血迹。又或许有，只是娜莫没勇气上去一探究竟。

下午，娜莫把肉干放在篓里，挂到树枝上。弄妥当后，她跑到溪边去采集栎树叶用来做菜。小溪已经干涸，但她仍然能感觉到土壤里清凉的湿气。

哦——啊——呼！听到声音的娜莫立刻警觉起来。狒狒们回来得比平时更早，而且几乎无声无息。它们突然就到了娜莫周围，不像以前是乱哄哄一群。就连泰格也板着脸。它骑在"驴莓"的背上一声不吭。

娜莫打了个冷颤。公狒狒看起来暴躁异常，它们互相撕咬，还恐吓母狒狒。走近栖息的悬崖时，狒狒们向四处散开，各自忙着挖土，这些行为真让人匪夷所思。原本一天快结束的时候，狒狒们喜欢待在一块儿活动，相互梳毛，跟小狒狒做游戏，但现在它们一副饥肠辘辘的样子，肯定有什么原因妨碍了它们进食。

"断尾猫"在冒着烟雾的熏肉台上嗅了嗅，接着大叫起来，就像山羊被火燎了鼻子一样。它发现了娜莫，于是快步小跑着，竖起毛发，想要分食栎树叶。"走开！"娜莫对它大吼。"断尾猫"拍打着地面，而娜莫拿起一块石头，对准它的头砸去。

"断尾猫"怒气冲冲地来回蹦跳，没有平时娜莫攻击它的时候看起来那么胆怯。娜莫突然意识到它现在非常危险，于是拿起靠在荆棘栅栏上的矛，迅速把绳梯放下来。绳梯啪嗒一声落下，她把矛对准愤怒的狒狒用力刺过去，希望能赶走它，可没想到"断尾猫"却纵身向前扑来。

"断尾猫"去抓梯子，把娜莫摔到了地上，她的脸直接摔到泥里。等她苏醒过来时，"断尾猫"已经爬上去了。它疯狂地破坏着她的家当，嘎吱嘎吱地咬着葫芦，想吃到里面的东西，但它真正想要的，它能闻到的，是肉。

"断尾猫"发现了挂在长绳上的篓，但它够不着。树枝太高，它也不会用绳子把它拉下来，就在树枝间蹦来蹦去，气得发疯。

这时，娜莫从火堆里取出一根正在燃烧的树枝。她很害怕，但能活下去的前提是保护好食物。娜莫摇摇晃晃地爬上梯子，把火把挥向"断尾猫"的脸，它往后退了几步，娜莫爬上去围着它转，想把它从树上赶下来。

"断尾猫"慢慢失去了勇气。娜莫一步步接近它，就像一只身材瘦小却不顾死活的蜜獾，她不停地辱骂"断尾猫"，诅咒它的祖先，她甚至不介意咬住它的喉咙。

"哇！""断尾猫"大叫。它躲过了娜莫，但那只撕扭着的脚绊到了装有娜莫母亲相片的罐子。它叫喊着，从台子边沿摔了下去，罐子也跟着向后滚。娜莫一把没能抓住，罐子就落地撞开了，里面的相片随着湖上吹来的风飘入火堆。

娜莫慌忙之中几乎是从树上摔下去的。她只顾着追回那张相片，完全没注意旁边那只狒狒。一阵风把木炭吹燃，相片也跟着烧起来，还没等娜莫跑近，相片就已经烧成灰了。

娜莫徒手拨开炭火，完全顾不得手指被灼烧得疼痛。然而一切都太晚了，相片没了。

安布雅……灰烬在低语，琪珀……玛斯维塔……亲爱的娜莫，请不要害怕，我得走了。我知道，但凡有可能，你也会跟我一起走的。风带走的灰烬在传送寄语。

30

再见了，"鳄鱼"

娜莫躺在台子上，被狒狒破坏殆尽的一切散落在四周，但她懒得去检查。从她开始蜷缩在上面到现在，太阳已经从树顶经过了一次，也许是两次。娜莫喝了点水，什么也没吃。有什么意义呢？她甚至都没抱着她的干草袋。她做不到，连碰都不能碰。

树下，熏肉台被狒狒们洗劫一空。娜莫侧身躺着，看着排成一列的蚂蚁正沿着树干往上爬。也许它们找到了直通熏肉的路径。又有什么关系呢？

有一次，娜莫强打起精神爬到树枝上方便一下。"断尾猫"没在地上，它很可能又活过来了。

时日穿梭，天黑了又亮。娜莫看见泰格环在"胖腮"的肩上，"驴莓"从地上的葫芦罐里扒拉着剩下的东西。"断尾猫"又出现了，脚跛得比以前更厉害了。它奋力朝前走的同时，还不停地呻吟，其他狒狒看见它又借机羞辱它。

水喝光了，娜莫的舌头黏在上颚上，身体闻起来有点怪——确切地说不是脏，而是一股子霉味，就像动物在巢穴里睡久了的味道，头也疼得厉害。人要渴死花不了多长时间。反正她也没力气爬下梯子。

当夜幕降临，凉爽的晚风随之而来，树叶摇动时的声音仿佛溪水流过天际。月亮越来越大，乳白色的月光从树篷间隙倾泻而下。

小灾难，我已经在回家的路上了。"鳄鱼"戛茨对娜莫说，他肩上还扛着个网格袋子。我的亲人酿了酒，我大哥准备在回家仪式那天宰只羊。能再次见到他们太好了。

娜莫没说什么。

我想安娜也会在那里，希望她能原谅我比她先走一步。"鳄鱼"戛茨挠了挠头发，一副若有所思的样子。我其实更想要头牛，但他们最近手头比较紧。儿子们答应我，等他们赚够了钱就立马给我送头牛。也许我得再提醒他们一下。

娜莫看见他跨着大步走在湖底，就像走在土路上一样。忽然，他转过身喊道，我走了以后，水妖们可能会失落一阵儿，如果她们去找你的话，千万不要害怕。紧接着他便消失了。

先是母亲，现在"鳄鱼"戛茨也抛弃了我。娜莫一边想，一边望着照在台子上清凉的月光。狒狒们在石头上挤作一团，一只雕鸮从天空飞过，不停地号叫。

嘶嘶——有东西从下面的草地上过来。哈——传来一声叹息。娜莫不想理会，有东西想杀了她又能怎么样呢？反正她也不想活了。

嘶嘶——声音还在持续。当然，娜莫想自己选个死法儿，而不是被那些可怕的畜生咬死。她决定就躺在那里，直到渴死，灵魂被带走。她见过死于霍乱的人，那些人一直发烧，长睡不醒，然后就那么去了。还有更糟的死法。

娜莫透过台子上的一道缝隙，看见两只水妖正在荆棘栅栏旁边徘徊，想寻找一条通到上边的路。她们伸长柔软的身体，直到身体细到可以穿过荆棘栅栏。

娜莫突然打了个寒战，但她身体严重缺水，连汗都没法出。

水妖往树上爬。树干上有娜莫做绳梯之前砍出来的蹬脚用的豁口。水妖们没有绕着树往上去，那样反而更容易些。她们找来了一些碎木头。

其中一个水妖用尖牙叼着碎木条顶着豁口，另一个则用头撞击木条，就这样把豁口一个接一个地填上了。然后她们到了捕鸟胶周围。

娜莫设置这些是为了防备狞猫。她盯着水妖看，想知道她们会如何应对。只见水妖又蜿蜒爬下树找来许多干草，用草粘到上面，直到完全盖住。等做完了这些事，水妖便能平稳地滑行，和在岩石上一样。

娜莫不得不佩服她们的聪明，但她突然意识到水妖会上到自己床上来的。她是想死，但也不想有蛇女在自己身上爬。于是她挪了个窝，试图到另一边去。因为用力，她全身都在颤抖。

水妖盘绕在台子边，眼睛在月光下闪闪发亮。其中一个水妖发现了葫芦，一头扎进里面去。娜莫知道葫芦是空的，但水妖出来时，身上滴着水，嘴里也是水。

"不是吧！"娜莫紧紧贴着树干大喊，"滚开。"

一条蛇缠绕住娜莫的身体，慢慢爬上她的脸。嘶——她用尖牙轻轻咬住娜莫的下嘴唇，用一股令人惊奇的力量把娜莫的嘴巴拉开。

"呜呀！"娜莫喘着粗气。另一条蛇俯下身对准娜莫的嘴巴，把晶莹的水吐送进去。冷冷的，那感觉冷冷的！水流进去，被她的身体吸收，像青蛙潜入湖里一般。紧接着，水妖们松开她，扭动着身体消失不见了。

娜莫震惊无比，贴着树干要了命地发抖。她喝了水妖给的水，这是不是意味着她注定要和她们永久生活在一起了？又或者那样的魔咒仅限于吃了她们给的食物？但有一件事是确定的：娜莫完全打消了想死的念头。如今她只想活下去，只是希望从现在开始还不算太晚。

娜莫要做的第一件事就是在天黑前取到水。她现在严重脱水，皮肤都松垮了，耳朵里嗡嗡作响，但现在身体里却好像充满了一种前几天没有的力量。她把葫芦——就是水妖用过的那个浸到湖里，装满了喝光，又装满又喝光。喝完后，娜莫躺在树下，等水慢慢滋润全身。

过了一会儿，她回到幸运豆树那儿，吃了一些肉干。她整天都在吃喝东西。树干上那些蹬脚用的豁口还是原样，捕鸟那块也是，并没有被水妖填补过的痕迹，她们的来访难道只是一个梦？

然而那天晚上水妖们又回来了，再次填补了树上的豁口，重新把草粘到栅栏上。这一次，她们没逼娜莫喝任何东西，而是在树枝间穿行，彼此耳语。娜莫听不懂她们在讲什么，但这声音让人感到莫名的安慰。娜莫陷入了熟睡。她醒来时，水妖已经离去了。

娜莫的手指突然停住了。她坐在血檀树桩边，准备雕刻船的外侧，却感觉森林里正在发生某种细微的变化。光线有些不太一样。天空还和往常一样没有云彩，空气比平时更闷，身上的汗就没干过。

但是猛然间，娜莫知道发生了什么，树上的枝丫都发了芽，长出新叶，森林里一片绿茸茸的。那意味着——

雨季即将到来。

旱季的时候，森林里的树都落了叶，但它们在第一场雨到来之前就会开始生长，仿佛知道暴风雨就要来了一样。不出两三周，东方就会出现高耸的白云，还会有狂风席卷树枝。当雷电劈开天空时，生命之雨就会倾盆而下。

娜莫不可能在雨季到来之前就把船造好。

她感到绝望。在暴风雨里穿过湖泊也不可能。她得独自一人待在岛上，直到下个旱季！

娜莫跟跟跄跄地回到平台，躺在幸运豆树树冠下的阴影里，不停地大口喘气。她想哭，想尖叫，或是狠狠地摔东西。她心里五味杂陈，搞不清楚具体是哪一种。她唯一能做的就是躺在那里喘气，独自一人！

狒狒们带着怨气回来了，饥饿和闷热让它们恼怒。娜莫看着"断尾猫"爬来爬去，向同伴乞讨草根，谁都冲它吼叫。它又回到了娜莫记忆里那副瘦骨嶙峋的样子。娜莫想，可怜的"断尾猫"，你生命里的荣光时刻，就是一把推倒我的那时候吧。

娜莫回到干草袋上躺着，陷入了深思。雨季到来，动物们难以忍受的饥饿感就会消失。羚羊会生小崽，小鸟也会筑新巢，而豹子

208

或许也会回到它的洞穴里。

天气一潮，娜莫就没法儿生火了，也就不能继续造船了。更糟糕的是，这几个月她都会是独自一人……

但好的一面是，岛上到处都能找到食物。溪水又开始潺潺流淌，渔套也能派上用场。今年她会及时种植，只是湖水上涨后，到小岛那边去会有点难度。

到了傍晚，娜莫几乎接受了目前的情况。她大口咬着肉干，强咽下那些索然无味的睡莲球茎，心里盘算着什么。她打算重修平台，把它建成一个防水的庇护所。

太阳下山，圆月升空，今晚又将是一个不眠之夜。狒狒们整晚都不睡，蹄兔也会出来觅食。

"断尾猫"试图爬上悬崖，但失败了。它脚肿得厉害，也许是从树上摔下来伤到了。后来，它终于爬到一处低矮的处所，安顿下来。

"鳄鱼"戛茨已经离开两个晚上了，水妖也没有再来。娜莫松了一口气，她抱着干草袋，想讲个故事来打发时间。要讲给谁听呢？娜莫悲伤地想着。"断尾猫"是不会听的，娜莫之前用燃烧的树枝打它，它现在躲她都来不及。娜莫想要的听众不是任何动物，她想要的是人类。

哦，好吧。娜莫想，如果连一个晚上都熬不住，那接下来的三个月要怎么办呢？

咳咳。

她一下子呆住了。

那个声音，娜莫记得她在村外的香蕉园里听过。

咳咳。

又回到一片寂静。

它在干什么？它是不是就站在树底下？娜莫想起狞猫在岩石上抓蹄兔的那一跃。豹子能跳多高呢？

咳咳。

过了很久，声音向悬崖的方向转移。娜莫小心地呼气，狒狒们则是一片死寂，没有一只小狒狒出声，它们像是整个儿从地上消失了一般。本来叽叽喳喳的蹄兔也没了动静。大地都在屏住呼吸。

接着，传来一声惨叫。

那是可怕的、带哭腔的叫声，和人发出的如出一辙。娜莫把拳头抵到嘴上，以免自己也跟着叫出来。那样的叫声不断传来，伴随着极大的痛苦。在娜莫很小很小的时候，也有过那样一声叫喊，然后是血迹斑斑的皮肤和张开的爪子，还有人们把母亲的尸骨从森林里带回家时，安布雅扯着自己头发的样子。

再之后，叫声消失了。

大地也在等待着。

明亮的月光穿透层层树叶，娜莫的皮肤上满是水汽。

没过多久，一只小狒狒呜咽起来，母狒狒温柔地小声回应着。哇——哇——上空传来欧夜鹰屏住气息的叫声。这片草地上的寄居者又开始一个接一个地恢复生机。豹子抓住了猎物，危险解除了。而其他动物们又可以带着冷漠的释然照旧生活着。

但有一只动物退出了"夜晚合唱团"。"断尾猫"那很好辨认的哀鸣再也没有响起过。

31

边境线

"我不能待在这儿。"娜莫越过看不到边的湖面看向远方。她不知道自己在对谁说话，或许是对这个岛说。"如果留下来，我得疯掉，又或者会被豹子吃掉。"她觉得那不过是时间问题。这只巨猫恐怕早就把"断尾猫"纳入了菜谱。外祖母说过，狮子或豹子一旦闻过你的气味，不找到你，它们绝不罢休。

娜莫想，要不就这样直接把大树干拖到水里去吧，她可以坐在挖空的凹槽里漂。但搞不好会连船带人一起翻掉。再说了，娜莫压根也挪不动。她冥思苦想，"鳄鱼"戛茨之前说过，水妖教会了他所有关于水的事，她希望水妖也能教她一些。

也许她们已经教过了？

是谁教会她游泳？谁帮她找到那个岛，就是有葡萄牙人尸体的那个？又是谁教她用木炭在大树干上烧洞？还不停地跑来跑去填补树干上的那些豁口？

"我就是个傻瓜。"娜莫低声说。经年累月，再牢固的船也会开裂的。她第一次见到"鳄鱼"戛茨的魂魄时就听到他这么说过。我过去经常用橡胶树液来修补裂缝。

娜莫把"鳄鱼"戛茨的船翻过来，仔细研究船的底部。裂口从外面看其实有小指那么宽，可从里面看就是一道发丝那样细的缝。娜莫削了一小片木条塞进裂口，然后用树液和野棉花封补住，这样，船至少可以坚持到陆地。

娜莫火热地忙活了一天，修补了里里外外所有的裂缝。她用蹄兔细长的碎骨把沾有胶水的野棉花戳进小裂缝里，再用一根从火上拿起来泛着红光的树枝靠近封口处加热烤干。她还把小岛上所有能吃的植物，包括树叶、种子和根统统摘下，没打算再种植什么。成败在此一举。全看这最后一搏了。娜莫会成功的，不然她就得加入水妖的水下王国了。

次日一早，娜莫告别了狒狒们。泰格蹦蹦跳跳地追一只它根本抓不到的蝴蝶，"驴莓"在溪边为"胖腮"梳毛。没有任何迹象表明它们想念"断尾猫"。

娜莫把船拖进芦苇丛，东西也都放进去了。她带了一篓子的肉干，还有一些红薯和西红柿。在水里划了一会儿之后，船里还是干的，娜莫很振奋。但为了万无一失，她还是先划到了岛较远的一端，在那里过了一夜。

太阳升起后，娜莫再次出发，太阳一直照在她后背上。小岛被甩在身后，直到太阳落山时还能看见。过了一晚，水流把娜莫又冲回去一段路程。第二天，她划得更卖力了。黄昏前，她看到了另一处陆地。

森林连绵不断，到处都是岔口。娜莫沿着岸边连续划了好几个小时，终于确定自己来到了真正的陆地，而不是某一个岛。旱季的水流比较缓慢，所以她划得比几个月前快了很多。

娜莫看见一缕烟，像是有人住在森林里，但没见到人影。本能告诉她不要去寻找人烟，因为可能会碰到食人族，况且她已经很久没有接触过其他人类了。现在的她就像一只野生动物，很可能会被当成猎物。

时间一点点流逝，娜莫卖力地沿着岸边划桨。天上看不见一片云彩，但空气却很凝重，像是噙着雨珠一般。有时，娜莫误入支流，花了半天时间才脱离困境；有时，她感觉太沮丧了，就坐在船里号啕大哭。但不管怎样，她总能振作起来。

娜莫每次看到橡胶树，都靠岸去采集一些树液和野棉花。她把船拖上岸，修补一下裂口以免渗水。船里开始变得黏糊糊的，真难受，腿上也都是泥。雷声从地平线那里滚滚而来；半夜的时候，远方在打闪，但天上没有云。

终于，娜莫发现远处有一排排房舍，她焦急地盯着那块儿地方看。高温灼得她眼睛生疼。娜莫慢慢走近，看到女人们蹲在岸边，拿石头敲打着衣服清洗。一个女孩拿着草条鞭坐在一旁看着一群小孩子。他们看起来就跟自己村里的人一样。娜莫兴奋不已。

有女人指着娜莫，对着她大吼。她尽量控制着自己不要害怕。她这是怎么了？这些都是人啊，她冒险穿过整个湖，不就是想找到他们吗？

女人们盯着娜莫慢慢靠近陆地，满脸的惊讶根本藏不住。娜莫知道自己的模样肯定很怪异。她的头发从她要嫁给佐洛洛的前一天起就没再梳理过。她系着一条发臭的兔皮腰带，背着一支矛，弯刀还别在腰间。娜莫上岸的时候，村民们警惕地纷纷避开。

"你好。"娜莫礼貌地合掌问候，"今天你们过得好吗？"

"如果你过得好，我们也一样。"其中一个女人说，"你是……什么……谁？"

"我是娜莫·乔威，我在找我的父亲。"

"他不在这里。"女人们说。

"这里是津巴布韦吗？"

"走那条路。"女人朝西边一指。她的表情像是在说，快去吧，你去哪儿也别待在这里。

"远吗？"

坐在树荫处的一个老妇人开口说："你不是想划那只船过去吧？"

"我是这么想的，婆婆。"娜莫礼貌地回答。

"妈妈，让她走吧，跟咱们有什么关系。"年轻女人说。

"她只是森林里来的流浪儿，奥帕。"老妇女厉声喝道，接着她转过身对娜莫说，"孩子，你到不了那么远。边境巡逻队像秃鹰一样守着那段河。而且在卢安瓜河汇入主河道的地方，赞比西河的流速会加快。即便你没死在士兵的枪下，激流也会把你卷进河底的。"

娜莫沮丧地坐着。什么样的士兵？为什么有人要射杀她？

"你可以走旱道。"老妇女接着说，"但边境巡逻队会管你要身份证明，你有吗？"

"没有。"

老妇女点点头："那他们会把你直接遣送回来。"

"为什么？"娜莫大叫，"我只是想见见我爸爸。他们怎么能

214

这么做？"

"他们会这么做的。如果你不信，可以问问别人。"

"你把她弄哭了。"奥帕说。

娜莫再也忍不住了。她克服了千难万险，就是想到津巴布韦去。再这样下去她真的承受不了了。娜莫开始啜泣，在地上抱成一团，悲痛极了。

"别这样！"奥帕喊，"森林里又不止一条道。真是的，我们一直偷偷溜到津巴布韦去，告诉你该怎么走。现在你先告诉我，你有多久没吃东西了？瞧你这皮包骨头的样子。"

女人们把娜莫扶起来，照看孩子的女孩跑去拿吃的。娜莫坐在树下，吃着冷麦片粥和西红柿。她想起自己的村庄，又忍不住放声大哭。后来，大家逐渐摸清了来龙去脉。但或多或少有些东西娜莫不敢讲出来，比如索命鬼的部分，她不想让别人觉得她是不祥之身。

"试想一下，和狒狒一起生活几个月，也难怪你看起来……看起来……呃……"奥帕停住，她的思绪有点乱。

"对了，我不是一个人。"娜莫高兴地说，"我还有妈妈、'鳄鱼'戛茨和水妖陪着。"她停下来，所有人又死死地盯着她。

"请原谅，但你不是说你母亲已经死了吗？"奥帕问。

娜莫知道她说错话了。"我是梦到她。"她解释说。梦见灵魂很正常，祖先们都喜欢这样交流。

"那水妖呢？"人们的友善正在慢慢消失。

"我，呃，也梦到她们。"但娜莫知道这么回答很糟糕。一般人是不会和水妖说话的，但巫医除外，巫婆也会那样做。她怪异的外表更让村民们对她起疑了。

"好吧，我想我们应该帮她尽快上路。"奥帕急忙说。所有人都表示赞同，甚至包括奥帕的老母亲。

娜莫又低落下来。她多么想度过一个有人陪伴的夜晚，但人们现在只想摆脱她。女人们给娜莫装了一点玉米粉，然后带她来到村子远处的一条小路上。

娜莫不得不弃船，主要也是因为船渗水严重。如果卢安瓜河的河口那里真像人们说的那么糟糕的话，这只船也不会幸免，船会沉到湖底水妖的国度，然后水妖就可以转告"鳄鱼"戛茨船的去处了。

"记住，一直向前走，有一座山，形状像非洲大羚羊耳朵。在山的另一边，有三棵猴面包树，你看到之后就右拐，沿着小路走，直到你看到明亮的光线。千万别走别的路！战争期间，士兵们沿着边境线放置了地雷，有很多还留在那里。"说完这些，奥帕果断地送走了娜莫。

边境线？娜莫一边跋涉一边犯疑。

她的袋子里装着玉米粉、红薯、羚羊肉干和几葫芦水，还有她珍贵的裙衫、库法姨父的断刀、六根火柴、两个泥制煮罐、武器。那袋金块还挂在她脖子上。

厚厚的云朵堆积在东方，娜莫听到远处有雷声轰隆隆响起。外祖母说，如果听到雷声但没看到闪电，那是水妖在庆贺雨的到来。

边境巡逻队在守卫什么宝贵的东西呢？他们有枪有地雷，就是为了不让孩子寻找父亲吗？这说不通啊。娜莫爬上那座像非洲大羚羊耳朵的山，找到了那三棵猴面包树。只见树的旁边有一条清晰可见的小路。

太阳刚过正午，娜莫坐在路旁喝了点水。这时，有奇怪的响声从西边传来，声音越来越大。那声音不像她以前在商栈听到过的拖拉机的声音，也不像她偶然见过的飞机从天上飞过的那种声音。娜莫紧张起来。扑！扑！扑！

这声音比娜莫听过的任何声音都响。只见一个庞然大物猛扑过来，娜莫吓得一头钻进灌木丛里。她瞥见一条旋转的尾巴和一个球状的物体，里面全是士兵。他们有枪！他们正在找她！

娜莫冲进森林里。她能感觉到荆棘的刺刮破了玉米粉袋，矛还被两棵树卡住，害得她猛地停住，她好不容易才拔出来，又接着跑。扑！扑！扑！那东西转了一圈又折回来，在树林中低空移动。娜莫只好伸开四肢平躺下来。她没被发现。后来，这个大家伙就回去了，声音也消失了。

谢天谢地！娜莫不愿看到任何一个士兵。她歇了一会，才又鼓起勇气继续上路。她这才注意到自己已经不在小路上了，而是在森林里。她完全不知道小路在哪里。树太密，娜莫也看不到那座像非洲大羚羊耳朵的山，反正从这边看山也不会和刚才一个样。她唯一能确定的是津巴布韦就在日落的方向。

唉。娜莫清点手头的东西。玉米粉袋被荆棘撕了个大洞，她重新摆放了一下里面的东西，免得掉出来，肩膀上有一道大口子，也是被荆棘划的，血一直流到手肘，希望伤口不会感染。

娜莫把袋子扛在肩上再次出发。等真到了边境线，她再解决地雷的问题。

云层正迅速加厚，雷声越来越近了，凌空闪过几道闪电。鸟儿们叽叽喳喳地飞扑着，树叶四处飘落，白蚁像煮沸的水一样涌出巢穴。娜莫停下来，吃了顿烤白蚁加餐。

娜莫很快来到一条小径上。她不知道这条路对不对，也不确定这条路是人还是动物走出来的，但它方向正确。娜莫现在走得快多了。

云在头顶上聚拢成团，云底的颜色很黯淡，娜莫知道一场暴风雨即将来临。

"真希望能待在那个村子里。"娜莫感到忧伤。闪电噼里啪啦的。"天啊，这么近！"空气里有一股凉爽的尘土味，是雨水的味道，娜莫兴奋不已，但她希望能先找个避雨的地方。

轰隆！娜莫一缩。响声急促而来，风把森林骤然搅成一片，周围乱糟糟的。透过肆意舞动的枝丫，娜莫发现在远处一片开阔的地上有一间小茅屋。那是片干涸的沼泽地，借着诡异的绿光，娜莫能认出上面水牛、羚羊和大象的足迹。轰隆！又是一声。

这间房舍已经被舍弃了。门不见了，草顶看起来也不牢靠，但娜莫别无选择。雨开始落下，她急忙用一根长棍在漆黑的地上拨弄。应该没有蛇。娜莫尽可能远离门口，靠着泥墙坐下，看着大雨从眼前席卷而过。

妈呀！风快把屋顶卷走了，好几处都开始漏水，所幸娜莫坐着的地方还是干的。她紧紧抱着自己，驱赶着突如其来的寒意。沼泽地却饥渴地吮吸着从天而降的第一场甘霖。

轰隆！一道闪电从近处劈下，晃得娜莫一时都看不见东西了。附近的灌木丛里传出爆炸声，那些显然选错了躲雨地点的水牛着实被吓得不轻。其中一头水牛夹着尾巴，咆哮着往沼泽地这边跑来。走到一半时，只听一声更大的巨响，接着是地动山摇。那一刻，娜莫还以为那头水牛是被另一道惊雷给击中了。

成块的泥土四处飞溅，有些落在了草顶上。水牛被炸上半空，又跌落下来，从腹部一分为二，一条腿完全断开。它微微挣扎了一下，吐着舌头就断气了。

外祖母以前描述过地雷，但地雷实际上比娜莫想象中的还要可怕得多。她做梦都想不到地雷能有这么大威力！

娜莫注意到沼泽边沿倒塌的篱笆。在那些被白蚁啃食过的柱子上，有电线绕在上面。

"我猜……我已经找……到边……境线了。"娜莫咬着牙根说。

水牛的尸体周围积成了很多水潭。她也意识到刚才地雷爆炸的时候，她自己也在屋里尿了一摊。

激烈的前奏过后，暴风雨慢慢变小，到最后完全停了。太阳也出来了。水汽蒸发，地又开始变干了。想要土地真正变软，还得多来几场暴风雨才行。

娜莫用弯刀砸断一根腐烂的木头，取里面较软的干木生火。她煮了玉米粉，食物让她又有了勇气。"我不能回去，我不认识路。"她一边说，一边用手指扒拉着吃的往嘴里送。"我也不能待在这儿。"她靠着墙，仔细研究沼泽地。

肯定有动物越过了边境线，她能看到它们的足迹。"我可以踩着羚羊的脚印走。"娜莫自言自语，只是她不知道地雷有多大，要是像花生那么小，羚羊可以躲过，但她就很容易踩上去。

且慢。之前有四五头大象刚走过去，那时土壤还算软，会留下深深的脚印。这场雨持续的时间不长，脚印应该还能看到，她可以跟着大象的脚印走。"如果大象的重量都不足以引爆地雷，那我的肯定更不会。"娜莫断言。

不过，找到解决办法是一回事，真的踏入一片刚刚有水牛被炸成碎片的地方就是另一回事了。娜莫一遍又一遍地打包自己的东西，尝试用不同的方法带上粮食袋。当太阳落到西边的树尖时，她再也找不出任何借口了。

娜莫在森林里找到那条有大象脚印的小路，跟着脚印一步一步跳过去，最后来到一片沼泽地。她深吸了一口气，把袋子重新绑了绑。

"好，走吧。"娜莫低声说，开始跨越荒地。跳着走还算容易，但想要停下来歇歇脚就不行了。有一两次，她一个没站稳，差点儿摔倒。她从刚才那头死水牛不远处经过。秃鹰已经发现了它的尸体，还有几只银背豺正追着秃鹰们猛咬，试图把它们赶开。

娜莫差不多走了一半。此时太阳已经很低了。用不了多久，在夕阳那一缕绚丽的余晖过后，大地就会是一片漆黑。娜莫不停地往前跳，矛被抖到了地上，她蹑手蹑脚地捡起来，又继续赶路。眼前那排树越来越近，荒地也越来越暗。太阳下山了，银白色的光线让人感到迷惑。

终于，娜莫走到了沼泽地的另一边。

一路上，她格外小心，到了树下也继续跟着大象的脚印走，直到再也辨认不出来为止。她坐下来休息一会儿，当然，她还没脱离险境，一点也不安全。娜莫又回到了她熟悉的危险环境里。但娜莫觉得，森林里的那些潜在危险跟地雷相比，根本不算什么。她本来想爬到树上等待黎明的到来，但黑暗中有什么东西吸引了她的注意。

那是一道光，一道明灿灿的光，比一百堆火还要亮。那道光，是从津巴布韦边境线外的第一间房屋里发出来的。

32

奶油蛋糕和诅咒之刀

娜莫穿过了森林，满心疑惑。只见几盏灯挂在一栋又大又方的房屋的屋檐上，灯光把栅栏围着的草坪照得通明。娜莫想直视灯光，但实在太亮了，灯光刺痛了她的眼睛。

虽然雨季刚开始，但草坪上已是绿绿葱葱，长满了各种植物。娜莫想，那些草足可以养活一群山羊了，它们还很安全。四围的栅栏高过她的头顶，上面还有带着长钉的刺网，狮子也跳不过去。

屋里灯火明亮。娜莫能看见一张桌子。她心跳加速，因为那可不是一般的桌子，看起来和母亲相片里的那张桌子类似，上面也盖着桌布，放满了佳肴。

噢！太精美了，简直不像是真的！简直和相片里一模一样。娜莫看见一个穿着印花裙子的女人，系着白色围裙，从屋子后方的一个房间里走出来。她举着一个托盘，上面放着热气腾腾的食物。娜莫的眼睛追着屋里的女人，从一扇窗到另一扇窗，直到女人走到桌子旁边。

有一个男人、一个女人和两个孩子也来到桌前。他们的皮肤都很白，比乔奥的还要白。他们坐了下来，端盘子的女人往他们盘子里盛满食物。即使是蹲在栅栏外，娜莫也能闻到浓郁的肉香。这些人肯定就是外祖母讲过的白人，他们太有意思了！

娜莫猜想，这个男人有两个妻子，一个白皮肤的，一个黑皮肤的。他肯定很有钱。黑皮肤妻子还没有孩子，可能刚嫁过来不久。很明显她是小老婆，因为她一直在干活儿。

窗户是打开的，但有铁花饰挡着。娜莫想到草坪里去，离窗户近一点看。她转来转去，在栅栏底下找到一处有点松了的地方，撬开了一个可以钻进去的缺口。

钻过去之前，娜莫把兔皮换成了裙衫。她忘不了先前在村子里的时候，那些女人们见到她的反应。

她试着用手指梳梳头发，但头发都打结了，根本梳不通。她突发奇想，娜莫从原本准备在婚礼上用的那块红布上扯下一块红布条儿绑到头上，盖住头发大部分的结。

娜莫爬过缺口，把随身带的东西也拖了进去。她把粮食袋挂到了栅栏中间位置的铁钉上，矛也斜靠在上面。娜莫不想把曼丁戈刀留下，这把刀多次挡在她和死亡之间。她把刀别在了腰上。

娜莫看见其中一个房间里有床，很高的箱子上有很多把手。另一个房间里有张能同时坐下四个人的大安乐椅。

她看到墙上有什么东西在动，吓得跳了起来。是一个人，正从屋子里向外张望。娜莫举起手，那人也跟着举起手。娜莫在葡萄牙商人的房间里见过镜子，可看到的不是现在这个镜像。这个人细细长长的，一簇头发从烂布条儿里奔拉出来，瘦骨嶙峋的脸上嵌着直愣愣的眼睛。如果娜莫在森林小径上碰到这个动物，肯定会吓得就近爬到树上去。

娜莫心想，等会儿有时间了再来好好弄明白这到底是个什么东西。她手脚并用继续往前爬，悄悄站起来，朝那间有人吃饭的房间里看。房间里的人一边用刀叉吃东西，一边用娜莫不熟悉的语言轻声交谈。有一次，孩子声音大了些，父亲就一副很生气的样子。

娜莫两眼巴巴地仔细辨认着桌子上的食物。有奶油和白面包，一碗红糊糊，外祖母说过那是果酱。其中那个男孩子拿手指蘸果酱吃，他姐姐还打了一下他的手。男人的小老婆走进来，手里端着一碗煮熟的马铃薯，上面淋了些灰色的汁儿。

这么多好吃的，看得娜莫肚子咕咕直叫。她怕声音会传到里面去。接着，小老婆端走盘子，又端进来另一盘。娜莫很努力地想着一个词——蛋糕。蛋糕上面是一层黄糊糊。父亲从一个玻璃瓶里给自己倒了杯饮料。

此时，窗外的娜莫不想错过任何一个细节，鼻子都贴到窗上了。她大声吸了一口气，想把这些美味都吸进鼻孔，但没成想这声响惊动了男人和他妻子。

只见那个女人尖叫起来，跳起来的时候还撞到盘子，蛋糕摔在了地上。孩子们慌忙地从椅子里站起来。父亲怒吼一句："滚蛋！"这是娜莫能听懂的很少的几句绍纳语以外的话之一，然而这不是骂人而是骂畜牲的话，是对人的极大羞辱。

娜莫立马跳下窗来，急忙逃走。她的内心很受伤。虽然长期和狒狒们一起生活，但她是个人，不是畜牲。男主人生气也有道理，毕竟她在窥视他们的生活。她应该再次登门拜访，用更加妥善的方式上门，然后道歉。

娜莫朝栅栏的缺口飞奔，还没跑到，就听见门砰的一声开了，几条大黑狗朝她狂奔而来。她爬过栅栏，根本顾不上拿走袋子和矛。穿在身上的这条宝贵的裙衫咔的一声撕开了，娜莫还听到曼丁戈刀碰撞到金属的声音。一根铁丝钩住了她的头巾，直接扯了下来。娜莫大口喘着气，钻到了栅栏外。

其中两条狗龇着牙，撕咬着玉米粉袋。这时，男主人也从后门跟出来，手里举着枪。他冲那群狗吼叫，于是它们扔掉肉干，钻过栅栏继续追娜莫。

娜莫来不及弄清楚更多，只顾着一路狂奔，子弹从她头顶上飕飕飞过。狗在后面紧追不舍，一路上发出可怕的吠叫声。

娜莫像无头苍蝇一样四处乱窜，不知道往哪儿躲好。

慌乱之中，她闯进了森林，一会儿又跑出来，回到了路上。杀人啦！两条狗边追边嚎。娜莫沿途跑过了许多房屋，狗叫声连成一片。她被绊倒在地，摔倒了又站起来继续跑。房屋照出的光穿透树林，正好为娜莫照亮了路，只是连她自己都不知道她在往哪儿跑。

最后，娜莫大口喘着气，爬上一座小山。小山前面塌陷了，只有一道深壑。她现在进退两难，变成了一只困兽。

娜莫的胸脯剧烈地起伏着，她得尽快恢复呼吸。那几条狗的身影越来越近。她盯着它们，蓄势待发，忽然被一种魔幻般的、也很吓人的力量附体了。

"谁——会是我的下顿饭啊？"娜莫尖声问道，挥舞着弯刀，"我该拿什——么来炝锅呢？"

大狗们急刹住脚，停在那里盯住娜莫。

"我可是饿得很——啊！来一只小肥狗正合适。是你吗？"娜莫刺向其中一只狗。"是你？还是你？"她往前走，黑狗们嗷嗷着往后退。"晚啦！现在求和可晚啦！"娜莫发怒，"我要派蚱蜢吃光你背上的毛！我要用你们的血酿酒。我该拿什——么来炝锅呢？"

除了个头儿最大的那一只，其他狗都灰溜溜地逃散了。那条大狗扑向娜莫，娜莫举刀相迎，手脚肆意拼杀着。娜莫只是任凭它们动起来，灵魂边战边唱。当那条狗的尸体倒地时，娜莫爆发出癫狂般的高声号叫。

娜莫又逃回到那条路上，绕过途经的房屋，消失在森林里。一路上，所有的狗都像发疯似地叫唤。娜莫不知道该何去何从，只知道她必须离开。她不属于那些让她"滚蛋"、企图拿枪射击她的人。娜莫一直往丛林深处跑，直到那股支撑她的力量离去，她摔倒在地，不省人事。

娜莫躺在硬地上，舌蝇在头顶上嗡嗡嗡。这些日子，时间一天天过去，每天都是漫无目的地游荡，随行的舌蝇也越来越多。你以为是谁给了你曼丁戈刀？在一棵枯树上休息的"长奶"问。

"葡萄牙人的灵魂。"娜莫虚弱地说。

哈！他才不是我的对手。那些魔咒根本算不得什么。原谅你的仇敌！什么！要依我说，全都杀光，绝不犹豫。

"我的祖先……鼓腹蝰蛇……"娜莫喃喃自语。她想争辩，但完全没有力气，可"长奶"明白她想说什么。

小灾难，你的祖先是一直在守护你，可这次帮你的是我。

"你是个巫婆……"

无稽之谈！我只是个不愿受人摆布的人。上帝为你做了什

226

么？把你从虎口推进狼窝。

"喜欢杀戮是不对的……"

难道受苦受难就对了吗，孩子？

森林里的空气又热又湿，舌蝇嗡嗡叫个不停。

娜莫感觉身上有阵阵寒意。毫无疑问，她生病了，也迷路了。这几天里，娜莫蹒跚地沿着小路走，有好几次看到房子，但一想起狗，她又不敢靠近。

好长时间里娜莫都见不着一个人影。有一次，她路过一个废弃的农场，饥不择食地吃了那里的野香蕉。香蕉还是生的，吃了之后肚子隐隐作痛。

一场短暂的暴风雨让小溪流动了起来，可现在娜莫全靠几处小水洼解渴。她又饿又渴又虚弱，脑袋一阵阵疼得厉害。

更糟的是，娜莫意识到自己之前被巫婆附体了。她没能把"长奶"留在水妖岛上，相反，却因为这把曼丁戈刀把那巫婆也带过来了。不管你愿不愿意，巫婆会教你做邪恶的事情。没有村庄会收留你，你走到哪儿都会被嫌弃。娜莫记得那天晚上，她砍死了那条狗，还发出狂喜的叫声。一想起这些，她就浑身颤抖。

那棵枯树空了。"长奶"已经飞去折磨其他人了，但娜莫确信，她还会回来的。

娜莫强撑着站起来。她知道自己应该去找吃的，但没法专注起来。头痛死了！又一个冷颤，娜莫停下脚步。脚下的这条路一开始看着挺宽，结果越走越窄。没路了。

雷声从远处滚滚而来。要是下雨了，娜莫还能多活几天。草地上已经长出新草，很快森林里就会有许多可以吃的东西了。但娜莫怀疑自己是否真能活到那个时候。

耳朵能听到奇怪的嗡嗡声，像是有个大蜂巢。她没法用烟把蜜蜂熏出来。之前仅剩的那五根火柴和羚羊肉都丢了。说不定她能用长棍蘸取蜂蜜吃。

娜莫摇摇晃晃地迈着步子。她发现嗡嗡声是从山上一个奇怪的物体里传出来的。娜莫慢慢走着，在山这边能看到那里有扇门，门里传来隆隆声和牛叫声。

她想停下来整理下头绪，却无法专注。这个奇怪的建筑外形是一个小茅屋，但四面像是用精致的布围起来的，她能看清楚里面净是舌蝇！娜莫用力甩甩头，觉得自己肯定是在做梦。

娜莫向前走着，然后朝山坡上那扇门里望，轻风拂面吹来，夹杂着浓浓的家畜气息。门里是漆黑一片。

入口进去有个下坡，通向位于正中央的房间。旁边横着另一扇门，门上有什么东西正不停地旋转着，那种嗡嗡声就是这个东西发出的。从中间看过去，里面有一圈围栏，围着许多头牛和几头山羊。娜莫突然明白她在哪里了。她到了地下王国——那些残疾的和被遗弃的生物住的地方。

娜莫顺着坡往下走。

牲畜们见她走近就慌乱起来。"天呐，好美的奶牛！"她低声说，用手抚摸它们温暖的皮肤。它们之中有两头乳房肿胀的母山羊，娜莫把其中一头按在围栏上，不顾它愤怒的反抗，美滋滋地吮吸着羊奶，一直喝到觉得难受了才停下，之后便一头倒在走来走去的牲畜脚下，就这样睡着了。

娜莫的灵魂在令人糊涂的梦里游荡。地下王国的人们喃喃着，抬起她走过一条小路。枝叶从她头顶闪过，银灰色的曙光抚摸着她灼伤的皮肤。此刻，她正在一个有白墙的房间里。有个女人正坐在窗边读书。娜莫的眼睛睁得老大，想看清楚是谁。

　　是母亲。

33

"母亲"

　　"我不是你母亲。"女人说，但娜莫可高兴坏了。她愿不愿承认是我母亲是她的事，但那佩有珠子的辫子娜莫不会认错。娜莫也认得那件花裙子，这些都和相片上一模一样。

　　娜莫昏睡过去，被人弄醒吃了点东西，然后又昏睡过去。她从来没有这么心满意足过。过了一会儿，一个身穿白长袍的老人坐在她床边，嚷嚷地念叨着，可能是什么咒语。"你是我爷爷吗？"娜莫问，老人看上去吓了一跳。

　　娜莫躺在床上。这张床比她以前知道的任何一张床都更柔软。一个女精灵在她手臂上扎进一根刺，很疼，但娜莫没有反抗。她觉得这一定是灵界的某种奇怪的仪式。紧接着，老人又拿了一本黑色封面的书回来，动嘴唇念着但没有发出任何声音。

　　"哦，爷爷，见到你真高兴！"娜莫低声说，"安布雅说过，有一天我会见到你的。你知道吗，妈妈也识字，她很聪明。舒芬姨妈在这儿吗？我想她……"

　　"嘘，你得休息。"老人说。

　　娜莫听话地睡去。

娜莫和"母亲"交谈，说起相片被毁之后发生的每件事。"可怜的'断尾猫'，它就从来没好过过。"娜莫叹道，"我怀疑它是个吃了自己图腾的人变的，你说呢？"

"它只是一只狒狒。""母亲"坚定地说。

慢慢地，娜莫有点儿搞明白自己的处境了。那个女精灵其实是格拉迪斯护士。她一直忙着搅拌瓶子里的东西，还在本子上写字，她对"母亲"十分尊重。老人是约瑟夫老爹，他经常过来陪娜莫说话，虽然娜莫只能听懂一部分，但没关系，他的声音就很安慰人。

渐渐地，娜莫明白自己没死，而约瑟夫老爹也不是她爷爷。但她还是倔强地认为，那个被其他人称为艾维乔伊斯·马苏库医生的女人就是她的母亲。娜莫清楚得很。

好困啊！娜莫最久只能坚持睁开眼一分钟。她躺在柔软的床上，不时坠入梦乡。

"她身体哪块有毛病？"一个陌生男人的声音传来。

"你应该问哪块没毛病！又是疟疾，又是血吸虫病，还营养不良。""母亲"说，"我抱起她的时候，我敢发誓她连骨头都是空的。"

"脚上全是伤痕。"

"那些是旧伤口了，你应该看看脚底，跟马蹄一样。"

"她在野外待了多久？"男人问。

"几个月吧。她一直胡言乱语，讲起水妖、一个死去的渔夫和一只她认为是人变的狒狒。"说话的女人坐在床边，娜莫能闻到她身上的香皂味。

"她是疯了吗？"

疯了！娜莫感觉受到了羞辱。

"她一个人太久了。""母亲"说。

娜莫睁开眼睛表示抗议。眼前是一个高大的白人男子，胡子竖着，手臂像她的腰一样粗。"不是！"娜莫大喊，想爬下床，卷着床单滚到地上，手脚并用往外爬。

"别这样！""母亲"大叫，一把揪住娜莫。

"不！不！不！"

"亨德里克，她好像不喜欢你。""母亲"抓着拼命想要挣脱的娜莫，对那男人说。

男人耸了耸肩："至少她不会把我错认成她妈。"他快快地走出房间。娜莫逐渐恢复了呼吸。

"你为什么那么怕范·希尔登医生？""母亲"问。

娜莫把那个带枪的男人和狗的事讲给她听，但没提"长奶"附身和杀狗的部分。她不想被人当成巫婆。

"太可怕了！你可能不知道，不久前，这里刚发生了内战——白人对抗黑人，怨恨还没有完全消除。我真希望知道那个人是谁，好让警察去抓他。"

"如果他那么讨厌黑人，干吗还娶个黑人当小老婆呢？"娜莫认真地问。她描述了那间屋子和美餐。

"母亲"笑了："一个英国男人只能娶一个女人，而且他们一般都是娶英国女人。那个黑人只是仆人。"

"妈妈，范·希尔登医生也是英国人吗？"

"别叫我妈妈，我不是你的母亲。"

"好的，马苏库医生。"

"他是阿非利卡人，是另一种白人。他不喜欢孩子烦他，所以别惹他。"

"好的，妈……马苏库医生。"

娜莫几天后才被允许下床活动。她收到一件新衣服，因为旧的那件已经烂了，格拉迪斯护士把它烧了。娜莫的那袋金块不见了，但她不敢抱怨。她想，肯定是范·希尔登医生拿去付我的医药费了。

新衣服让娜莫高兴不已。上面有红有绿，还有一只公鸡的图案。"那是我的名字。"她骄傲地对格拉迪斯护士说。"乔威"在娜莫的语言里是"公鸡"的意思。

娜莫走到医院走廊的尽头，那里有面大镜子。她站在镜子前端详了好一会儿，突然，一屁股坐在地板上，号啕大哭。

"又怎么啦？"格拉迪斯护士问。

"我——我好丑。"娜莫打着嗝儿断断续续地说。她在英国人屋里看到的根本不是什么怪物，就是她自己。她看起来就像墙上的蜘蛛，头上长满了毛绒绒的刺。

"你只是太瘦了。"护士好心地说，"不管怎样，约瑟夫老爹说人最重要的是心灵。"

但娜莫并没有好受半点儿。

身体恢复了一些后，她就主动请求去帮忙。格拉迪斯护士很乐意有人帮把手，她还教娜莫叠床，用电炉做麦片粥。娜莫对电炉很着迷，有了这个就不用再去找柴火，也不用再担心会有豹子半路截住她。她喜欢电这玩意儿！

格拉迪斯护士说，电是用一种叫发电机的东西制造出来的。范·希尔登医生往发电机里加一种难闻的液体，紧接着机器隆隆作响，然后电灯就亮了，电炉也热了。夜里，他们会把发动机关掉。那时候就得用煤油灯——就是乔奥在商栈用的那种灯——来照明。

娜莫很快发现自己生活在一个奇怪的村庄里。村庄的名字是艾菲菲，它在一片荒地中央。这里有蔬菜园、牛羊圈和放养动物的苜蓿地。这里除了有常见的那种茅草屋和谷仓，还有一个巨大的建筑，"母亲"，哦对了，是马苏库医生，娜莫提醒自己，马苏库医生说那栋建筑是专门用来做科学研究的。

娜莫每天都能学到新词汇。科学，是人们在艾菲菲村里做的一项工作，这项工作包括捕捉和消灭舌蝇。

舌蝇携带的病毒会杀死牛、马、猪、羊和驴。艾菲菲村的家畜必须每隔几周服一次药，不然的话就会死。正常情况下，没有人会在这么要命的地方饲养这些动物，但它们有特殊的使命。

它们是诱饵，每天会被赶去地下室，就是娜莫之前见过的下坡的地方。一台巨大的风扇会把它们的气味吹向森林，舌蝇就会从附近几英里远的地方飞来进到陷阱里，企图找到可以叮咬的东西，但进去之后就再也出不来了。

范·希尔登医生将一些活的舌蝇带回实验室，这也是娜莫后来学会的一个词。他让舌蝇咬那些涂有毒液的牲畜。这个白人还试图把牛散发的气味装进瓶子里，想在整片森林中进行诱捕。

艾菲菲村里的每个人都有一些跟科学有关的事要做。马苏库医生正在寻找一种能使舌蝇致病的方法。娜莫也是头一次知道，苍蝇也像人一样会生病。

约瑟夫老爹则负责饲养动物。他细心照顾豚鼠。豚鼠和小蹄兔很像，给它们拿吃的过来时，豚鼠会发出很尖的叫声。几天后，老爹让娜莫也一起喂豚鼠。这些小家伙尖锐的声音从发臭的笼子里传出来，娜莫赶紧捂住耳朵。但娜莫看到它们小口吃着苜蓿，她感到既自信又陶醉。

约瑟夫老爹有很多宠物，例如小羚羊、丛猴、大乌龟和大型疣猪——它们在他身后蹒跚而行，讨食物。娜莫明白了，这位老人是个很厉害的巫医，能把野生动物驯得服服帖帖。他还负责照看范·希尔登医生一直养着的小鳄鱼。娜莫和约瑟夫老爹都不喜欢这条鳄鱼，它总是盯着他俩看。有一次，娜莫拿棍子戏弄它，它突然站起来，黄色的嘴张得比娜莫想象的还要大得多。娜莫赶紧抓着墙想往上爬，约瑟夫老爹笑得下巴都疼了，坐在地上直揉脸。

艾菲菲村里的其他人会务农、养殖、做木工活。有两个男人被特别交代，要留心一头破坏庄稼的大象。他们每天晚上都去巡逻，冲着大象喊："嘿，走开！"大象很清楚没人敢射杀它，于是想去哪儿就去哪儿。唯一能赶走大象的办法就是朝它的脚扔鞭炮。

"他们得格外小心。"约瑟夫老爹说，"因为谁也说不好大象是会跑开呢，还是会扑上来。"

格拉迪斯护士需要处理那些随时可能出现的情况。

村里唯一没有的就是孩子，也几乎没有女人。这里的人在别处还会有个家，家人也在那里，他们也会常回家看看。娜莫觉得这种安排真奇怪。但"妈妈"解释说，这里的环境不卫生，不适合小孩子。

34

艾菲菲村

谁让她帮忙，娜莫就为谁做事，她在隐形和有用之间小心行事。隐形的话，就不太有人会注意到她，把她撵走。有用，人们就会觉得，值得让她留下来。她决定留在艾菲菲村，只要每天能看到"妈妈"就好。

对马苏库医生来说，有个小家伙老跟着自己，确实很让人心烦。"去缠别人去。"她会大声喝道，"你就像只舌蝇一样黏人。"然后，娜莫会消失一会儿，但没过多久又出现了，她以为"妈妈"没瞧见她。

娜莫看范·希尔登医生用镊子把死蝇夹进瓶子里。她有点儿害怕他。范·希尔登医生身材高大，体毛浓密，腿就跟树干一样，长裤顶端还别着一把梳子。娜莫怀疑他是不是经常用那把梳子梳腿毛。范·希尔登医生警告她不要弄出任何声响，也不要碰任何东西或者妨碍他的工作。

如果娜莫能做到以上几点，范·希尔登医生就允许她在一旁看着。事实上，他总是聚精会神的，以至于完全忘了她的存在。他友善的时候会管娜莫叫"野孩子"，坚称她是豺狗养大的。"我在羊圈见到你的兄弟们了，'野孩子'。你去告诉它们如果乱来的话，我会把它们做成地毯。"

娜莫轻声解释说，她来自一个有很多居民的体面村庄。

"那我们就看看月圆之夜会发生什么事吧。我打赌你会伸着舌头在森林里跑个遍。"

范·希尔登医生对娜莫的解释不为所动。娜莫知道他只是想表现得风趣一点，因此也不会生气。

范·希尔登医生出了什么差错的时候，他的胡子就蓬松得像"胖腮"一样。"你笑什么？"他低沉地说，盯着瓶子后面的娜莫看。

"我高兴啊。"娜莫说。

"野孩子，上别处高兴去。"

唯一不会赶她走的人是约瑟夫老爹。他保持着上了年纪的人应该有的那种严厉，但一向欢迎她。娜莫总是为老人照顾的那些豚鼠担心。范·希尔登医生给它们涂上毒，然后把它们关在铁丝笼子里。笼子狭小，豚鼠们几乎无法动弹。舌蝇的笼子就放在上面。豚鼠被舌蝇咬的时候会急促地叫唤，而舌蝇全身充血，像是要炸开一样。这些让娜莫觉得恶心。

"太残忍了。"约瑟夫老爹同意娜莫的观点，"但有一天我们研究出的结果能救牛的命。"说完，他把手臂伸进舌蝇的笼子里，娜莫捂住嘴，不让自己叫出声。舌蝇爬满老人的皮肤，开始慢慢吮吸他的血。"我这么做，是想知道豚鼠承受着怎样的痛苦。"他解释说，"让别人受罪是邪恶的，但如果我一起承受的话，上帝会原谅我的。"

约瑟夫老爹谈了很多关于上帝的事。他和村里许多人会在每周六穿上白色的服装。男人们会剃头，拿着一根顶端弯曲的长木杆；女人们则戴上白色头巾。他们相约在森林里一起唱歌祈祷。约瑟夫老爹是领头人。

"那个，老爹，你是天主教徒吗？"娜莫问。

"天主教徒！你怎么会这么想？"娜莫觉得冒犯了老人，心里特别不好意思，也不敢再说什么。

"基督教徒也分很多种。"格拉迪斯护士解释说，"约瑟夫老爹是瓦普斯托里教派的。他们不相信药，他们生病了宁死也不吃药。我觉得他们就是傻子。"

但无论他们对瓦普斯托里教徒有什么看法，每个人都很听约瑟夫老爹的话，就连范·希尔登医生也一样。"那老爷子无论看谁，眼睛里都泛着光。"这个阿非利卡人跟"母亲"说，"然后你就发现，无论他说什么，你都会满口答应着'是的，老爹'。你想让我鼻孔里插朵花倒立吗？好的，老爹。"

晚上，范·希尔登医生坐在屋外喝啤酒。酒不是村民自己酿的，是装在棕色瓶子里的那种，就跟之前乔奥给外祖母喝的那种一样。医生喝了七八瓶，汗水像小河一样流下来。这种时候，他就让娜莫到林子里放哨，而他则是跟其他来访者聊天。

这场景就跟村子里男人们聚在一起的时候一样，但"母亲"和格拉迪斯护士也会加入其中。娜莫从这些对话中也能学到很多。不过和她家乡不同的是，艾菲菲村的语言不光有绍纳语，还有汤加语和马塔贝勒语，中间穿插着阿非利卡人的语言。大家通常说绍纳语，但有时候聊高兴了，也会突然冒出几句别的语言。

马苏库医生是马塔贝勒人，这一开始让娜莫很烦恼。娜莫以前就知道，马塔贝勒人和她族人是世仇，他们和鬣狗一样凶残。她想象不出"母亲"会做那些坏事，她也明白，她一个绍纳人的后代是不可能有个马塔贝勒母亲的。

再说了，"母亲"还没结婚，而且也不想结婚。"婚姻是奴役的同义词。""母亲"宣称。这说法太令人震惊了，一个人没有孩子，那要怎样成为祖先呢？一个女人没有丈夫，她又能做些什么呢？但"母亲"坚信，对一个明智的女人来说，婚姻是最坏的事情。

"母亲"和范·希尔登医生会时不时为这个话题争论起来。"艾维乔伊斯，你需要的就是一窝小孩儿。"阿非利卡人喝完第四瓶酒后说道，"我都能想象他们不停地喊'妈妈！妈妈！'，然后你会软得像一块黄油，满脸都是母爱。"

"别了，那我还不如游过一个满是鳄鱼的池塘。""母亲"说。

"连这'野孩子'都知道。"范·希尔登医生手里握着一瓶酒，放到脸上降温，"瞧她像个影子一样跟着你。"

"她这是印随。我是这'野孩子'森林历险后睁眼看到的第一个人，她会这样也正常。"

娜莫不懂什么是印随，她也不想费劲想这个问题。灵魂曾告诉过娜莫她母亲的真实身份，那才是最重要的。

娜莫每天漫无目的地过着，她知道她应该去打听修女的事，找到亲生父亲，但她离不开"母亲"。有时候，娜莫正在医院里清洗床单或者给豚鼠收蔬菜，心里会涌起一股强烈的渴望，她会放下手头的事，小跑到实验室去。

啊！"母亲"在那里，她的眼睛正盯着金属管看，那金属管叫作显微镜。娜莫看了好一会儿，心里喜滋滋的。终于马苏库医生抬起头来，说："别鬼鬼祟祟地看我，我把切片都弄坏了。"

约瑟夫老爹上了年纪，有些事已经干不动了。渐渐地，娜莫接替了他。老爹心里很是感激，娜莫也乐意干这些，虽然靠近那些疣猪喂它们的时候，它们总是警觉地哼哼着。娜莫唯一不想管的就是那条鳄鱼。人们有时候拿鱼喂它，有时候喂死豚鼠。

周六的时候，娜莫的作用就更大了。周六对瓦普斯托里教徒来说是神圣的一天，他们整天都不能工作。约瑟夫老爹以前总是担心动物们那天没吃的，但他现在能放心了。娜莫帮忙照料所有的事，喂鳄鱼除外。鳄鱼就算干瘪得像块牛粪饼，她也不要管。

手上的事情做完后，娜莫再去帮格拉迪斯护士，之后就跑到森林里偷看瓦普斯托里教派的仪式。

整个下午，他们都在一片空地上做礼拜。男人坐在一边，女人坐在另一边，中间留出一条通道。还会有个礼拜者站起来歌唱：

到处，到处，
都有人不认识基督……

娜莫了解到，这是在呼喊天国的使者。天使在集会的上空盘旋。她问约瑟夫老爹，天使是不是和祖先的灵魂一样，但他回答得有些模棱两可。

紧接着，瓦普斯托里教徒们都跪下，面朝太阳升起的方向，展开双臂，手掌向上。

"上帝拯救非洲，哈利路亚！
倾听我们的祷告。
上帝、天父、耶稣，请保佑我们。"

向上帝和天上的父亲祈祷娜莫能理解，但耶稣是索命鬼，引起他的注意是不是不太明智。

约瑟夫老爹有时会在中间的通道上踱步，给两侧的人讲故事，或者责备他们——如果有人做错事的话。他警告所有人不要酗酒，也不要去抢别人的妻子。"做这些事就是和撒旦沆瀣一气。"他大声训诫，而其他人会复述他的话，或用嘴发出类似打鼓之类的声音以示认同和支持，尽管瓦普斯托里教派不会在仪式上使用真正的乐器。

旁听这一切让人感到非常愉悦。

听一会儿，娜莫又回去照看动物。她把乌龟从笼子里放出来，当是活动活动。"你不许喝酒或是抢别人的妻子。"她命令豚鼠，而豚鼠正渴望地看着她，要蔬菜吃。"我懒得警诫你不要和撒旦通电话。"娜莫对鳄鱼说，"我确信你已经做过很多次了。"

娜莫背靠着畜栏坐下，仔细端详起她的"王国"。自从母亲的相片被烧之后，她就没再讲过故事。之前她全神贯注地看着范·希尔登医生竖起胡须的样子，那胡子活像"胖腮"的毛发；她还带上疣猪跟在约瑟夫老爹身后走。要是娜莫真想说说话的话，她随时都能去找"母亲"，哪怕她有时候不爱听。

如今，娜莫急切地想说话，于是她在羚羊圈里面踱着步，如同老爹在礼拜的会场上一样。

"很久以前，有三个国王到天神那里，想讨得可以呼风唤雨的奇石。"娜莫说，"他们住在天神的国度里，我觉得他们很可能就是天使。"娜莫一边说，一边拍拍羚羊，羚羊很自然地将鼻子凑向娜莫。"但天神拒绝了他们：'我不能给，要是给了，只有你们的族人能得兴旺，但雨是属于普天下所有百姓的。'

"国王们怒气冲冲地说：'我们拿你当神，但你恐怕只是在愚弄我们。我们才不相信你有任何能力，也不会再遵从你了。'

"天神说：'我会给你们每人一样东西，你们就会知道我真的是神了。'天神告诉第一个国王：'我要给你麻风病。当你手指掉光的时候，你的死期也就到了。'天神对第二个国王说：'癫痫病就是我对你的恩赐。你要掉到火里烧死。'天神对第三个国王说：'我给你的是肺结核。你会血尽而亡。'说罢，天神把他们驱逐出神的国度。

"后来，第一个国王在河里洗身体，还祭杀了一头羊献祭。就这样，他把麻风病传染给了羊，羊又被鳄鱼吃了。自此之后，鳄鱼就能把麻风病传染给人类。

"第二个国王犯癫痫的时候，把唾沫吐到了鸽子的翅膀上，从此以后，鸽子就能把癫痫传染给人类。

"第三个国王对着一筐麦子呼吸，他的病就和谷壳一起被风吹走，这就是为什么谷壳能害人得肺结核。"

乌龟挤进两只豚鼠笼之间，娜莫抱着它转向另一个方向，一路摆些莴苣叶引它走开。

"希望约瑟夫老爹从没碰过那条丑陋的鳄鱼。"娜莫拿着苜蓿枝在豚鼠头上晃动，看它们能不能站起来，"我敢确定它有麻风病。"娜莫听到远处传来瓦普斯托里信众的声音。他们是那么投入，有的时候太投入了甚至不用言语，而是扯着嗓子发出奇怪的叫声。第二天，所有人来的时候嗓子都痛得难受。

35

宠物

"我明天要去哈拉雷。"范·希尔登医生对"母亲"说，说话时，太阳已经沉到灰绿色的树后，东边徐徐出现黄昏时分柔和的光辉。医生们和近十个村民——全都是男人——一团和气地坐在范·希尔登医生的茅草屋外。屋里容不下这么多人，再说天气也太热了。娜莫躲在那个阿非利卡人种的籁杜鹃藤后面。那里有一处阴影，也是个藏身的好地方。

范·希尔登医生早些时候从冰箱里拿了一瓶橙汁汽水给娜莫。娜莫细细品尝这种冷饮，把瓶子贴到脸上。果汁顺着喉管往下流的时候，她感觉整个身体都清凉下来了。现在瓶子里只剩下最后几滴，娜莫用舌头一点点舔干净。

"明天我带上皮特鲁斯一块去。"范·希尔登医生点了一个村民的名字，"他得陪陪家人，听说他妻子刚生完小孩。"

"皮特鲁斯得有一年没回家了。"另一个男人补充说。皮特鲁斯随手推倒了那个男人的凳子。

娜莫不觉得他们是真的在吵架。她有时候理解不了艾菲菲村里的人之间开的玩笑。在她的故乡，没有人会这样指责别人。

"带几本杂志回来。""母亲"说。雨季里的路湿得不成样子，好几个星期都走不了人。旧杂志也都散了。

每次范·希尔登医生去镇上，人们就会列个购物清单出来。他把路虎车开回来的时候，里面满满当当全是东西，就像开到商栈去的拖拉机一样。

"天气好的话，我就跑上两个来回。我要把样品带回去做分析。"

范·希尔登医生会收集所有可能吸引舌蝇的东西，包括牛呼出的气体、汗液和排泄物。排泄物最有意思，要绝对新鲜才行，落地之前就得收集起来。范·希尔登医生要爬上一头可能准备排便的牛的背上，拿容器随时准备接着。有时候他能如愿以偿，有时候也能得到"惊喜"。之前，他从后面紧盯一头牛，牛咳嗽了一声，然后就发生了一些很可笑的事。

"我把'闪电'带回来待几天。我们可以一起去打猎。"

"闪电"是谁？娜莫想，她从没听过这个名字。

"这地方对它身体不好。""母亲"指出。

"回来待几天没什么的，那老伙计应该在这儿放个假。"

"闪电"肯定是一个上了年纪的亲戚，娜莫想。他可能是范·希尔登医生的叔叔。

"说点正事，咱们哪天得送'野孩子'离开。""母亲"说，"把她长期留在这里不是个办法，她得接受教育。"

娜莫突然哽咽了，"母亲"怎么会说这样的话？"母亲"不想要她了？

"她做起事来上手很快。"范·希尔登医生应道，"干活比他们这五头畜生都卖力。"他此时正喝着第五还是第六瓶啤酒。周围的男人们直冲他翻白眼。

"你明白我的意思，她不识字，也不懂加减法，根本不适应现代生活。其实她很聪明，更应该好好在学校里接受教育。事实上，她非常好。"

娜莫的心在燃烧，"母亲"的表扬无济于事，她就是不想要她了。

"约瑟夫老爹可以教她。"范·希尔登医生喝得满头大汗，拿酒瓶子贴在他的大红脸上。

"约瑟夫老爹！""母亲"听起来有点恼怒，"他只会教她说灵言。再说他也没时间，格拉迪斯护士也一样。我也没时间，所以别废话了。"

"你是多棒的母亲啊！"范·希尔登医生用感伤的语气说。

"娜莫需要一个合适的学校和一个真正的家庭。她说她父亲在穆托拉尚加。"

"老人家跟她很有缘分。"皮特鲁斯第一次发表了自己的意见，每个人都知道老人家指的是约瑟夫老爹，"她生病时喊他爷爷。老人家的孙女几年前死了，娜莫让他想起了孙女。"

"天啊，兄弟，那正是我想说的！约瑟夫老爹又多了一只宠物！"范·希尔登医生发着牢骚。

宠物！他们就是这么看她的！娜莫羞得全身通红，她就是只缠在老人家身边的疣猪。

"好吧，我考虑一下。我在去哈拉雷的路上顺道再去一趟穆托拉尚加。要是碰巧能找到她父亲，我再把她带回去。要是没有，反正哪里都有寄宿学校，政府还会给孤儿发补助。"

这些男人和马苏库医生，对，不是"母亲"，又接着讨论起其他话题。

那天晚上，娜莫躺在医院的便床上气得咬牙切齿。格拉迪斯护士派她今晚守夜，假如有人病得厉害，她就赶紧去叫人。然而她不是什么守夜人，她不过是一头丑陋的疣猪，睡在人的床上而已，真是一个天大的笑话！

次日清早，范·希尔登医生和皮特鲁斯出发的时候，娜莫刻意躲了起来。她头一回没有去找"母亲"，一声不吭地遵从了格拉迪斯护士的指派，弄得护士还怀疑她是不是生病了。

然而娜莫不会生约瑟夫老爹的气。她让老爹想起死去的孙女，这意味着老爹还把她当人看。

"我永远都不抽烟，不吃猪肉，也不吃有蹼的鸟类。"娜莫一边擦拭豚鼠笼，一边喃喃自语。她留意过约瑟夫老爹觉得罪恶的东西，"我永远不和撒旦通电话。"老人家说过，撒旦是索命鬼和巫师的复合体。等人们失去警惕后，他就会轰的一声把人抓走。

"我会听话的，约瑟夫老爹会命令所有的人别来害我。"娜莫沾了沾眼角的泪，豚鼠在她身边发出刺耳的叫声。

接下来几天，娜莫完全避开马苏库医生。那个马塔贝勒女人，娜莫现在是这样称呼她的，她不再是"母亲"了。她在医院里找到娜莫。"我都不相信自己会想念你那双贪婪的小眼睛。你怎么了，娜莫？怎么不偷偷跟着我了？"

因为你想把我撵走，娜莫想，但她只是回答："我很忙。"

"的确！格拉迪斯护士说，如果没有你，她都不知道该怎么办呢。"

去管约瑟夫老爹借一头疣猪帮忙呗，娜莫想，但嘴里说："看来格拉迪斯护士对我的工作很满意，那我也很高兴。"

"但愿你是这么想的。噢，我不知道！你看起来很生气，谁让你不痛快了吗？我知道要适应一个没有其他小孩的地方很难，如果我能做些……"马苏库医生不敢确定，她的声音越来越弱。

娜莫直直地盯着前方，并没有很无礼，但也不太友好。马苏库医生望向格拉迪斯护士。

"她的经期可能要来了。"格拉迪斯护士解释道。

"那确实会让年轻女孩感到紧张，"马苏库医生松了一口气，"我也是过了好久才习惯。我觉得月经就是上帝跟女人开的玩笑。"

然而不管她怎么哄，娜莫都没露出一丝微笑。最后，马苏库医生回去工作了，格拉迪斯护士给娜莫拿了一瓶草药饮料，说是可以缓解痛感。

唯一能让娜莫心情好一点儿的就是约瑟夫老爹。他总是安安静静地做事，对所有动物都很友善。把豚鼠们关到金属笼子里的时候，他甚至会觉得有点抱歉。

约瑟夫老爹经常和娜莫一起在畜栏边吃午餐。范·希尔登医生一走，奶牛们就不需要待在地下室了。那里的窗户被封得严严实实，因为即使被一只舌蝇咬到也可能要了它们的命。另外，这些可怜的动物还有昏睡病，每隔几星期就得打一针。

"这么好的牛群，看着就觉得赏心悦目。"约瑟夫老爹说，娜莫也认同地点点头。她喜欢它们滑滑的棕色皮肤和有着苜蓿芳香的呼吸。老爹给她讲了耶稣还是婴孩的时候睡在牛槽里的故事。轮到娜莫时，她想到了安布雅给她讲过的一个故事。

"很久以前有一对夫妇，他们有许多头牛和一个独生子。邻居很妒忌他们，就找来巫师对他家施咒。"

约瑟夫老爹皱了皱眉，他不太喜欢关于巫师的故事。

"结果，夫妻两人都病了。"娜莫匆忙继续，"他们死前，嘱咐男孩把牛都卖了，然后远走他乡。但是在那之前，他要先杀了那头黑公牛，钻进它的身体里。

"男孩感到很困惑，但还是遵从父母的指示，杀了黑公牛，取出了肠子，然后把自己和他其他的东西都一起装进了牛肚子里。立刻，公牛狂奔起来，'啊！这是什么怪事啊！'男孩大叫。"

这种异教魔法让约瑟夫老爹相当不自在，但他对这个故事本身很感兴趣，因此也没有打断。

"公牛走啊走，公牛带着男孩穿过森林，游过河流，最后来到一个国王的宫殿里。'尊敬的王，我可以和你待在一起吗？'男孩的声音从牛肚子里传出。

"国王受了惊，'滚开，你这个魔鬼。'他大叫，'谁听说过牛会说话？'

"男孩又来到一位老妇人屋里。'尊敬的婆婆，我可以和你待在一起吗？'他问道。

"'多么幸运！这么健美的黑公牛！'她喊着，'你可以和我的牛待在一块儿，多久都行。'

"每天早上黑公牛都会带着牛群去草地，男孩就从牛肚子里跑出来，吹长笛消磨时间。每当他吹笛的时候，老妇人的那片田就开始下雨，但相反的是，其他地方都在闹旱灾。老妇人的田里长满玉米和南瓜，牛群又添了很多小牛犊。它们的乳房也很饱满，牛奶多得老妇人都不知道该往哪儿放。

"周围的人开始注意这个老妇人，想知道她是如何富足起来的，于是派小孩子暗中观察草地上的一举一动。孩子们每天都能看到一个男孩从牛肚子里出来，'他一吹笛，田里就开始下雨。'孩子们向父母描述着。他们惊讶得不行，于是立马跑去报告给国王。

"国王派士兵带走这头公牛，但它用角把士兵们顶得落荒而逃。公牛咆哮着：'当初我去问你，你把我赶走了，如今你们的田野就是变成灰烬也和我无关。'

"人们得知了这些事，就把国王赶走，让男孩坐上了国王的宝座。男孩变得很有威力，还娶了很多妻子，生了很多孩子。他为老妇人建了一座不错的新房子。但男孩的父亲把公牛召回了灵界。自此以后，人们有谁死了父母，就会用父母的名字命名一头公牛或者母牛，等父母的灵魂回家时，就要祭杀那头牛。"

约瑟夫老爹叹了口气："娜莫，你故事讲得真好。但你还没弄清楚，那些旧观念都是错的。耶稣才是正理，我们的归宿在天堂。"

娜莫不发一语，但她有自己的想法。是谁在卡布拉巴萨水库保护了她？是谁教会她游泳和划船？她很想获得约瑟夫老爹的认同，但也不能无视自己亲眼所见的事实。每当娜莫需要的时候，"鳄鱼"夏茨、水妖和母亲都会在她身边，她不能转脸就不认他们了。

一想起母亲，娜莫又低落起来。约瑟夫老爹可能也注意到了，于是他让娜莫去喂小牛犊。有一只小牛犊刚刚断奶，正学着吃草。

250

36

被诅咒的第二刀

娜莫去为豚鼠准备吃的，刚从苜蓿地回来，一只黑马蜂让她分了心。它在一块新开垦的土地上飞来飞去。马苏库医生给娜莫讲了许多关于昆虫的知识。如今对她来说，昆虫不仅仅是一些要被拍死的东西了。它们也像人类一样，有家庭，也会生病。

黑马蜂冲到一根细枝上翻了翻，又碰了碰石头和散落的干草，然后顺着一根倒了的篱笆桩急匆匆飞走了。突然它又张开翅膀往后跳，碰到了一片树叶，惊动了藏在树叶下方的非洲巴布蛛，蜘蛛露出闪亮的长牙。娜莫看着眼前的情景，手里的苜蓿不自觉掉了一地。

但黑马蜂并没有逃走，它飞起来准备迎战，惹得蜘蛛暴跳如雷。还没等娜莫察觉，黑马蜂已经瞬间出击，朝着蜘蛛的头狠狠叮了一口，蜘蛛很快就像喝醉了一样，脚步都不稳了。紧接着，黑马蜂又精准地落到蜘蛛身上，黑色的腿紧紧锁住它，又在蜘蛛腹部叮了一口。

娜莫兴奋不已。这情景就像是自己置身事外，却能看狮子正在猎杀。黑马蜂哪来的勇气？它怎么能和这样强劲的对手较量！非洲巴布蛛垂死的时候，脚还轻轻发颤。黑马蜂飞走了。它为什么不留下来享受它的战果？娜莫很奇怪，想去问马苏库医生，但她对这个背信弃义的马塔贝勒女人仍然是满心怨恨。

娜莫拾起苜蓿，一路小跑回到村子。她看到人们放下了手中的事，纷纷走向大道那边。范·希尔登医生正从路虎车上卸货。马苏库医生手里拿着一堆杂志，格拉迪斯护士扛着一箱一次性注射器，而厨师捧着好几袋糖。范·希尔登医生正用一条红方格手帕擦脸。

"你瞅瞅，这些该死的舌蝇还追我呢。它们是想午餐和晚餐一顿解决了。"他大声嚷着说，又打开路虎车门："'闪电'！下车，你也去找找美味的豺狗吧。"

一条大黑狗从车里跳下来。狗的模样和娜莫刚到津巴布韦时袭击过她的那些畜生一样。苜蓿又掉到了地上，但用来割草的刀子还在手里。世界仿佛消失了一般，她只看到这条大黑狗在它的主人周围窜来窜去。

"看，小丫头，我给你带回来一个伴儿。"范·希尔登医生一边说一边指向娜莫。那条畜生向娜莫走来，红色的舌头吐在外面。

娜莫站得笔直。巴布蛛没有吓退黑马蜂，她更不会选择逃离。不能逃走，只有懦夫才逃避敌人。"长奶"低声说。

"娜莫，不要！"马塔贝勒女人大喊。

那条狗几乎要挨着娜莫，但她的脸色却吓得狗停下脚步，开始往另一边跑。娜莫突然向前猛刺，在狗的肋骨上划出一条血印。大黑狗惊恐地嚎着。"太晚了，现在求和已经晚了。"娜莫一边追一边怒骂。"停下！"范·希尔登医生吼道。他嗖地挡在娜莫和狗中间："滚开！"他一只手抱起"闪电"，另一只手使劲推开娜莫，然后迅速往后退。黑狗呜咽着，紧紧靠在它主人的胸口上。

娜莫瞬间停住了，约瑟夫老爹说过要原谅你的仇敌。从心底原谅你的仇敌！我说全都杀光，绝不犹豫。"长奶"大吼。娜莫头往后仰，放声大吼。紧接着，她一头扑向范·希尔登医生，整把刀都插进了他的手臂，只有刀柄露在外面。

娜莫感觉有人在背后拉她。她的手腕被紧紧扭住，她好像都听到了骨头咔嚓断裂的声音。马塔贝勒女人从前面紧紧抱住她。就在这时，"长奶"的灵魂转瞬消失在令人眩晕的阳光里。

"妈妈！妈妈！"娜莫喊着，然后便不省人事。

一整个下午，娜莫都抓着"母亲"不放，片刻不让她离开。为了不被撵走，娜莫把之前藏着没讲的所有事都跟"母亲"说了。她说了索命鬼和逃婚的事，说了霍乱和猎巫大师的事。她还提到曼丁戈刀。"我觉得那是死去的葡萄牙人留给我的礼物，我确实这么觉得！"她还说了她被"长奶"附身杀死那条大黑狗的事。"没有人会要我了，我变成巫婆了。"她啜泣着。她一直说一直说，直到嗓子都哑了。娜莫始终紧紧依偎着"母亲"，只要"母亲"表现出一点要走的意思，她就开始掉眼泪。

最后，夜幕降临，格拉迪斯护士为娜莫注射了一针药剂。她开始慢慢入睡，扭伤的手腕感觉也缓解了不少。

次日清晨，娜莫盯着医院的白色墙壁，拒绝讲任何话。"母亲"和范·希尔登医生坐在她床边，范·希尔登医生的手臂绑着绷带。他对娜莫伤害"闪电"一事耿耿于怀："它不会再相信孩子了。这可怜的老伙计，它只是想和你玩。"

"你找到她父亲了吗？""母亲"问。

"我找到了他父亲的家人，但他们不太想和我说话，他们不相信白人。"

"至少他们没想杀死你。""母亲"说。

"我觉得她应该赶快去他们那儿。"

"那样最好。"

娜莫麻木地听着他们的对话。要是知道自己是个巫婆，她父亲的家人也不会要她的。

"她有疯病吗？"自从娜莫来到艾菲菲村，这是范·希尔登医生第二次这样问。"怎么可能不疯呢？经历了那些事……""母亲"伤心地说。

"她要是真疯了，真希望她亲戚知道该怎么处置。"

"我还是太高看你们了！"

"母亲"和范·希尔登医生转过身，他们张大嘴巴盯着约瑟夫老爹看。老爹身穿安息日做礼拜时的那身白袍子，挥舞着一根顶端弯曲的圣杖。

"你们是想把这孩子当死豚鼠一样丢掉吗？你们要把她的灵魂投入炼狱之火吗？你们大难临头了，看看你们那被粉饰过的坟墓！你们有天使的声音，但毫无仁慈。当耶稣正怀抱她的时候，你们却要把她赶走。你们这群无耻之徒，这群假冒伪善的人！这孩子被恶魔附体了。我在上帝和天使面前发誓，不赶走这恶魔，我誓不罢休。"说完，约瑟夫老爹转过身，像一个三十岁的年轻男人一样跨步走出房间。

有好一会儿，"母亲"和范·希尔登医生都目瞪口呆，无言以

254

对。"我以为我要被罚站了。"这个阿非利卡人终于吐出了一句。

"咱俩都得罚站。""母亲"压低声音说。

约瑟夫老爹正在外面劝某人戒烟,他们若有所思地听着。

"也许我们太着急把'野孩子'送走了。"范·希尔登医生说。

"也许是这样。""母亲"边说边把裙子上的褶皱弄平。

他们看着娜莫。娜莫也看着他们,眼睛里充满悔恨和悲伤,内心仍抱有一丝期待。

37

又一次驱巫

"她看上去相当不好。"格拉迪斯护士给娜莫剃头时，"母亲"说道。过去了好几个星期，娜莫的手腕几乎没事了，但还是得用绷带紧紧裹着。

"恶魔会缠在头发里，这也是为什么瓦普斯托里教徒会剃头。"约瑟夫老爹解释说。

"那干吗不刮胡子呢？"

"这是什么话！胡须越长越圣洁。"

格拉迪斯护士翻了个白眼。

娜莫上回照镜子，觉得自己像一只头上长满毛刺的蜘蛛。自那以后她就再没照过镜子。现在毛刺都不见了，但她不觉得自己这样能好看多少。

"卡洛伊山到处都是鬣狗。你确定那边安全吗？""母亲"说。

"生活中没有哪里是安全的。"约瑟夫老爹平静地说。

"我可以派卫兵带枪去。"

"局外人不得入内。上帝会保佑我们的。"

"母亲"用表情在说，这事儿显然不靠谱。"我觉得这么做没用，但如果娜莫相信，想试试的话……"

娜莫再相信不过了。约瑟夫老爹和其他瓦普斯托里信众准备在卡洛伊山举行一个驱巫仪式。卡洛伊是"小巫婆"的意思，人人都说那座山是"邪恶的聚集地"。但范·希尔登医生说这座山会得此名是因为有鬣狗住在那里。

约瑟夫老爹一讲起他打算如何驱巫就两眼放光。他要把"长奶"赶回莫桑比克发臭的穴洞里，还要顺便清除潜伏在卡洛伊山里的其他巫婆。

"悠着点儿，老爹。""母亲"温柔地说，"你可不像以前那么年轻力壮了。"

格拉迪斯护士把娜莫剃下的头发扫成一堆。那堆头发看起来像一只死去的动物卧在地上。人们给娜莫拿了一条白裙子，用围巾裹住光头。娜莫脚上穿着一双凉鞋，但到驱巫的地方就不能穿了。向上帝祷告的地方很神圣，仪式上是不允许穿鞋的。"别让娜莫拿太重的东西。"护士提醒约瑟夫老爹。

出发的时候，天空已是一片漆黑。"母亲"把手电筒挂在娜莫脖子上。看她好奇地开啊关啊摆弄个不停，"母亲"还提醒她别用没电了。信众都穿着白礼服，手举火把，一个个光头在闪烁的火把下反射着亮光。一行人把娜莫夹在中间，沿着森林小径走着。

"母亲"和格拉迪斯护士站在医院门口，目送着他们越走越远。范·希尔登医生在屋里没出来，他还没完全原谅娜莫，但他答应会一直开着发电机，直到娜莫回来。艾菲菲村里的灯光总让人感觉暖暖的。

夜晚的森林里，各种神秘而恐怖的声音不绝于耳。娜莫他们一行人穿梭其中，经过一棵树时，能听到树后有一只猫头鹰，丛猴喋喋不休。雨水汇成溪流涓涓流淌着。刚才，娜莫用手电筒照向某一处，发现有双泛着红光的眼睛正盯着她看，她就不敢再乱照了，只有在火把照不太清楚的时候才会打开手电筒。

地势逐渐上升，道路在巨石中蜿蜒向前。他们不时经过猴面包树，那些树的根部会深深扎向地下的水源。很快，他们把猴面包树抛在身后，到达一片干燥一些的土地，地上都是劈开岩石而生的绞杀榕。后来又路过一棵孤零零的红山梗，光秃秃的树枝伸向天空。这种树的树液有毒，所以他们很小心，以防碰到它。

终于，大家抵达一座光滑的小圆丘，那里被星星照耀着。约瑟夫老爹让娜莫把鞋脱了。"噢！"她踩到一根刺，大叫一声，"啊——"又大叫一声，努力忍住疼痛。娜莫的双脚曾经粗糙得像个被火烤过的黏土球，后来格拉迪斯护士让她用轻石打磨，去除脚上的硬茧和死皮。

"安静。"约瑟夫老爹严厉地说。

这座光秃秃的圆丘中间堆着一大堆木柴。信众们肯定之前就来这里做过准备。他们把火把投向木堆，很快木头便熊熊燃烧起来，火焰直冲云霄。娜莫想，"母亲"在村里是不是也能看到。

仪式的开头和每周六的礼拜一样，男人们念念有词，请求天使降临。"我猜他们今晚需要很多天使。"娜莫自言自语。到目前为止，娜莫还没有参与其中。瓦普斯托里教徒边唱歌边祈祷，直到火焰熄灭了，木头烧成了木炭。接下来，他们的行为开始变得诡异起来。

男人们敲打那些木炭，把余烬敲下来排成一条长长的发着光的直线，然后顺着余烬走，好像顺着一条道路似的。他们不光是走在上面，还在上面滚，把热炭放到嘴里去。但似乎没有人被烧着，就连礼服也完好无损。娜莫使劲克制住自己，不让自己叫出声来。

约瑟夫老爹走完那条路后，举手晃动手里的圣杖并大喊："我听到了！我听到上帝的声音了，哈利路亚！上帝说：'滚出去，你们这些巫师，挪开你们的脚，把你们那丑陋的脚趾移到别处去。'我听到了！这片土地上的一切活水可以作证。上帝说了！你们已经被弃绝了！"

娜莫并不能完全明白这些话的意思，但约瑟夫老爹身上的那种力量不容置疑。假若自己是一个巫婆的话，肯定也会马上离开这座山的。

其他信众也参与进来，他们祈祷，咒骂，预言，还伴以古怪的唱诵。娜莫发现森林里不只有他们的声音，鬣狗的叫声也从四周黑暗的山坡上传来。也许是它们觉察到有入侵者，感到很不悦。

"我召你前来，'长奶'！"约瑟夫老爹怒吼，"出来吧！你就像条肮脏的狗。来吧！来看看你的法力是怎样被摧毁的。来吧！"老人家把曼丁戈刀放到热煤上。自从娜莫到了村子里，她就没再见过这把刀。一阵风吹来，火焰再次跳跃起来，弯刀的木柄被烧成灰烬。

有光线出来，镶嵌着山边。在那里，隐约能看到一只硕大的鬣狗，眼睛发出红光。

"你终于从粪坑里爬出来了。你会亲眼目睹耶稣的力量！"娜莫没想到约瑟夫老爹这会儿会把手放到她头上，吓得她往后缩。

"我会送你和该死的撒旦一同下地狱！"曼丁戈刀在火里烧，正发出难闻的金属的味道。

你这可怜虫，你根本不是我的对手。我会咬爆你的肺。黑暗中传来"长奶"的声音。

娜莫紧紧抱住自己，手都抱麻了。

"你和其他巫婆一样，都那么蠢。"约瑟夫老爹嘲讽说，他从带上山的袋子里取出一瓶圣水。娜莫看到过安息日礼拜结束时，人们在圣水前祝祷。这圣水是用来治病的。"看这个！"老人家命令说，把圣水倒在弯刀上。水翻滚着化作蒸汽，曼丁戈刀咔嚓一下断成两截。

啊呜。"长奶"哀号着。鬣狗似乎缩成了一只蔗鼠的大小，有一对黑色的小眼睛。

"我命令你，去把索命鬼带来，我也有话对他说。"

蔗鼠模样的动物摇摆着身体，眼睛变得呆滞无神。这儿没有索命鬼。"长奶"叹息一声。

"别用你那该死的谎言糊弄我！给我戈尔·莫托可。"

这儿没有索命鬼。那只蔗鼠在稀薄的空气中消散瓦解，岩石边只剩下一株柠草。

"哈利路亚！哈利路亚！上帝拯救了非洲！"瓦普斯托里信众围着断裂的曼丁戈刀高唱着。他们很是高兴。但约瑟夫老爹还没有结束。他上下跨着大步，又是祈祷又是预言。他的话虽然有时候晦涩难懂，但铿锵有力，娜莫坚信那是天使的语言。重获清白和自由让娜莫感到如释重负。她哭了，同时又很欣喜，就像当初看着玛斯维塔渐渐苏醒过来的时候一样。

"非洲大地上的众假神，我召你们前来！"约瑟夫老爹大喊，摇了摇手中的圣杖，"我要召水妖和索命鬼，还有这个女孩的祖先们。"

约瑟夫老爹向异教的神灵发起挑战，他们被一一列出来，如同淘气的小孩站在长辈面前一样。娜莫突然感到忧虑。她是想摆脱"长奶"，但之前没人说要驱走水妖，而且她也无法和祖先们划清界限。她真正的父母是和祖先们在一起的，将来的某一天，外祖母也会加入他们……

"我不想失去安布雅。"娜莫突然失声痛哭。

"嘘，嘘。"一个教徒小声对娜莫说，她吓得一抖。娜莫不敢有反对意见，但又不想失去她的祖先和家人。她站起来，拼命地想找一种方式去阻止他们。突然间，她想到其他信众并不像约瑟夫老爹那么有信心，他们时不时停下来看看老爹的举动。当他们开始讲天使的语言时，还会看向四周，生怕会有什么东西潜藏在黑暗里。

"狮神莫多罗，我召你前来。"约瑟夫老爹吼道。

"尊敬的长老，是不是差不多了……"其中一个教徒说。

"只有把所有假神都赶出这座山，事情才算完。弟兄们，别灰心。撒旦会以各种样子来到，但对耶稣来说，他们都是小丑。放马过来吧，你们这坨带蛆的狗屎！"

火渐渐熄灭，透过既寒冷又遥远的星光，娜莫隐约还能看到众人的白长袍。突然他们开始骚动起来。

"噢！有只手在我脖子上！"其中一个大叫。

"别碰我！"另一个跟着大叫。

"站稳了！那就是撒旦！"约瑟夫老爹大声喊道，然而所有人跟跄着，跟看不见的东西打斗。还有尖叫声和石头翻滚的声音，娜莫知道有人从悬崖上摔了下去。教徒们的喊叫声响彻整片天空。他们跌跌撞撞地，最后只剩下约瑟夫老爹的训诫声和其他人因疼痛发出的呻吟声。

最终，约瑟夫老爹也撑不住了，他重重的一声坐了下来，圣杖也摔到地上。娜莫打开手电筒。"老爹，你还好吗？"娜莫爬向他，轻声问道。只见约瑟夫双手抱头。

"破苇秆。"他咕哝着。

"你说什么，老爹？"

"我用铁棍作战，但我的弟兄们用的却是折断了的破苇秆。"约瑟夫老爹没再说什么。娜莫挨着他蜷成一团。天气并不冷，但清晨的空气还是害她胳膊上起了一层鸡皮疙瘩。四周都是呻吟声，想到这可能会引来野兽，她就起来把没烧完的木柴挑拣出来堆在一起，用零星的余火重新点燃。

娜莫扶约瑟夫老爹坐到火堆旁，自己则小心翼翼地在周围寻找受伤的信众。她催促大家都挪到老爹那边去，但他们只是茫然地看着她。娜莫也不确定他们是受伤了还是被附体了。"拜托了，这没有那么多木柴可以生火了。"娜莫乞求着。教徒们摇晃着，双目痴呆。

他们不到火堆这儿来，我就把火带到他们那儿去，娜莫心里想。她把一根长树枝点燃，然后穿上凉鞋。"我可不认为这是圣地。"她自言自语，"他们的行为怎么看都不对劲儿。"

娜莫有条不紊地挨个查看起来，手不停地挥动着燃烧的树枝，同时还大声咒骂可能潜藏在某些地方的鬣狗。在山丘下面，她发现了第一个伤者。他看起来伤得不轻，但他是唯一一个愿意讲话的人。"水……"他说，"水……"

周围仅有的水就是约瑟夫老爹带来的那些圣水。娜莫知道，那水是救命用的。于是，她赶紧拿过来喂给伤者。

此时，东方出现几道微弱的曙光。清晨是野兽捕猎的好时机，因此娜莫不敢放下火把，但她手腕这会儿酸痛得厉害，火也快烧到她手指了。一个小女人拿着手电可唬不住它们。

"醒醒，小丫头。"一个饱满的声音传了过来。范·希尔登医生扛着步枪走来，身边跟着一群工人。他们呈扇形散开，去照料那些受伤的教徒们。"瞅瞅你带来的血光之灾。你还真是人如其名，灾难。农场一半的劳动力都废了。"

娜莫羞得满脸通红。

"都是约瑟夫老爹怂恿他们。""母亲"尖锐地说。她比其他人走得都慢，刚刚才爬上山。

"艾维乔伊斯非要我去找你。咚咚咚！她整晚都在门外敲个不停。"范·希尔登医生说，"老爷子，你只管休息。"

"这里不会再有巫师，他们都被扔下悬崖了。"

"你们确实做到了，老爷子。你和你的教徒们。我能看到。"

阳光出现了。由于救助及时，受伤的人们已经慢慢恢复，只有那个掉下去的人需要被抬回医院。为了安全起见，人们也用担架把约瑟夫老爹抬了回去。

38

再见了，安布雅

"那边怎么了，妈妈？"娜莫端着奶茶问。格拉迪斯护士和范·希尔登医生正在拿夹板固定伤员的腿。

"我要带这个人去哈拉雷，他得拍个X光。"阿非利卡人跟护士说。

马苏库医生听到"妈妈"这个词就面露苦相，但她也没纠正娜莫。"当时发生了什么？"

"约瑟夫老爹把'长奶'赶走了。我亲眼看见的！她最开始变成一条大鬣狗。后来老爹把曼丁戈刀烧了，她又缩小成了一只蔗鼠，最后成了一根栎草。我把它扔到火里了。"

"干得好。""母亲"说。

"但我不明白那些幽灵是怎样把瓦普斯托里教徒给扔下山的。"娜莫接着说，"我以为耶稣足以对付他们。"

"耶稣就是足以对付他们！"约瑟夫老爹在床上叫着。

"回去休息，"格拉迪斯护士说，"你知道吗，那些傻子都不吃阿司匹林！"

"祷告就是良药。"约瑟夫老爹坚持说。

"我觉得，大部分瓦普斯托里教徒并非生来就是基督徒，他们相信狮神，等等。要改变你从小到大接受的教导是很难的。""母亲"压低音量说。

娜莫点点头。外祖母教给她的所有事，她也从没想过质疑。

"驱巫固然好，因为人们都认为巫婆是邪恶的，但驱赶祖先就是另一码事了。我觉得，对那些教徒来讲，他们幼时的信仰和基督教教义根本无法统一。"

娜莫不确定自己是否听明白了，她问："妈妈，你相信灵魂世界吗？"

"母亲"叹了口气说："我是科学家，我接受的教育是，无法被科学证明的事情都不足为信，但是……"她注视着约瑟夫老爹，老爹正舒服地蜷缩在软床上，一副满足的样子。"他常常激怒我，但他是过来人，我也从小被教育要去敬重、遵从他这样的人。这些……早已内化在骨子里了。"

"就跟母性一样。"范·希尔登医生高兴地说，"包扎完了，你个偷懒汉。"他在夹板上贴上最后一条胶带，"你要是还不愿意吃药，我开车一路颠，你可别疼到连眼睛都睁不开。"

"祷告便是良药。"声音听起来很惨。

"说起祖先，娜莫，我觉得你应该跟你的家人取得联系。""母亲"顺着话茬往下说，"你在莫桑比克还有亲戚，在穆托拉尚加那里。"

娜莫紧紧握住"母亲"的手。她总是被迫逃离，一想到可能又要去别的地方，娜莫就觉得害怕。

"我不会逼你。""母亲"说，"但我觉得至少应该给你外祖母捎个信儿，让她知道你现在一切安好，她也能放心。"

"他们会把我弄回去，把我嫁给佐洛洛。"

"他们想都别想！""母亲"眼里闪着光，"不可能！为了保全自己，逼一个小孩子嫁人。为索命鬼献祭在津巴布韦是不合法的。"

"我不是……小孩子了。"

"噢，娜莫！不是来过几回月经你就成大人了。你还有很多东西要学，而且你这么聪明。"

娜莫低着头，高兴地笑着。

"她聪明？那你告诉告诉我，她聪明怎么还能把农场一大半的人搞成这个样子。"范·希尔登医生一边帮教徒坐进车里，一边说。

娜莫比记忆中的任何时候都要开心，她被接纳了，而且一切安好。这里所有人都在以各种方式让她感受到他们需要她。厨师按着范·希尔登医生给的食谱，专门为娜莫做了牛奶水果馅饼，格拉迪斯护士百忙之中也要抽出空来教她算数；"母亲"让她用显微镜观察在舌蝇体内蠕动的寄生虫。

约瑟夫老爹过了很久才从那个长夜的试炼中恢复过来。他的一个儿子接替了他的工作。娜莫也帮忙做事，每天还要花好几个小时跟老人家学识字。

娜莫学到了一些有趣的代表发音的符号。她的接受速度很快，从而对阅读产生了很大的兴趣，约瑟夫老爹甚至得从她手中把书抢走。"你的眼睛又不是拖拉机，别让它们干那么重的活儿！"他严厉地说。娜莫试着读她能找到的每一本书。有些书是用英语写的，她根本看不懂，但也没关系。

但写字就费劲多了。这几年下来，娜莫的手指上长满老茧，铅笔在她手里根本不听使唤。她开始烦躁不安，气得差点把笔撅成两段。"母亲"看她写不好字急得直哭，就小声安慰她："别担心，我还会教你打字的。"

总之，娜莫现在生活得无忧无虑，但她迫切地想听到外祖母的消息。"往一个连名字都没有的地方捎信儿很麻烦。""母亲"解释说，"我已经托了很多人，让每一个可能到那个地方的人带信过去。他们会留心找'琪珀姨妈'，还有'琪珀的妈妈'，又或者小名儿是'尼雅玛萨奇'的人。"

几周过去了，几个月过去了，娜莫的头发长了不少，也比之前更柔顺。格拉迪斯护士给她擦椰子油保养头皮，娜莫闻着这个味道都饿了。护士还教她抹润肤油，用皮革擦指甲，还给她准备了内裤。娜莫穿不惯，但格拉迪斯护士说有教养的女人都穿内裤，坚持让她也穿。有一次，护士走过来，手里拿着一件奇怪的衣服，正面上有两个"袋子"，正好能遮住娜莫逐渐发育的乳房。

这也穿太多了！那两个"袋子"让人很不得劲，娜莫村里的人没人穿过这种东西。所以，她只在一些特殊的场合，比如穿"母亲"给她准备的新裙子时，才会在里面戴上它，其他时候，她还是只穿一件外面的衣服到处跑。

无事可做的时候，娜莫喜欢待在哨塔那里远眺苜蓿地。战争期间，哨塔是用来侦查，保护艾菲菲村免受袭击的。如今用不上了，娜莫没事就懒洋洋地待在茅草屋顶下，享受午间的风。今天，她从范·希尔登医生的冰箱里拿了一瓶红色的汽水，还带了花生酱三明治和许多番石榴。她心满意足地眺望卡洛伊山，对了，现在被老爹改名为天使山了。

太阳慢慢躲进树林里，地平线上聚起一片薄雾，灰灰的呈一条线伸展开来。眼前，好像有一根又长又细的灰色手指向哨塔伸过来。娜莫看着眼前的一切，不敢相信。那根手指从莫桑比克边境线外的更远处，从那个属于她的无名村庄的方向伸过来，直到化作一团灰土围在娜莫身边。

特索佐表哥、法莱表妹、孙女娜莫，不要害怕。你们的至亲过世了。我们知道，如果你们能来，是一定会来的。灰烬喃喃地说。紧接着又有另一个声音叹息道：如果没法儿再见到，我的灵魂也会在梦中和你相聚，我保证。

娜莫大喊一声跪倒在地，汽水瓶也跌到了塔下。她盯着东方看了好久好久。天色渐渐暗了，星星渐渐明亮，越来越多的萤火虫在潮湿的苜蓿地里飞舞起来。

格拉迪斯护士过来喊娜莫吃晚饭。她走到塔下，等娜莫爬下来。"怎么了？"护士发现她满面泪水，关切地问。

"安布雅……"她只说得出这三个字。

次日一早，"母亲"把娜莫叫到办公室，说："我想，是时候去拜访你在穆托拉尚加的亲人了。"

39

穆托拉尚加

范·希尔登医生负责开车。过后，"母亲"和他下车喝冷饮，格拉迪斯护士留在车上陪着娜莫。既然乔威家族对白人有偏见，他们应该也不会欢迎马塔贝勒女人。娜莫穿上那条特别的裙子，里面戴着胸罩，这样真是又热又不舒服。她还穿上刚刷过的凉鞋。格拉迪斯护士还给她设计了一下发型，指甲也给擦得闪亮亮的。

护士说娜莫很美丽，但娜莫还是不敢照镜子。

穆托拉尚加因为采矿到处弥漫着灰尘。有的房屋富丽堂皇，有的肮脏简陋。格拉迪斯护士说，乔威家族中的很多人就住在他们沿途经过的镇子里。他们都在一家名叫大酋长铬矿公司的地方工作，娜莫的叔叔印达斯维·乔威负责管理这家公司。

最后，他们到了一座高大壮丽的房屋那里。屋前有一大片草坪，车沿着环形车道直接开到了正门前。格拉迪斯护士推开门走了进去。娜莫好奇地打量着四周。翠绿的草地上种了能开花的树，投下大片阴影。这些都不是果树，结不出能吃的果子，怎么会有人种这样的树呢？镇上其他地方那么干，他们又是从哪儿弄来这么多水的？

房屋的窗户上都有铁栅栏；屋顶铺着红砖瓦，和葡萄牙式建筑很像；门前的台阶和房瓦是一个颜色，刚打过蜡，闪闪发亮。

"你父亲最小的弟弟印达斯维就住在这里。"格拉迪斯护士对娜莫说。

娜莫害怕得僵住了。护士按了门铃，这里竟然还有门铃。没过多久一个系着白围裙的仆人（这里竟然还有仆人）过来打开门。仆人请他们进客厅坐，并且去请她的女主人来。

"他们不会喜欢我的。"娜莫紧紧握住格拉迪斯护士的手嘟囔说。

"他们必须喜欢你，你们是一家人。"护士平静地说。

仆人给她们上茶，但娜莫此刻心烦意乱，根本喝不下去。接着，一个高个子女人优雅地走了进来。她身穿一条花裙，自我介绍说是艾迪那·乔威太太。好几个孩子从屋里窥视着，直到仆人嘘声把他们吓了回去。

"范·希尔登医生给你打过电话，提过关于娜莫的事。"格拉迪斯护士开口说。

"哦，对，那个白人。"乔威太太淡淡地说，"就是她吗？说是我们亲戚的那个？"

"普朗德·乔威的女儿。"护士回答。

"她很好看。"乔威太太评价道，但她冷淡的态度让这句赞美变得索然无味，"小孩，你多大了？"

"我……我不知道。"娜莫结结巴巴地说。

"她刚到我们那儿时，看起来不到十一岁，但实际上，我觉得她差不多得有十四了。"

"一天学都没上过吧，我猜。"

"她在一个偏僻的村子里长大。"格拉迪斯护士应道，脸上能看出一丝怒气，"自从她来到艾菲菲村，她学得很快，能像大人一样读书。马苏库医生还会教她打字。她算数也很棒。我觉得她非常聪明。"

"挺有意思！好吧，我丈夫五点左右到家，你们到时候可以再过来谈这些事。"乔威太太站起来，格拉迪斯护士也拉着娜莫起来。

她们被送到门外，很快就站在了闪闪发亮的红台阶下面。

"我说过他们不喜欢我。"娜莫说。

"那个巫婆，"格拉迪斯护士压低声音说，"你看到她的指甲了吗？"

"很长。"娜莫回答。

"那是在显摆她不需要亲自动手做事情，我真想把它们插进洗衣房好看的热水桶里。"

格拉迪斯护士怒气冲冲，后来在杂货店跟"母亲"和范·希尔登医生汇合。"五点再来吧！我还以为她会让我们走仆人的门出来呢。"

"等完事儿了再开回去可能太晚了，咱们可以住旅馆。"范·希尔登医生尽力平息护士的怒气。

"找到普朗德就行了，其他人都不必挂怀。""母亲"说。

"别担心，'野孩子'。"医生的声音很低沉，"我会派'闪电'追踪你爸爸，把他追到无路可逃。"

娜莫真希望他不要叫她"野孩子"。

娜莫到来的消息肯定已经传开了。因为五点的时候，乔威家门口聚了一大群人。从十几双眼睛前面走过去，娜莫觉得很难为情，不知道该作何反应。她要向陌生的亲戚们挥挥手吗？如果不打招呼，会不会显得很无礼？

"母亲"和范·希尔登医生决定这次跟着一起来。"我觉得谁去都一样，反正他们都不欢迎。""母亲"说。

"或者想隐藏什么。"范·希尔登医生似乎察觉到什么。

他们被再次领到客厅里，仆人送上茶水。这次，乔威先生和他父母亲都在。娜莫偷偷打量着他们，印达斯维·乔威穿着一身灰色西装，黑皮鞋油光锃亮，表情认真又温和。祖父母看起来出奇地年轻，或许是因为他们的日子比可怜的安布雅过得要容易得多。

安布雅会怎么看待这些人呢？"穿着衣服的傻驴。"她会这么说，"把指甲留得跟爪子一样，她是想抓蹄兔当午餐吗？"她还会这样数落乔威太太。娜莫笑着礼貌地鞠了一躬。

"让我们看看这孩子。"印达斯维·乔威命令说，于是娜莫在人群面前又是站立，又是转圈。

"她很漂亮。"祖母评论说。

"是的，我之前就注意到了。"乔威太太说。

"她长得不像普朗德。"

没错，乔威家族的人都表示同意，她是不像普朗德。

"她长得像我妈妈。"祖父说，所有人都看向他。

"我们能见见普朗德吗？"范·希尔登医生问。

"不行，见不到。"大家低声应道。

"为什么不行？""母亲"脱口而出。

聚集在里屋门口的小孩子都散开了，娜莫听到远处有手杖的咚咚声。祖父老乔威转过身去，气氛突然紧张起来。

"为什么不能直接跟这孩子的父亲谈？""母亲"喊出这么一句。

一个上了年纪的男人走进来。他虽然穿着欧式衣服，但脖子上挂了很多护身符，臀部还绑着一张豹子皮。毫无疑问，他肯定是个巫医，而且从其他人的反应来看，他很强，地位也很高。

"因为普朗德·乔威已经死了。"老巫医回答。

娜莫站得笔直。老人家慢慢走近她，用枯瘦如柴的手托起娜莫的脸，还往两边转了转。"她和我第一任妻子长得很像。"老人家宣称。

房间里一阵骚动。

有人迅速为老巫医搬过来一把椅子，他坐下，招手示意娜莫坐到他身边去，又说："跟我讲讲你的事。"

娜莫不准备隐瞒任何事，因为她知道，任何谎言都瞒不过这个老巫医。娜莫从她的村子和她母亲死去的事开始讲起，又讲了索命鬼的事，还有她如何从一段强迫的婚姻中逃离出来，甚至连很久以前她在湖边碰上豹子的事都说了。

老巫医时不时招手要来茶和点心，让娜莫讲一段歇一会再继续。夜幕已经降临，小孩子们都被哄去睡觉了，但其他人完全没有要离开的意思。

当娜莫向他们解释水妖是如何把她带到花园岛时，老人家弯着腰，饶有兴趣地听着。"我给她们献上了舒芬姨妈的珠子，我当时也没有其他东西了。"娜莫说。

"你做得对。"老巫医肯定了她的做法。

娜莫提心吊胆地跟老巫医说起死去的葡萄牙人和他留下的那把曼丁戈刀，还有鼓腹蝰蛇，还有"长奶"。"但约瑟夫老爹把'长奶'赶走了。"她慌忙地说，"老爹把她从鬣狗变成蔗鼠，然后再变成栎草，我把草扔进火里了。"

"很好。"老人家接着她的话说。

等娜莫都讲完，诱人的饭香已经从厨房里飘出来好久了。她喝了一大口茶，抬头望着乔威家族每个人的脸。每张脸上都写满了惊叹，甚至是恐惧。

"我会接受这个孩子。哪怕她长得不像我第一任妻子，我也会接受她。"老巫医说，"很明显，她继承了我与灵界沟通的能力。水妖也训练过她，我很乐意欢迎她加入我们的家庭。"

40

乔威家族

在旅店的餐厅里，范·希尔登医生、"母亲"、格拉迪斯护士和娜莫四个人着急忙慌地吃了一顿咖喱饭。谁让他们在厨房临下班之前才赶到。娜莫挤在两个女人中间，想离她们更近一点，生怕第二天她们会撇下自己走掉。

"你可要享福了。板上钉钉的事。"阿非利卡人一边说，一边用餐巾擦拭胸前。

"亨德里克，她现在很害怕。""母亲"说。

"喂，'野孩子'，那老家伙恐怕已经很久很久没吃过人了，他的牙都松了。"

娜莫差点哭出来。

"别那么看我！"范·希尔登医生沉着嗓音说，"听着，任何一个出身一般的孩子都会想尽办法低眉顺眼地争取留在那儿。乔威家族很富有，他们会送你去最好的学校，给你买最贵的衣服。过了这村就没这店了，你想想清楚。"

"我知道。"娜莫含着泪说。

"老巫医说要接受娜莫的时候，那个小巫婆差点没咬断自己的长指甲。"格拉迪斯护士说。

"别再把她搞紧张了。""母亲"搂住娜莫说。娜莫不得不把眼泪往肚子里咽，免得哭出声来。很明显，乔威一家人处得并不融洽。娜莫不知道哪里出错了，但她明白，一个从莫桑比克来的野孩子起不了任何作用。

"记住，如果觉得不顺心就回来找我们。反正等学校放假了，我们都盼着你回来看看。""母亲"温柔地说。

学校！那也是娜莫担心的事。

"你的东西我还替你保管着呢。"范·希尔登医生补充说。

娜莫惊讶地抬起头。

"你的彩礼啊，'野孩子'，你外婆的金块。"

"我以为……我是说……我想……"

"你在想，准是让那个阿非利卡人给私吞了。"范·希尔登医生说。

娜莫羞得满脸通红。他收留了她，救了她的命，从没要过半点儿回报。可她又做了什么呢？她砍伤了"闪电"，还把刀刺进了他的手臂。

"娜莫，你帮忙做的那些事足以报答了。"阿非利卡人说，"哪怕你把半个农场的人都弄得没法工作。"

娜莫感动得说不出话来。

"嘿，一人一份冰淇淋！这时候不得庆祝一下啊。"范·希尔登医生大喊。昏昏欲睡的服务员往厨房走去，一副听天由命的样子。

艾迪那·乔威太太头一件事就是让仆人把娜莫带走，别让娜莫在自己跟前晃悠。娜莫欣然接受。这倒不是针对她，乔威太太对自己的孩子也是这样。孩子们都被打发到保姆那里。他们就像淘气的老鼠一样来回串游，保姆也来回地追。有时保姆想让他们安静一点，就给他们喝啤酒。

印达斯维·乔威的另一房妻子住在旁边一栋小一点的房子里。她的独生子克莱弗总想和艾迪那的几个孩子一块玩儿。克莱弗太孤单了，实在想有个伴儿。就算那些孩子只知道欺负他，他也甘心忍受。"只要你高兴，打他都行。"乔威太太懒懒地说。这是她对娜莫说得不多的几句话之一。

娜莫想，这说明自己还不是最底层的。如果她不高兴，还可以打克莱弗。

但实际上，娜莫对这个可怜虫很友好，弄得他总是黏着自己。他是个爱哭闹又不讨人喜欢的孩子。除了名字是"聪明"的意思之外，他没半点儿聪明，反而都到了该上学的年龄了，他还没学会怎么自己上厕所。

娜莫的祖父母白天睡觉，晚上打架。老乔威爱喝威士忌酒，他呼出的气能把娜莫熏得头昏目眩，还有他那又响亮又狂妄的声音总是让娜莫感到紧张。他是自己的祖父，所以她得尊敬他，但不一定非得亲近他。老乔威发脾气时还会拿手杖打人，甚至砸东西，把家具弄得稀烂。

祖母从不敢当面顶撞，怕祖父在家族成员面前丢脸。于是，她就等关上屋门之后再跟丈夫吵闹。

娜莫盼着去上学，因为这样她就不用待在房子里了。每天早上，她和印达斯维的五个孩子背着书包上学去，男孩穿卡其色的校服，女孩穿蓝白相间的格子裙。所有人都穿着又厚又沉的棕色鞋子。

娜莫喜欢穿校服。穿上校服的她看上去不像是没上过学，或者说不像是在原始村落里长大的。"原始"这个词还是娜莫最开始跟乔威太太学到的。她和其他女生看起来没什么两样，除非有人问她问题，她的无知才会暴露无遗。

然而，慢慢地，娜莫的阅读和算数能力远远超过了所有同龄人。只有写字让她犯难。她握着铅笔就像抓着一把奶油刀，写出来的字和克莱弗写的一样难看。"我希望'妈妈'还记得要教我打字。"娜莫想。她眼巴巴地盼着暑假到来。

一个周六的早晨，娜莫坐在花园里，克莱弗像水蛭一样贴着她。"真希望今天也能去上学。"娜莫叹着气。

"我不想，我讨厌上学。"克莱弗告诉她。

其他女孩受邀去参加聚会，保姆叫她们去穿戴打扮。女孩们到处乱跑，好捉弄那个可怜的保姆。突然，保姆蹲下，像动物一样在草坪上小便了一把，完事之后又像没事儿人一样继续追孩子去了。娜莫背过脸不去看。格拉迪斯护士让她穿内裤以前，她的举止也和保姆一模一样。

"给我讲个故事吧。"克莱弗强烈要求。

他是唯一一个愿意听娜莫讲故事的人，虽然注意力总不集中。娜莫回想起她从外祖母那儿听到过的一个马塔贝勒的民间故事，她决定稍加改动，让故事更有趣一些。

"故事发生在很久以前。大象有两个老婆，"娜莫开始讲，

"大老婆是一只鬣狗，生了很多孩子；小老婆是一只皮包骨头的豺狗，只生了一个小男孩。"

克莱弗听着，把拇指含在嘴里。

"她们明明恨恶彼此，但又必须假装友好。有一天，一群猎人用草席卷着猎物在前面走，血滴到地面上，那气味勾得她们俩难受得很，她们就沿着小路追出去。

"'我好——饿。'鬣狗咆哮着，露出她的牙齿。

"'我——也是——'豺狗也叫号着。

"她们跟踪猎人来到一个村庄，看他们把肉存放在谷仓里。那个谷仓用杆子支撑起来，墙上只有一扇圆窗。

"猎人一走，豺狗便跳上窗，扭动着瘦小的身子钻了进去。'过来！'她喊鬣狗，'这地方堆满了好吃的。'

"'这么小的洞，我根本钻不过去。'鬣狗抱怨着。

"'我来帮你。'豺狗跳出来，让鬣狗爬上她的背，帮她钻进窗口，然后她们两个饱餐了一顿。

"'我们该走了。'过一会儿鬣狗说。

"'这样的美味可能以后再也吃不到了。'听豺狗这么说，鬣狗又继续往肚子里填东西，胃都要炸了。'再来一块。'豺狗催促道，手里拿着一块肉给她，鬣狗根本抵不住诱惑。

"后来，豺狗跳出窗外，鬣狗想跟着离开，却被窗户卡住了。'帮帮我，亲爱的妹妹！我被卡住了！'她大叫。

"而豺狗却跑遍了村庄，拼命叫唤，引来许多猎狗。它们看到鬣狗卡在窗户里，又大声狂吠引来了猎人。'看那畜生！'他们大喊，'她把咱们的肉都吃光了！'于是，他们冲进谷仓把她杀了。

从此，豺狗和自己独生的儿子就快乐地和大象生活在一起。"

克莱弗躺在娜莫的裙子上睡着了。她看着他，皱了皱鼻子，把他放到草地上。忽然，从娜莫身后传来咯咯的笑声。

"小娜莫，你的心不善呀。"一个又冷又沉的声音说，"我想知道鬣狗和豺狗说的都是谁啊！"

娜莫转过身，看到老巫医曾祖父坐在黑影里。娜莫从第一次见过他之后，就没再跟他说上过话。

"去换套衣服，我的曾孙女，我们去看你的父亲。"他命令娜莫。

41

父亲的图腾

娜莫穿上她最好的裙子，就是"母亲"给她的那件，还戴上了胸罩。这样的时刻，她应该尽可能体面些。娜莫以为老人会带她去墓地，可他们却来到了老巫医自己的房子那儿。房子在乔威家周边一处隐秘的角落里。房子外面总是等候着从四面八方前来咨询的人，他们有时得等上很久才能得到老巫医的接待。

娜莫发现旁边的草棚里藏了一个罐子，她站住了。老巫医会在里面放什么呢？不会是……她不想知道。

"我不是你们那儿的那个猎巫大师。"他轻声说，娜莫吓得差点跳起来，"罐子里可没装我大儿子的心。"

娜莫咬咬嘴唇，老巫医说的正是她在想的。她仔细看着墙上挂着的那些已经风干的动物和草本植物。

"我之前太虚弱了，一直都没能过去。"老人解释说，向站在后屋的一个年轻男人招手。"加里卡伊是我的助手，他会帮咱们的。"

加里卡伊往车上装了许多水和食物，帮老巫医坐到副驾驶座位上，之后为娜莫打开后车门。他们出发了，沿着陡峭的山路开向乌姆武奎山。娜莫得知，那是世界上唯一一个可以找到铬这种稀有金属的地方，铬矿就在那儿。

汽车吃力地向山上开去，慢慢行驶在蜿蜒的山路上，直到完全看不见外面的世界。娜莫的眼睛睁得老大，她竟然不知世上还有这么美丽的绿色国度，但是又离尘土飞扬的穆托拉尚加街道这么近。黄色的织巢鸟急速穿过公路，旁边是棕榈树，溪水汨汨而流，树枝就在水面上悬着。娜莫的脸贴近车窗，热切地望着窗外。

车停了。"啊！"娜莫感叹一声，走下车去，踏上了一片富有弹性的草地。

"咱们先吃东西。"曾祖父对娜莫说。加里卡伊在地上摊开一块布，把食物放上去，然后扶老人背靠一棵树坐下。没有人说话，娜莫也乐于保持沉默。她对老巫医很敬畏，也不知道该如何开口。

他们喝了柠檬水，吃了花生酱三明治，还有抹了红果酱的饼。很久以前，娜莫只在杂志上见过这些食物，现在她对它们了如指掌。她万万没想到，自己会在林间空地上和曾祖父一起吃这些东西。

吃完以后，加里卡伊重新把食物包好。他们又沿着坑坑洼洼的小道继续向上走。每次遇到较大的沟，加里卡伊就背老巫医过去。最后，他们来到一座青草郁郁的小山前，这里遍地点缀着紫龙胆花和粉兰花。他们又开始爬山。

爬山的过程很长，速度很慢，曾祖父时不时就得停下来休息休息。"您要不要回去，尊敬的曾祖父？"娜莫问。

"现在回去的话，我恐怕就没有力气再来了。你父亲托梦给我，让我把你带到这里来。"老人回答。

于是，娜莫紧跟在老人后面，万一他摔倒了，娜莫也能护着他点。加里卡伊一路搀着他。最后他们来到了悬崖上一处堆满石料和木材的地方。老巫医坐在一根树桩上调整呼吸。

周围青山环绕，潺潺水声回荡在山谷里，一朵朵棉花云飘浮在蓝天上。娜莫深深地吸了一口气。

"对于家里来说，我是个大麻烦，你也一样。咱们代表着过去，代表着他们急于忘记和摆脱的过去。"老巫医拍拍身边的地方，娜莫就过去坐下。"他们原本也信基督，是循道派的，基督教的一种。那时候，对他们来说，去教堂还算得上是得利的门路。"

娜莫叹了口气，另一种基督教，基督教怎么会这么复杂？

"印达斯维以前也常去教堂，到决定娶第二个老婆的时候就不去了。循道派不允许一夫多妻，可即便这样，也还是有人去教堂，说什么要把津巴布韦带入新世纪。这些人可不会希望后院有个老巫医。毕竟我能力很强，他们没法视若无睹。"

老人招招手，加里卡伊很快端上来一个盛着奶茶的大保温壶和杯子。

"我的儿子，就是你爷爷，是靠采矿发财的。"

娜莫点点头，他们谈起老乔威。

"乌姆武奎山就像个巨大的蚁丘，之前那一带有很多独立作业的矿工。他也在山里挖隧道，结果走了狗屎运，一赚到钱就效仿起白人来。他把自己的绍纳语名字'穆伦加'改成了'劳伊德'。铬矿公司的那个白人所有者也叫'劳伊德'，穆伦加想拍他马屁。哪料想那个人后来被地雷炸死了，紧接着白人又在战场上节节败退，就这样，有个白人名字也不香了。

"如你所知，'穆伦加'是'革命'的意思。这还真是撞了大运了！马屁精劳伊德一夜之间又变回了革命者穆伦加。战争结束后，他成了胜利游行队伍的排头兵，同时我也从一个老农夫变成了人人敬仰的长者。

"穆伦加被任命为铬矿山的经理，这是为了表彰他的爱国之心。他有两个儿子，一个叫普朗德，另一个叫印达斯维。"

听到关于父亲的消息，娜莫挺直了腰板。

"你肯定也注意到了，一沾到酒，穆伦加的弱点就暴露无遗。"

娜莫有点儿拿不定主意。她不太想去论断她的祖父，但曾祖父要问她的意见，她又该怎么做呢？

"没关系，我本来不该问的。那房子里的叫嚷和打斗声谁又听不见呢？穆伦加就是个酒鬼。很不幸，普朗德也是。"

轻风从山间吹来，小草弯下腰，草地上泛起层层涟漪。一只公黑斑羚窜到远处的小路上，回过头来看看，又领着一群母黑斑羚过了小溪。

"普朗德是个好孩子，"老人说，他的眼神变得很温柔，"他本可以很出色，但他还没你大时就开始酗酒。穆伦加醉倒了，你父亲就喝光他的酒，一直如此。他总是有宏大的计划，准备接手矿山、竞选议员，前途不可限量。也就是在那时候，他遇到了你的母亲。"

娜莫一震，从幻想中跳出来："你知道我妈妈？"

"我见过她，那时她还是个小女生，但非常非常美丽。普朗德配不上她啊。你知道他们结婚前她就怀孕了吗？"

"我……我……不确定他们是不是结婚了。"娜莫承认说。

"这件事引发了激烈的争吵。穆伦加不同意他们结婚。我当然是赞成的，虽然我那时候还只是个无知的老农夫。尼扬加的天主教徒为你父母操办了婚事。"

娜莫舒了一口气，觉得受到了安慰。

"我猜普朗德对牧师撒了谎。你的父母都不是天主教徒，又或者是牧师很同情你母亲，坚持让普朗德去政府办理官方的结婚证明，好证明他们的婚事是合法的。那证件现在还在我这里。

"你父母去了你母亲在莫桑比克的家，接着，普朗德又回来了。我们还收到一封信，说是要一头牛偿还人命。当时的场面那叫一个乱啊，就像有人从窗户扔进来一个马蜂窝。"

娜莫能想象。她想起从老乔威屋里传出来的吵闹声。

"穆伦加剥夺了普朗德的产业继承权。普朗德发誓要自己创造财富，就来到了这里。"老巫医指指四周的山，"他总是有很多完美的计划，比如挖一条从来没有人见过的最深、最长的隧道。他确实做到了，但有一天隧道塌了，他也一起被埋在了里面。"

娜莫倒吸一口气。原来那些杂乱的石料和木材竟是父亲的埋骨之所！"没有人……把他挖出来吗？"娜莫问。

"我们试了。但是隧道伸向四面八方，没有人知道事故发生的具体地点。最后，我们决定在这儿举行葬礼，是穆伦加的主意，但我总是疑虑，普朗德的灵魂是否会满意这样的安排。"

娜莫的内心很复杂，她无法克制住自己，哭出声来。她很欣慰父母亲结过婚，但母亲没有得到乔威家族的认可。此刻坐在父亲的坟墓旁，有点瘆人。但是一想想父亲知道发生了什么事，她又感到欣慰。娜莫趴在草地上，啜泣着。等她哭完，老人递给她一块手帕。

"咱们得下山了，我觉得很累。"老人说。

"噢，是的！"于是娜莫和加里卡伊一起把他扶回草地。太阳慢慢落下，山谷间绿草如茵。

"我们再喝点茶，小灾难。"老人对娜莫说，"我再和你讲最后一件事。"

加里卡伊生了火，从小溪取水煮茶，兑入浓浓的甜奶。娜莫从来没喝过如此鲜美的茶，但很奇怪，它尝起来就像她在荒村给母亲准备的茶。

"娜莫，我想你的生命中出现过两头灵豹。"老巫医突然说，"乔威家的图腾和戈尔·莫托可家的一样，都是豹子。"

"我以为咱们是狮子。"娜莫大吃一惊。如果图腾一样的两个人结婚，那就是乱伦了。

"狮子和豹子都是。有时两个强大的宗族结合就会出现这种情况。咱们被誉称古伦多罗，佩戴圆盘——那是皇室的象征。顺便说一句，莫托可家族跟咱们是远亲，但誉称不同，所以你大可放心。这样的婚姻不是乱伦，虽然确实有些不好。我的理解是：是戈尔·莫托可的鬼魂杀了你母亲，还导致你父亲在隧道里遇难。那时，戈尔便已经报了仇。

"但是你父亲的灵魂没有得到安息。他知道，他的孩子必须回归她真正的家。普朗德告诉你母亲他的图腾是狮子，那样她会觉得你父亲更强大，但事实上他更像豹子。豹子喜欢独自一人在黑夜中捕猎，不会向敌人随便露脸。我想你父亲的第一次露面应该就是你在溪边的时候。"

"那可能是光的幻影。"娜莫忍不住说。

"是的，但为什么你坚持跟别人谈起呢？瓦缇缇生病前，他又在香蕉园出现，还在墓地留下脚印。他是想把你从你母亲的村庄带走。"

"但是岛上的豹子——"

"告诉我，豹子有没有伤害你？"

"没有。"娜莫承认。

"从你的话可知，当你迫切需要帮助的时候，他给你带去了肉；狒狒伤害你的时候，他就杀了狒狒。同时，他还吓唬你逼你逃出那个岛，不然，你下半辈子就困在那儿了。"

娜莫握紧双手。事实的确如此。

"普朗德最近在梦里找过我，让我把你带到这里。我猜他是想让你知道他做过的事。"

回家的路上，娜莫陷入深思。她几乎没注意到山路已经变回了落满尘土的平原，也没注意到离他们越来越近的穆托拉尚加的灯光。一到家，老巫医便敲开老乔威的房门。

老乔威倒在安乐椅上，旁边的桌子上有个带雕纹的玻璃瓶。他妻子正在对面用钩针织一条毯子。娜莫想，她肯定整天都在织，因为屋子里到处都是织好的线毯。

"我来拿那张相片。"老巫医说。穆伦加盯着父亲看，眼里布满红丝。屋子里散发着令人倒胃口的威士忌味。每个角落都堆满了从英国和南非带回来的纪念品。

穆伦加的妻子把一些瓷雕像挪开，揭起下面的蕾丝桌布，从下面的柜子里取出一张相片。相片上是一个穿西装的男人和一个穿白色长裙的女人。

老巫医接过相片，什么也没说，领着娜莫出了屋子。"啊！我需要新鲜空气。"老人一边说，一边坐到餐厅里打开的窗户旁。从那里可以闻到草坪的清香气息。"他们的衣服是借的，"他指了指相片，"他们结婚时穿的那身衣服就是天主教的结婚礼服。"

娜莫不敢看。父母亲的印象已经在她心里陪伴了她如此之久，她不想让他们消失。但最后，她还是睁开了眼睛。相片上的他们竟是如此年轻！母亲头上披着一条薄薄的白纱，手里拿着一束用缎带装饰的鲜花。父亲穿着一套白人的衣服，看起来一副又高兴又泰然自若的样子，与父亲相比，母亲倒略显羞涩。真是好一对俊美的人啊。"她看起来像玛斯维塔。"娜莫低声说。

"玛斯维塔？哦，你表妹，这能有什么奇怪的。"老人说，"小灾难，你不也在相片里嘛。"

"我吗？"

"就在这儿啊。"老巫医指着母亲的肚子，顺便取笑了一下不安的娜莫，"这张相片是你的了。明天我会把他们的结婚证拿给你，这些会证明你确实是乔威家的人。有时候我也会想，这到底是不是好事。"

正说着，老乔威的屋里又爆发出一阵打斗声。娜莫和曾祖父都皱起了眉头。

42

来自灵魂的告别

范·希尔登医生开车进了大门。艾菲菲村还是她以前熟悉的样子，这让娜莫舒了一口气。她过去已经丢失了太多东西，因此她很害怕这个村子也会消失。医生卸货的时候，娜莫就跑去找约瑟夫老爹，接着又跑到医院找格拉迪斯护士。

回家的感觉可真好！不管多么努力，娜莫跟乔威家的上上下下总是处不来。她很敏感，能感觉到自己对他们来说只是一个入侵者。只有曾祖父是个例外。相比而言，艾菲菲村让她有家的感觉。她急切地跑遍每个角落，瓶子还整齐地放在医院里那些搁架上，南瓜也堆在厨房里它们该在的墙边，甚至畜栏旁边的栅栏上也栖息着同一批乌鸦。一切都完好如初。

只有娜莫变了。她穿着时髦的新衣服和粉色的塑料鞋，耳朵上还打了耳洞，戴着仿翡翠的耳环。唯一让她拿不定主意的是，她不知道该怎么跟马苏库医生交谈。

她现在知道了亲生母亲长什么样，就不能再管马苏库医生叫"母亲"了。然而，叫她马苏库医生又太见外。娜莫在实验室门口徘徊，心里犹豫着。

"娜莫！"马苏库医生兴高采烈地喊了出来，"噢，天啊，你现在可真有女人样儿。转过身来让我看看。这衣服可让乔威家破费了，还有这耳环！你太美了！"

"奶奶帮我做的裙子。"娜莫害羞地说。

娜莫给马苏库医生写过信，她的手很笨拙，字迹也很潦草。信都是以"亲爱的母亲"开头，虽然这么写娜莫觉得有点不太合适。这个暑假娜莫会练习打字，以后就再也不用铅笔了。

"我终于收到莫桑比克来的信了。"马苏库医生说，"我觉得你自己来读比较好。"她取出一张发黄的纸，纸折了一下又一下，很明显这张纸在某个人的口袋里装了很长一段时间。信中的字体和娜莫的字一样潦草难懂。

"亲受的例女……"信的开头说。有好一会儿娜莫才意识到那是在说"亲爱的侄女"。信是库法姨父写的，这就证实了一件事，安布雅已经过世了。"你琪珀姨妈哭得撕心裂肺，"姨，又是错别字，"直到玛斯维塔生了一个男孩她才缓过来。玛斯维塔嫁给了瓦缇缇那个村子的一个男人。这是她第二次怀孕了。"

两个孩子！娜莫看向别处，脑子里计算着时间。那时候玛斯维塔病好了，肯定是她重新长好头发之后就嫁人了。娜莫还记起她之前被蝎子蜇伤后，迷迷糊糊做了个梦：玛斯维塔牺牲了自己，和森娃公主一起跳进湖里。她说："这是惯例。"而外祖母把娜莫拉了回来。"安布雅肯定不想让我像玛斯维塔一样。"娜莫喃喃自语。

"我想也是。"马苏库医生同意娜莫说的。

"我得回去看看他们。"娜莫说。

但马苏库医生觉得还是再等等比较好。"他们可能还在担心索命鬼的事。"

娜莫想，如果她还生活在村子里，她得整天磨玉米粉，取水。那里也不会有书可读。娜莫学校里大部分同学都讨厌学习，但她很喜欢——写字除外。好吧，就如安布雅说的，再好的粥里面也会有虫子。

"范·希尔登医生和我得跟你聊个事儿。"马苏库医生说。他们来到谷仓找阿非利卡人，而他正在给牛接生。约瑟夫老爹在一旁观看，时不时指教一二。

"我认为你不应该给它服催生的药。"约瑟夫老爹说。

"受那些舌蝇的害，她已经很虚弱了。我猜你是想给这小牛崽子做洗礼吧。"范·希尔登医生说着，还拿香皂洗手，准备接生小牛。

"瓦普斯托里教派不为动物做洗礼，但我倒是可以为你的灵魂祈祷。"

"我可谢谢你了，老爹。"范·希尔登医生回答，用力将小牛从虚弱的母牛体里拉出来。娜莫眼睛睁得老大，看着一个新生命呱呱坠地。

"我还在想你上哪儿闲逛去了。"阿非利卡人的声音响亮得直震耳朵。他把手伸进桶里洗干净。

范·希尔登医生、马苏库医生和娜莫坐到厨房外面蘺杜鹃藤的阴影里。厨子端上来一盒山芋饼，还有茶。

"我称了一下。"范·希尔登医生边说边把外祖母留给娜莫的那袋金块扔到她腿上。娜莫哽住了。红布上面沾满了灰，变得黑乎乎的，这是她和村子仅存的联系。

"这些金子大概有三盎司。你外婆估计也就在村子附近拿着换点钱。可这些东西到了外面，你猜怎么着，价值能超过四千块！你都想不到她留给你的东西能值这么多钱吧。"

娜莫一个星期只有五十分的零花钱。她惊得根本说不出话来，只能盯着范·希尔登医生。

"我们想，你应该在你名下开一个银行账户，不过要对你家里人保密。"马苏库医生温柔地说。

娜莫又转头盯着马苏库医生看。

"你的外祖母和母亲都因为贫穷而受苦，但你会比她们更自由。这也是安布雅给你这些金块的原因。"

"但是为什么不告诉家里人？"

"乔威家现在是老巫医说了算。"范·希尔登医生解释说，"但等他去世了，你能打赌那个有爪子的巫婆不会把你赶出去吗？"

"告诉我，那些人真的关心你是否开心吗？除了毯子织腻了以后给你缝件衣服之类的。"马苏库医生接着说。

"不，他们并不。"娜莫不得不承认。

"你如今就是一个供他们打扮的玩偶，但他们总有一天也会玩腻了的。你很聪明，除了在家里当牛做马，或是被迫接受不如意的婚姻，你应该有比这更好的出路。女人只有自己管钱才能真正享有自由。

"暑假你在这里工作，薪水也会打到你账户上。"范·希尔登医生补充说。

这一切都太快了。娜莫恍恍惚惚地就答应了。向家里人隐瞒银行账户的事会让娜莫心里觉得不太舒服，但她对乔威太太确实不抱任何幻想。有一天，这个女人也会随便对哪个陌生人说，"只要你喜欢，打她都行。"然后再把她嫁给那个人。

"你知道吗，从你回来到现在，你连一声'母亲'都没有喊过我。"马苏库医生说，"也没喊我的名字。"

娜莫低下头。

"哦，这可真提醒我了，她还从来没喊过我'爸爸'。"范·希尔登医生说着又往茶里加了三勺糖。

马苏库医生生气地噘着嘴："我承认，你不再叫我'母亲'让我也轻松了不少，但娜莫，你必须要知道，我接受不了'嘿，你！'"

"对不起。"娜莫眼里噙着泪水。

"噢，亲爱的，好像我打了你一样。你可以叫我'艾维乔伊斯姨妈'啊，我可以当你的'瓦缇缇'，告诉你女人所有的秘密。"

"比如怎样把口红画得好看一点儿。"范·希尔登医生说。马苏库医生随手抽出一本杂志用力拍他。

娜莫的目光集中到杂志封面上。

"对！对！就是那张相片！那是妈妈！"娜莫大叫，忽地站了起来。马苏库医生吓了一跳，把那本杂志递给她。娜莫接过杂志，将平放在桌面上。封底印着一个系着白色围裙、身穿印花裙子的女人，正往白面包上抹黄油。女人身旁站着一个小女孩，耳朵边上梳了两个大发髻。娜莫知道，黄油面包是为小女孩准备的。紧接着，她抬头看了一眼马苏库医生。

封底上的人一点也不像她。

"那是一则黄油广告。"马苏库医生大声说，"天哪！那段时间你不会一直在跟鹳牌黄油的代言人说话、讲故事吧？"

"她……她和……和你不像。"娜莫一抽一抽地说，"我怎么会犯这么愚蠢的错误！"

"不要哭！"马苏库医生紧紧抱住她，"我们一直都觉得你这是印随我。你经历了那么多，一点也不奇怪。"

"什么是印随？"

"当小鸟破壳而出的时候，它们会把第一眼看到的东西当成它的母亲，于是会跟着那东西到处走。"

"如果第一眼看到的是豺狗呢？"

"反正他们是这么说的。但是鸟孩子和豺妈妈，我不认为能行得通。"范·希尔登医生评论说。

马苏库医生迟疑了一下，说："娜莫，在某种意义上，你离开村庄的时候就已经死了。如果灵界真的存在的话，那你确实从里面走了一遭。我在地下室那块发现了你，相当于把你重新带回了世界。而我又是你'破壳而出'后看到的第一个人。"

娜莫把目光从杂志移到两位医生身上，然后又看着杂志，想了很久。"杂志上的人跟我的亲生母亲一点也不像。"娜莫伤心地说。

"是不像。但你等一下……"马苏库医生收起相片，然后把娜莫领到全身镜前。

娜莫惊讶地看着镜子中的自己。她比以前高，初见女人的婀娜身材。不仅如此,她的头发也很柔顺,眼睛也不再空洞无神。她穿着花裙子和一双粉色的塑料鞋,耳朵上佩戴的仿翡翠耳环闪闪发亮。

她简直美极了!

她看起来就像鹳牌黄油广告中的女人。

"难以想象。"马苏库医生惊叹道。

"艾维乔伊斯姨妈,我喜欢这个称呼。"范·希尔登医生的声音从门边传来。

暑假的最后一晚,娜莫坐在荒废已久的哨塔上,望着暮光渐渐消失。朦胧的东方走过来三个身影,像是三个长途跋涉的人。他们迈过栅栏,穿过田野,但没有扰动哪怕一片树叶。最后,他们在塔下停住,一个人走在前面,另外两个有点踌躇不前。

小南瓜,最前面的身影低声说。

娜莫泪如泉涌。

小南瓜,你做得很好。外祖母说。你在这个年纪就有了自己的银行账户。要是我也有个账户的话,事情会大不相同。之前我就说过,等我见了祖先以后,我就会来找你,现在我来了。你想跟我说点什么呢?

娜莫向外祖母讲了乔威家族,还有她的新生活。

除了老巫医,其他人都是蠢驴。话说回来,这有啥办法呢?他们都是家人。外祖母回应道。

娜莫和外祖母一直聊到夜幕降临。晚风吹来,弄得玉米丛沙沙作响。另外两个身影消失在星光中。妈妈很年轻,她是如此年轻啊！她看起来和玛斯维塔很像；娜莫看不太清楚爸爸，有时他像是站在那里，有时又像是一个影子轻轻掠过栅栏。

我们还有很长的路要赶。露拉在举行成年聚会，我可不想错过。外祖母最后说。

但，你还会回来吗？娜莫想问。

肉体的旅程很漫长，但灵魂走起路来就快多了。想念即到。母亲的声音很低，很甜。说完，他们就转身离开了。娜莫在哨塔上，有风从森林里吹来，萤火虫在苜蓿地上空盘旋飞舞。

相关背景介绍

故事背景

1964年至1974年间，莫桑比克卷入一场摆脱葡萄牙殖民统治的解放战争之中。1975年，莫桑比克宣布独立，正式建立莫桑比克共和国。

1895年，英国殖民者建立殖民国家——罗德西亚。1911年，罗德西亚分裂为北罗得西亚（今日的赞比亚）与南罗得西亚（现为津巴布韦）。1980年，津巴布韦宣布独立，建立津巴布韦共和国。

娜莫的旅程发生在1981年左右。当时，边境沿线仍然埋有地雷，白人、绍纳人和马塔贝勒人之间仍然时有敌对。

绍纳族

公元1000年至1200年间，绍纳人的祖先从北方来到非洲东南部。绍纳族是由众多部落组成的族群，拥有共同的语言和独特的文化。直到19世纪，整个族群才被称为绍纳族。

绍纳族的几段王室历史都以口头诗歌的形式保存下来，其中最著名的人物是莫诺莫塔帕国王。莫诺莫塔帕国王生活在15世纪。据说，他统治着一个从西部卡拉哈里沙漠到东印度洋的庞大王国。

马塔贝勒族

祖鲁部落的一位将军姆齐利卡齐获准带着三百名战士离开部落。之后，姆齐利卡齐建立了自己的部族，即马塔贝勒族（现称为恩德贝莱族），但后来他们遭到白人入侵者的驱逐，又于1836年左右迁入津巴布韦南部。姆齐利卡齐凭借着祖鲁人强有力的军事组织建立起一个王国。津巴布韦独立时，马塔贝勒人约占津巴布韦总人口的19%。长期以来，绍纳族和马塔贝勒族一直相互敌对。

阿非利卡人

阿非利卡人的语言以荷兰语为主，但他们的祖先中只有约三分之一真正来自荷兰。阿非利卡人融合了荷兰人、法国人、德国人、英国人、马来人和非洲南部霍屯督人等血统。阿非利卡人形成了独特的文化，并奉行严格的新教伦理。

早期的一些阿非利卡人成为"流浪的农民"，或者游牧布尔人。每个族群都非常独立，并在族长的带领下，遵循上帝的旨意，寻找应许之地。游牧布尔人展现出惊人的勇气和耐力，他们的旅途远至肯尼亚，许多人后来在津巴布韦定居。

绍纳族信仰体系简述

姆瓦里——绍纳族的最高神灵被称为姆瓦里。姆瓦里也可以被描述为"自然秩序",任何被认为违反自然秩序的事情,例如双胞胎的出生,都必须得到纠正,否则灾难就会随之而来。姆瓦里不仅与生育的奥秘息息相关,也掌管雨水,为大地带来滋养。

大津巴布韦石头城曾是津巴布韦的宗教和政治中心。19世纪,人们每两年就会在大津巴布韦石头城的遗址中举行一次献祭祈福的仪式。仪式上,人们会献祭一头黑牛以祈求雨水,还会另外再杀两头牛,一头献给祭司,一头用来投喂森林里的野生动物。后者的尸体会被留在寺庙等建筑物附近。如果这头牛被吞食掉,就表示姆瓦里接受了祈祷。大祭司负责将灵界的信息传递给民众,大祭司一直以来都被称为"耳——眼——嘴"。

图腾——婴儿出生时会被赋予父亲的图腾名,表示这个婴儿属于某个特定的氏族。图腾名往往指的是不能食用的动物或者动物身体的一部分。除了图腾名以外,婴儿还会得到一个赞名,表示其归属的一个规模更小、关系更加密切的亲属群体。一个人可以和拥有相同图腾的人结婚,但不能和拥有相同赞名的人结婚。

索命鬼——一种愤怒的幽灵。索命鬼会导致疯狂、疾病和死亡。他们通常是由被杀害的人、被孩子虐待的父母或其他任何心怀怨恨的人变成的。当索命鬼出现时,只有纠正错误,才能平息他的怨气，送他离开。

姆洪多罗——狮灵。狮灵关乎整个土地和人民，掌管降雨和饥荒。绍纳族实际上是由几个部落组成的，每个部落都有一个狮灵和一个狮灵灵媒。

瓦力库邓咖——天人，生活在姆瓦里的国度。他们非常强大。但与此同时，人们对天人一族知之甚少。据说新生的灵魂都来自于他们。

瓦力畔伊卡——中土世界的人，包括在世的人、来访的祖先灵魂和动物。人与动物间的界限可能很模糊，有些人拥有在两种形态间相互转变的能力。图腾是一个人的家庭或氏族的象征。从人变换为动物形态的一种方式就是吃掉自己的图腾。

某些人拥有与灵界沟通的特殊能力。这类人通常很受人尊敬，除非他们转而归于邪恶并成为巫师。巫术被认为是遗传的，但有时会出现在一个正常的家庭中。在津巴布韦，指控某人使用巫术是一种严重的罪行，因为被指控的人可能会因社会的孤立而选择自杀。

瓦力帕斯 & 水妖——生活在地下的人。人类的祖先与瓦力帕斯生活在一起，有时候在世的人也会落入他们的领域。

地下世界最重要的居民之一就是水妖。水妖保护湖泊和河流。他们如果生气了，就会像旋风一样在空中穿梭，所到之处便会干旱。水妖可以变换不同的形象，比如俊美的男人或女人，也可以变身为蛇、鱼，甚至是鳄鱼。有时候，水妖会用旋风把人类带走，或将人类拉入水妖的圣池。

水妖会掳走治疗师和巫医，并对他们进行训练。他们在灵界或者水妖的领域内，绝对不能食用水妖提供的任何食物，否则就会被永远留在水妖当中。

瓦普斯托里教派——天主教传教士随葡萄牙人来到非洲南部地区。在过去的一百年里，大多数基督教团体都建立了教堂，这当中也包括一些非洲当地教派，其中传播最广的是瓦普斯托里教派，即使徒教派。

瓦普斯托里教派迅速发展起来，不仅打破了传统的宗教习俗，认为祖先的灵魂属于异端邪灵，还建立了一整套新的信纲信条。

瓦普斯托里教派设立星期六为安息日，在户外举行聚会、忏悔和祈祷。所有人都身穿白色衣服，男人们手持圣杖。

瓦普斯托里教派拒绝传统的绍纳宗教，但他们确实相信巫术的存在，并举行专门的仪式来驱除巫术。

穆兹姆——一种属于家庭的、更加个人化的神灵。每个人至少有四个穆兹姆，即父母和父系祖父母。他们会警告即将发生的危险或者要求纠正某些错误。人们也会通过灵媒来咨询特定的男性或女性祖先，以获得关于某些问题的建议。某些人会向子孙传授这样的技能，这也是特定能力能在家庭中传承下去的原因。

老年人被认为与精神世界关系密切，因此拥有权力。在绍纳社会中，老年人很受尊重。

阅读与讨论

　　生活在非洲莫桑比克原始部落的小女孩娜莫自幼失去了父母。她虽然与姨母一家一起生活，却始终没有被真正地接纳。她明明干着最繁重的家务，为一家人的日常起居忙前忙后，换来的却是至亲之人毫不犹豫的背叛和抛弃。娜莫这个名字在非洲绍纳语中的意思是"灾难"。生而无望、死亦不甘的娜莫也的确被命运狠狠地推了一把。当厄运重压在娜莫身上，她的人生注定不平，绝处逢生。

　　《灾难女孩》是一部内涵丰富且人物饱满、立体的作品。相信读者不论处在怎样的人生阶段，都能够从这个小女孩的故事中体会到生命的力量，获得向内的滋养。

◎ 在痛苦中成长

　　父亲失手杀人而逃走，母亲又被豹子所杀，娜莫明明是厄运的受害者，却被胡乱视为一切不幸的根源。辛勤努力于他人是付出，于她却好似赎罪一般理所当然。一个从未主动施加伤害的女孩，却要面对各种各样的苦难和折磨。娜莫必然也有过抱怨和软弱，但她的内心却在一次次挫折和失望中顽强地生长出血肉，她最终成为坚强、独立的女人。

· 琪珀姨妈为什么急于将娜莫送走？你认为，她真的被"索命鬼"附体了吗？

- 琪珀姨妈曾多次对娜莫口出恶言，甚至是拳脚相加。当娜莫被判定为霍乱之源后，同行的村里人也开始孤立娜莫。如果你是娜莫，面对这样的欺凌，你会怎么做？
- 如果你是娜莫，在已知的厄运和未知的旅途之间，你会如何选择？还有其他的选择吗？

◎ 面对孤独

"比害怕更难受的是无尽的孤独。她通常睡在女孩们的中间，周围都是均匀的呼吸声。空气中也弥漫着女孩们的体温，她们的一举一动能让娜莫忘记黑暗。"

孤独会激发人内心的软弱，使人退缩，到最后可能连同肉体也一并摧毁。正如书中所写，娜莫独自在野外过夜的时候，最难以承受的就是无穷无尽的孤独。

- 书中，娜莫的哪些举动体现出她很孤独？她又是如何应对的？
- 请从娜莫所讲的故事中选择一个故事，谈谈这个故事反映出娜莫当时怎样的处境和感受，或者这个故事如何影响了娜莫？

◎ 面对困境

从故事一开始，娜莫就面临着各种困境。是嫁人还是逃跑？

逃跑之后呢？食物短缺、野兽和疾病的侵扰，以及多变的自然环境等，这些都直逼娜莫面前，事关生死。可怜的娜莫也从没有过真正的避难所。如果不去面对，她就只有死路一条，但娜莫还是咬着牙——克服了。

- 娜莫具体遇到过哪些困难？她又是如何应对的？
- 娜莫应对困难的过程和解决问题的方法带给你怎样的启示？
- 娜莫在津巴布韦边境线附近窥探过一个白人家庭的生活。当时，她在那个白人家里看到一个人正从屋子里向外张望。"那个人细细长长的，一簇头发从烂布条儿里奓拉出来，瘦削的脸上有对直愣愣的眼睛。"娜莫说，要是她在森林小径上碰到这个动物，肯定会吓得就近爬到树上去。关于娜莫看到的这个"动物"，试着画出来吧。

◎ 实现独立和自我拯救

在娜莫的村庄里，女人的价值和底气在于你能为家庭做什么，以及你出嫁的时候能有多少彩礼。但娜莫不同，名为"灾难"的她选择不再接受落在自己身上的命运。她先是逃离了自己原生的村庄和家庭，实现了身体上的独立，又在逃生的过程中磨炼意志，变得更加刚强和自信。当她抵达津巴布韦后，娜莫开始上学，融入现代生活，还开设了自己的银行账户。正是这样，娜莫才从精神上摆脱了过往的痛苦和命运的束缚，从而逐渐转变成为一个坚毅、智慧、

304

自信的女人。娜莫成为自己的拯救者。

- 书中，娜莫的外祖母不仅喝酒、抽烟管，还时常跟男人坐在一处，并自己管钱，从来不必看别人的脸色。你认为，外祖母凭什么能这样"特立独行"？
- 从娜莫的经历来看，你认为一个人的独立需要哪些必要条件？

◎ 信念的力量

　　绝望的尽头是希望，勇气的背后是信念。这一路上，一直有一股强烈的信念在支撑着娜莫。在她最迷茫和低落的时候，外祖母把信念种在她心里，让她怀着希望去津巴布韦找自己的亲生父亲。当她在食物充足的小岛上落脚后，也正是这种希望让她没有安于在小岛上的生活，而是勇敢地继续上路。娜莫曾无数次置身险境，也曾无数次绝望到想要放弃，但那些素未谋面的家人、外祖母的祝福，以及对生和未来的希望，共同积蓄成娜莫心中不可磨灭的力量。

- 你认为信念是什么？在面对困难时，你有没有支撑自己坚持下去的信念？
- 书中哪些情节和语言体现出信念在发挥作用？
- 书中提到"肉体的旅程很漫长，但灵魂走起路来就快多了。想念即到。"对于这句话，你是怎么理解的？

◎ 真正的爱

娜莫之所以能拥有与村子里所有女人全然不同的人生，外祖母起到了至关重要的作用。外祖母很有远见，先前就送娜莫的母亲去学校读书，现在又在娜莫进退两难的时候给她指了一条出路。娜莫的外祖母和母亲尽管独立、有主见，但依然没能完全摆脱落后的环境带来的命运，仍然因贫穷而受苦。但外祖母把自己毕生的积蓄都交给了娜莫，娜莫也因此有机会变得更加自由。

- 琪珀姨妈也非常爱自己的女儿玛斯维塔。你认为，琪珀姨妈对女儿玛斯维塔的爱和外祖母对娜莫的爱一样吗？
- 书中除了外祖母，还有其他人爱着娜莫吗？从哪些情节可以看出来？